新 潮 文 庫

# 白い巨塔

第一巻

山崎豊子著

新 潮 社 版

6983

# 白い巨塔

第一巻

# 一章

消毒薬で手を洗い、看護婦の差し出したタオルで横柄《おうへい》に手を拭《ぬぐ》うと、財前《ざいぜん》五郎は、煙草《たばこ》をくわえて、外来診察室を出た。

とっくに正午を過ぎ、もう一時近かったが、病院の長い廊下には、まだ午前中の患者が折れ重なるように古びた椅子《いす》に坐《すわ》り、自分に廻って来る順番を待っていた。どの顔も、病いを抱えている不安と焦燥に疲れ、落着きのない表情で、探るように互いの顔を見詰めている。財前五郎は、そうした病院の廊下を歩く時は、きまってわざと気難しい顔つきをして、通りぬけることにしている。それでも患者たちは、財前五郎であることが解《わか》ると、申し合わせたように椅子から立ち上って、畏敬《いけい》と信頼に満ちた黙礼をした。

「やぁ――」

短い応答をして通りぬけながら、財前五郎は、国立浪速《なにわ》大学附属病院の第一外科が、医長の東《あずま》貞蔵教授より、助教授である自分の力倆《りきりよう》と評判によって支えられていることを自分自身の眼で感じ取っていた。

事実、昨日の胃癌《いがん》の手術も、財前五郎の執刀であればこそ、成功したのかもしれない。医長の東教授は、発癌の理論研究については著名な学者であったが、手先が不器用というのか、メスの扱い方は、衆目の見るところ財前五郎の方が優《すぐ》れている。昨日の胃癌手術の患者のように噴門部（胃の入口）に癌が広がっている場合は、ほかの胃体の手術と異なり、噴門部を切除して、食道と胃をうまく吻合《ふんごう》しなければならない。その食道、胃吻合手術が財前五郎の得意とするところであったし、医学ジャーナリズムでも、〝食道外科の財前助教授〟と云《い》われているのだった。

食道外科の財前助教授——、その言葉の持つ個性的で華《はな》やかな意味を味わうように財前五郎は、口の中で呟《つぶや》き、五尺六寸、筋肉質のがっしりとした体軀《たいく》と自信に満ちた足どりで、廊下から中庭へ出、新館増築にかかっている建築場の方へ足を向けた。

敷地九千坪の浪速大学病院は、昭和四年から建っている大理石の太い柱頭を持った重々しい旧館に隣接して、五階建て、延一千五百坪の新館が増築されつつあるのだった。昨年の九月から工事にかかり、今年の九月に完成予定になっている。あと六カ月ほどで完成の運びになっている建物は、五階建ての鉄骨に鉄筋が巻かれてコンクリートの打込みがはじまっている。眩《まばゆ》いほどの春の陽《ひ》ざしに照らされた建築現場の方へ近付くにつれ、コンクリート注入タワーやクレーンが突ったち、コンクリート・ミキサーや捲揚機《まきあげき》の騒音が高くなり、碁盤の目のように組んだ高い足場の間に、黄色いヘルメットをかぶった大木組の作業員が、忙しくたち働いている。

「先生！　この間はどうも、うちの者がお世話になりました」

騒音の中から大きな声がし、振り向くと、現場主任の加藤が、カーキ色の作業ジャンパーの衿《えり》を汗に滲《にじ》ませながら、丁寧に頭を下げた。一週間前に、作業中に小さな事故を起した労務者の足の傷を第一外科で処置してやったのだった。

「いや、あれは、たいしたことないよ、軽い裂傷と打撲傷《だぼくしょう》だから十日もすれば癒《なお》るだろう」

「おかげさまで、手当を早くして戴《いただ》いたので破傷風にもならずにすみました、ところで先生の第一外科は、この新館のどちらへお入りになるのです」

加藤現場主任は、六分通り進行したコの字型の建物を指《ゆび》さした。

「あの南側の一角だよ」

そう云い、堂島川に面して南側に大きな窓を取っている階下の一角へ眼を向けた。

「そうしますと、先生のお入りになりますところが、新館の中で、場所といい、広さといい、正面玄関からの便利さといい、まさに一等地ということになりますな」

「そりゃそうだよ、病院で一番力のある、患者の多い科が、一番いい場所と設備を要求するのは当り前だよ」

新しい煙草に火をつけながら、その方へ眼を遣《や》り、白い煙の輪を吐いた。

南側一階の一番広いスペースと快適な場所を第一外科、その次が第二外科、その次が第一内科と第二内科、その次が産婦人科というような順で、臨床十六科が、新館の各診察室と病室とを分け取りするのであるから、そのうちのいずれかの科が、一日中、陽の射《さ》さない薄暗い北側、もしくはカンカン照りの西陽の入る西側の部屋へ入らなければならないとしたら、その貧乏くじを引き当てるのは、当然、教授の権力の弱い、最も政治力の無い科になる。

それが大学病院における〃建物に現われた権力主義〃というものであった。その証拠に、現在、各科が入っている五階建て、延二千三百坪の旧館の場合でも、正面玄関に近い一階で、エレベーターと薬局にも近い最も便利なところを、浪速大学病院の表看板である第一外科が占居し、歯科、眼科、レントゲン科など、教授に政治力のない科は、正面玄関から遥《はる》かに離れた陰気くさい不便な部屋があてがわれ、年中、顔色の悪い婦長が、きんきん不機嫌な声で患者の名前を呼びたて、すべてが陰気くさく、貧相である。

財前五郎は、もう一度、新館竣工《しゅんこう》後、そこに入ることになっている建物の方を眺めた。鉄筋五階建ての建物の二階以上は、南に向ってテラスと大きな窓を持ち、窓の下には、堂島川が流れ、川を隔てた真向いに大阪市庁と、公会堂の青銅色のドームが聳《そび》え、街中《まちなか》というのに、時々、白い羽を持った鳩《はと》がドームの上に舞い降りている。それはもう二十数年間、毎日のように見馴《みな》れて来た退屈な景色であった。

国立浪速大学医学部の学生として、はじめてその景色を見た時は、すがすがしい眼に沁《し》み入るような清澄な景色であったが、医学部を卒業後、病理学教室で博士論文のための研究をしながら、第一外科医局に入局し、無給助手からはじまって、有給助手、講師、助教授になり、今日に至るまで二十年間、同じ景色を見馴れていると、何時《いつ》の間にか、退屈なありふれた景色になってしまった。しかし、そのありふれた退屈な景色が、ここ一年ほど前から俄《にわ》かに、財前五郎にとって、退屈でない風景に見えて来ているのだった。

それは、助教授である彼が、次第に第一外科の次期教授の有力候補者としてあげられるようになったからであった。

医長の東教授が、来年の春に停年退官になるからである。といって、東教授退官即、財前助教授の後任教授昇格とはきまっていない。臨床十六科と基礎十五講座の三十一人の教授で構成されている医学部教授会の選挙の票決によって、東教授の後任教授が決まるのである。東教授に対しては、この八年間、忠実な右腕になって医局のために尽して来たから、東教授自身は長年の女房役の財前助教授をさしおいて、他の大学から後任教授を移入するとは考えられなかったが、問題は東教授以外の三十人の教授が投じる票の行方であった。

医学部長の鵜飼《うがい》教授をはじめ、三十人の一くせも二くせもある教授たちの顔を、次々に思いうかべると、財前五郎の思惑《おもわく》は、必ずしも安心したものではなかった。その理由は、まず、財前自身に実力があり、とかく妬《ねた》まれる存在であり、第二に、国立大学の教授会の選挙による票決といえども、奇怪な票の流れ方をすることがあるということであった。それを考えると、財前五郎は、東教授が退官する来年の春までのこの一年の間が、自分にとってかけがえのない重大な時期で、この期間の最も緻密《ちみつ》な計算と周到な行動によって、自分の一生が決まってしまうかもしれないと思った。

外部から見れば、国立大学医学部の教授と助教授との地位は、紙一重、もしくは、たった一段階の違いぐらいにしか見えないようであったが、現実には、教授と助教授の差は、馬鹿馬鹿《ばかばか》しいほどの差があり、財前五郎は、この八年間、その馬鹿馬鹿しさに従属して来たのだった。

五十人余りもの人員をかかえる医局の中で、助教授の役目は、二人の講師と十八人の有給助手と、その他はすべて無給の助手と研究生という大世帯《おおじょたい》の統率と、万《よろず》承り解決役であった。医局員の勤務の不満から、無給の研究生のアルバイト先の斡旋《あっせん》、彼らの博士論文のテーマの相談と指導まで、すべて助教授が引き受けなければならない。その上、医局の研究費の捻出《ねんしゅつ》方法まで頭を搾《しぼ》り、それが出来なければ有能な助教授といわれないから、始終、治療と関係のある薬品会社や医療器具会社とのつきあいもよくし、幾ばくかの研究費の醵出《きょしゅつ》をさせるように仕向けなければならなかった。したがって、助教授などというものは、次期教授を約束されておればこその助教授で、万年助教授など、軍隊でいえば内務班の班長のようなもので、医局内部の雑務を一手に引き受け、教授の縁の下の力持ちを勤める割の合わないポストであった。

財前五郎が、この八年間、地方大学からあった教授の口に耳もかさず、この割の合わない助教授のポストを辛抱強く勤めて来たのは、東教授が退官した後の教授の椅子を得るための忍耐であった。それだけに、何としても、来年の春の東教授退官の機会に、教授に昇格しなければ、国立浪速大学医学部教授のポストにつく機会を失い、万年助教授で終るか、それとも地方の医科大学の教授に転出させられてしまうかもしれなかった。浪速大学医学部の教授の停年は六十三歳であるから、東教授の退官のチャンスをはずせば、また次の新任教授が停年になる時まで待たねばならない。ということは、四十三歳の財前五郎にとって、永遠にその機会を失うことに等しい。

そんな馬鹿なことが、外科の助教授として俺《おれ》ほどの実力のある者が何という気の弱い、ありそうもないことを考えるのだ――、財前五郎は、その精悍《せいかん》なぎょろりとした眼に鋭い光を溜《た》め、毛深い手で唇の端にくわえている煙草を、ぽいとコンクリートのガラの上へ投げつけると、さっきと同じように自信に満ちた足どりで、助教授室のほうへ足を向けた。

東教授は、英国製のクラウン葉巻をくゆらせながら、教授室の窓から見える新館増築現場を眺《なが》めていた。

窓から射し込む明るい陽《ひ》ざしの中で、半ば白くなった頭髪が銀色に輝き、眉《まゆ》の下に動きの少ない眼をじっと見開いている東教授の姿は、停年退官を一年先にひかえた人とは思えぬ余裕と威厳に満ちた容姿であった。

余裕と威厳――、それは、東の最も愛好する言葉であった。どんな場合でも、国立大学教授としての余裕と威厳を失わないということが、彼の生活信条であった。

東京の国立東都大学の医学部を卒業し、三十六歳で同大学医学部の助教授になり、四十六歳で大阪の浪速大学医学部の教授になって、今日に至るまでの間、この信条を変えずにやって来、それが今日の東の外見と地位をつくりあげているのであった。

内心は人一倍小心で、石橋を叩《たた》いても渡らぬほどの臆病《おくびょう》な性格であったが、そんな気振《けぶり》は噯《おくび》にも出さず、余裕と威厳に満ちた表情とポーズを取りつくろっていると、何《い》時《つ》の間にかそれが、東貞蔵の特異な風貌《ふうぼう》になり、彼をして医学部の有力教授の一人にしてしまったのだった。新館増築の運動にしても、医学部長の鵜飼教授と彼が五年前から文部省に働きかけ、やっと昨年、昭和三十七年度予算として承認されたのであった。

予算二億五千万円の鉄筋五階建ての新館は、完成後は最新の病室設備と診療器械を誇る病院になり、第一外科は、その正面玄関左寄りの南側の診療室を確保することが出来るのであったが、来年の春に停年退官を迎える東は、僅《わず》かな期間しかそこにおさまれない。しかし、新館増築の功労を記念して、医学部のどこかに歴代の名誉教授と並んで、自分の胸像がたてられるであろうし、第一、目前にひかえている退官後の行き先が、りっぱに保証されるであろうことを考えた。

退官後のことを考えると、浪速大学の現役教授の椅子で退官を迎えることは、他の地方で退官を迎えるより倖《しあわ》せなことであるかもしれなかった。東都大学医学部の助教授から浪速大学医学部の教授に転じた当時は、母校の東都大学で教授になれなかったことを終生の痛恨事に思い、暫《しばら》く思いきれずにいたものであったが、三年ほど経《た》つと、経済都市の大阪にある浪速大学医学部の教授に転じたことは、長い人生を通してみると、決して損ではなかったと思うようになった。

東都大学に残って、学問一筋の学者生活を貫くのならともかく、学問的業績とともに、そこそこの経済的余裕をも望むのであってみれば、財界人の大物クラスの患者が、ずらりと居並ぶ浪速大学医学部の教授の椅子の方が、経済的に恵まれている。

研究費の寄付、特別診療に対する謝礼その他についても、大阪の財界人のそれは、群を抜いていた。もっとも、そんな額について、教授同士が口の端《は》にのぼせることは一度もなかったが、実力者と見なされる教授の教室と、教授の生活は、とても国立大学の微々たる予算や、教授クラスの給料ではまかなえぬ水準を維持している。

昨日の胃癌《いがん》の手術の患者の場合だって、そうであった。三光紡績の社長である患者は、以前から第一外科教室に多額の寄付をしてくれている上に、教授である自分と助教授の財前五郎との両方へ、ちゃんと特診料として謝礼を届けて来ているのだった。

しかし、財前五郎が、自分に代って執刀したことを考えると、東は俄《にわ》かに不愉快になって来た。最初、胃体の病巣《びょうそう》を切除する診断を下していたのが、精密検査の結果、噴門部だと解ると、患者の家族の方から、財前助教授に執刀してほしいと云い出して来たのだった。それに対して、財前が、(教授をさしおいて、私など助教授が——)と極力、なぜ執刀を辞退しなかったのか、それが東の神経に障《さわ》った。それとも、財前は、執刀を固辞することなど思いもつかぬほどに自分の力倆《りきりょう》に自信を持ちはじめているのかと思うと、不快な怒りとも、嫉妬《しっと》ともつかぬ湿っぽい悪感《おかん》が咽喉《のど》もとへ、這《は》い上って来るのを覚えた。

教授室の扉《ドア》をノックする音がした。応答すると、庶務の女事務員が、

「郵便物でございますが、どこへお置き致しましょう」

「そこへ置いておき給《たま》え」

彫像のような固い威厳に満ちた声で応《こた》えると、女事務員は、おずおずと広いテーブルの端に郵便物の束を置き、恭《うやうや》しい一礼をして退《さが》って行った。

医事新報や臨床外科、外科学会誌などの医学専門雑誌と、製薬会社や医療器械会社からの文献、それに患者の紹介状を同封した知人からの封書など、東は、何時ものよ

うに事務的にざっと眼を通し、短くなった葉巻の火を消そうと灰皿へ手を伸ばすと、帯封の解《ほど》けた週刊誌が灰皿の横に置かれているのが眼についた。解けた帯封に『浪速大学附属病院第一外科御中』と記されているから、さっきの事務員がここへおいて行ったものであるらしい。見るともなく、ぱらっと頁《ページ》を開くと、美しい令嬢と夫人を連れて外遊している総理大臣の近影が麗々しく巻頭のグラビアを飾っていた。次の頁を繰った途端、東は、視線を硬《こわ》ばらせた。

そこには、手術衣を着て、手術室で食道癌の執刀をしている財前五郎の精悍《せいかん》な顔が、大写しになり、〝魔術のようなメス、食道外科の若き権威者〟という誇大なキャッチ・フレーズが付されていた。東は、いきなり、眼に塵埃《ごみ》が飛び入って来た時のようなごろりとした異物感を覚えた。〝魔術のようなメス〟という表現は、職人芸に繫《つな》がる言葉であったから、一向に差しつかえなかったが、〝食道外科の若き権威者〟という言葉が、気にくわなかった。まるで第一外科の教授である自分の権威を土足で侵害されるような無礼さが腹だたしかった。

自分としたことが、こんなつまらぬことを、医学専門雑誌ではなく、たかだか週刊誌の素人《しろうと》記者が書いた記事ではないか——自分の威厳を損うことを怖《おそ》れるように、週刊誌のグラビアから眼を離したが、白いものがまじった眉と細い眼に、険しい色がにじみ出て来るのが、自分でも解《わか》るようであった。これも、停年退官で教授の椅子《いす》を去って行かねばならぬ人間の寂しい焦《あせ》りだろうかと、自嘲《じちょう》に似た笑いをうかべてみたが、やはり気持が落ち着かない。思いきり、ぐるりと回転椅子を廻して、窓の外を見ると、眼の下に財前の大きな体が見えた。診察衣を着たまま、両手をポケットにつっ込み、煙草《たばこ》をふかしながら、自分と同じように増築中の新館を眺めている。

東の胸に、黯《くろ》い影のようなものが広がった。十数年もの歳月をかけて築き上げた名声と信用を持つ浪速大学病院の第一外科を、自分の下で八年間、女房役を勤めた助教授だからという、それだけの理由で、むざむざと手渡さねばならないだろうか——。なるほど、財前五郎は助教授として有能であるし、自分のために医局の雑務一切を引き受け、教室の業績を上げることにも力を尽してくれたが、それは、何も財前五郎に限ったことではない。どの科の助教授も、同じように働き、教授の椅子を得るためには、誰もが、どうしても通過しなければならぬポジションであるに過ぎない。そう思うと、東は、眉を開き、机の上の電話器を取り上げた。

電話器の向うに鵜飼医学部長の太い声が聞えた。

「やあ、何ですかな」

「実は、ちょっと、ご相談したいことがありましてね」

「私に相談したいこと？　藪《やぶ》から棒に一体、何でしょう」

鵜飼は、東から、停年退官後の相談を持ちかけられることを用心するような気配であった。

「実は、私の方の教室のことで、ちょっと相談したいことがあって、いや、あまり時間はお取らせしませんよ、例のところで、久しぶりに飲みながらでも――」

気軽に持ちかけると、

「ああ、そんなことなら、じゃあ、五時半ぐらいから久しぶりに一杯やりながら――」

向うも気軽に応じた。東は受話器をおくと、医局に繋がるインターフォンを押した。

「ご用事でございますか」

「財前君が部屋へ帰っていたら、ちょっと来て貰《もら》いたいんだ」

と云《い》うと、東は、新しい葉巻をくわえ、ゆったりと足を組み直し、威厳と余裕を持ったポーズを整えた。教授室の扉が開き、財前の姿が見えた。

「部屋へ帰って来たばかりでございますが、何か急なご用でもおありですか」

「いや、急な用ではないが、まあ、かけ給え」

財前に椅子をすすめ、

「どうだね、今日の外来は？」

「相変らず、患者が多過ぎます、一体、どこから集まって来るのかと思うほど、次から次へとやって来ますね、初診の診察日は、午前中に四十人ぐらい診《み》なくてはなりませんから、どうしても正午までに終らず、うかうかすると、二時頃までかかってしまいます」

「君んとこにも、紹介患者が多いんだろう」

紹介状を持った特診患者のことであった。

「はあ、特診は出来るだけセーブすることにしているのですが、つい何やかやで……」

「君は、食道外科の新しい権威者だそうだから、特診患者が多くて当り前だよ」

皮肉な云い方をした。

「いいえ、私など若輩の助教授が、権威者などと、とんでもない話です――」

新館建築現場で見せた自信に満ちたふてぶてしさとは、打って変った謙虚な態度で応えた。

「いや、君がいくらそう謙遜《けんそん》しても、ここにちゃんと君が新しい権威者であると喧伝《けんでん》されているよ」

さっきの週刊誌を取って、財前の前に広げた。

「君のグラビアだよ、〝魔術のようなメス、食道外科の若き権威者〟というキャッチ・フレーズがついている、君もなかなかえらくなったものだね」

そう云い、ぷかりと葉巻をふかせた。

「それは、雑誌社の方で勝手に誇大につけたもので、私自身はこんなに誇大に取り扱われるとは思っていませんでしたし、それに医学専門雑誌でもありませんので、つい、教授のご出張中に、気軽に向うの要求に応じてしまったわけです」

「専門誌であろうとなかろうと、要は第一外科の助教授である君が、たとえ手術をしているポーズを取るだけにしても、手術衣を着ている写真を撮影するからには、教授である僕のOKを取ってもらわなくては困る、それが大学病院における古くからある教室のしきたりだ、しきたりというものは守って貰わなくては困る」

最後の言葉に、メスのような鋭さと冷やかさがあった。

「どうも申しわけありません、つい、うっかりと行き届かず――」

恐縮しきった様子で頭を下げると、東の頬《ほお》に薄笑いがうかんだ。

「君のように、そうまともに謝《あやま》られてしまうと、こちらの出ようがないよ、ともかく、どんな小さなことでも、第一外科の診療に関することで、外部と関連のあることは、すべて僕に相談してきめて貰いたい、何しろ、僕は、君を次期教授にと内々《ないない》、思っているのだから、その点、大いに自重してくれなくては困る――」

「はあ、それは、どうも、申しわけございません」

財前の体が、椅子から離れ、改めて深々と頭を下げた。東は、そうした財前の反応を、正確に推し測るようにじっと動きのない眼で、見詰めた。

五尺六寸の堂々たる体軀《たいく》を診察衣に包み、ぎょろりとした精悍な眼を光らせながら、東の前に膝《ひざ》を正している財前の姿は、その姿勢と言葉にそぐわぬ自信に満ち、脂《あぶら》ののりきった外科医の姿であった。

「ほかにも、何かご注意が――」

まじまじと財前を見詰める東の視線を避けるように云うと、

「いや、また、気がついたら云おう、今日は、今から寄らなくてはならない処《ところ》があるから――」

東は、サイド・テーブルの上の黒いカバンを取り、回転椅子からたち上った。

東が教授室から出て行ってしまうと、財前は、嚙《か》み殺していたような大きな欠伸《あくび》をし、ポケットから煙草を出してくわえながら、教授の机の上に載っているさっきの週刊誌を手に取った。

手術衣を着、ゴム手袋をはめて、メスを握っている外科医、財前五郎の大写しの顔と、食道外科の若き権威者という大きな見出しが、財前の眼に、ぬるい快感になって入って来た。不意に、人を嘲《あざけ》るような笑いをうかべ、――大学病院における古いしきたりか――、さっき東が云った言葉を、吐き捨てるように呟《つぶや》き、その週刊誌を自分のポケットへねじ込むと、足で教授室の扉を開いた。

東は病院の正面玄関へ出ると、玄関横に駐車しているタクシーを拾い、御堂筋《みどうすじ》を心斎橋《しんさいばし》の方へ向って車を走らせた。

清水町《しみずちょう》の角を東へ折れ、二丁ほど行ったところで車を停《と》め、バー・シローの扉《ドア》を押した。まだ五時過ぎであるせいか、何時《いつ》もは混みすぎるほど混んでいる店ががらんとして、人気《ひとけ》がなかった。

「まあ、先生、このところお久しぶりですこと、今日はお一人ですのん？」

マダムが賑《にぎ》やかな声で迎えた。

「いや、鵜飼教授と一緒だよ、もう間もなく現われるだろう」

と云い、案内されて奥の席へつくと、スコッチのストレートを注文し、運ばれて来たウイスキーを口にしながら、鵜飼と二人で、浪速大学附属病院の新館増設の認可を、文部省へ働きかけた頃のことを思い出した。

毎晩のようにここで、鵜飼と落ち合い、文部省、大蔵省の次官、局長クラスで実力のありそうな連中の顔や、そのつてを思いうかべて、認可運動の裏面工作を相談したり、国会の予算審議会の日には、夜の十一時半まで続いている審議締切のぎりぎりの時間まで、二人ではらはらしながら予算通過を待ったことがあったのだった。

鵜飼は、東と同窓ではなかったが、東の父一蔵が、鵜飼の父の先輩であったため、東都大学出身で、ともすれば外様《とざま》大名になりがちな東をひきたて、昨年の医学部長選挙で医学部長の椅子についてからは、さらに東をひきたてて来たのであった。内科医に珍しく豪放磊落《らいらく》な彼は、斗酒なお辞せずの方で、酒を飲んでは陽気に喋《しゃべ》り、毒舌を振るってずけずけ人の批評をしたが、それだけの実力があり、浪速大学の医学部内においても、隠然たる力を持っていた。しかも、最近、俄《にわ》かに脚光を浴びて来た老人病のなかでも、高血圧、心臓病などの循環器障害の分野を特に専門としていたため、大阪の財界の長老格に多くの知己を持ち、その方面にも隠れた力を持っていた。小心臆《おく》病《びょう》な東が、威厳と余裕のポーズをもって、浪速大学医学部の実力者の一人になり得たのは、多分にこの鵜飼のおかげであるかもしれなかった。それだけに東は、齢《とし》でいえば、自分より三つ齢下の鵜飼であったが、彼が医学部長になってからは、出来るだけ彼をたてるようにして付き合っているのだった。

「やあ、待たせたかな」

入口の方で太い声がし、鵜飼の桜色の顔が見えた。薄くなった頭髪と、桜色の艶々《つやつや》しい顔が、老人病学専攻に似つかわしい風貌《ふうぼう》であった。

「忙しいところを、どうも――」

東が、腰をうかせるようにすると、

「いやいや、忙しいのはお互いさま、外来の診療と入院患者の回診、医学部の学生の講義と指導、自分自身の勉強と研究発表と、われわれ国立大学医学部の臨床のプロフエッサーたちは、診療《クリニック》、教育《エデュケイション》、研究《スタディ》の三役を果さなくてはいけないことになっているから、全く忙しいものだよ、その上、医学部長ともなれば、医学部の管理行政が加わるから、こりゃあ、全く重労働だよ」

と云いながら、それが一向に気にならないような愉快そうな笑いを見せ、運ばれて来たハイボールをぐっと一杯、飲み干すと、

「相談ごとって、一体どんなことですかね、東教授などから急に電話がかかって、改まって相談がなどといわれると、ちょっと気になるよ、これでも、案外、気が弱いの

でね、あっ、はっ、はっ、はっ」

また豪放に声をあげて笑ったが、眼だけは笑っていなかった。

「実は、ちょっと困ったことがあってね、あなただけに聞いて貰《もら》いたいんですよ」

東は大袈裟《おおげさ》に困惑した表情をした。

「何ですか、その心配ごとというのは——」

鵜飼は、相手の表情に吊《つ》り込まれるように云った。

「どうも最近、うちの教室内に不満が多くて困っているんですよ、助教授の財前が、何でもかでも、引き取ってしたがるので他《ほか》の者から苦情が出て——、あなたも知っての通り、あれは次期教授にと、僕が特に眼をかけ、そのように育てて来た人間だから、ほんとうにどうしようかと困ってしまう、あなたなら、こんな場合、どうする？」

巧みに話を持ち出した。

「なるほど、そういうことなんかね、難しいことだね、けど、財前君は、君が嘱望していた優秀な助教授じゃないか、腕はいいし、勉強もするし、その上、あの不敵な面《つら》構《がま》えというのか、なかなか人気があるそうじゃないか」

「ところが、ちょいちょい、妙なスタンド・プレーをやるので、教室内でおさまりがつかないのですよ」

と云い、さっきの週刊誌のグラビアの件を一つの例として、さり気ない様子で話した。

「ほう、君んとこの財前助教授が、食道外科の若き権威者というのかね」

鵜飼は、大きな声でそう云い、

「医学のことをろくすっぽ知らんジャーナリズムが、すぐ世界的発見だとか、新しい権威者とか、無責任で誇大なキャッチ・フレーズを付けるので困るな、僕は外科の専門的なことはよく知らないが、手術中の写真を撮《と》らして、自分の腕前を見せるなんて、まるでショウじゃないか、君の許可を取っているのかね」

「その点なんですよ、僕が東京の学会へ出張中に、写真を撮らせたんだそうだが、本人の言によれば、こんなに大袈裟に扱われるとは思わなかったのでつい、うっかりと、というわけなんで、一事が万事で、何ごとにつけても、こうした出しぬきをやるので教室の中でも、何かと摩擦が起って、それをおさめるのに困っているのだよ、腕のいい惜しい奴《やつ》なんだが……」

さらに当惑し、考え込むような振《ふり》をすると、

「困ってばかりいたって、しようがないじゃないか、財前をどうしようというのかね」

鵜飼は、第三者的な突き放した云い方をした。

「それが、どうしていいものだか、判断がつかないから、あなたなら、こんな場合どうするか、相談しているわけで……」

と云いかけると、

「東君、君の教室のことじゃないか、財前がいやなら、いやで君自身がはっきりして、来年春の君の停年退官の時に、他から君の後任者を連れてくればいいじゃないか、君ほどの権威者の後ともなれば、いくらでも来手はあるよ」

「しかし、財前ほど自他ともに次期教授という定評のある奴を、突然、切ってしまうということは、とかくの噂《うわさ》や批難をまねいて大へんだからね」

まだ煮えきらぬ様子で云いかけると、鵜飼は、ぐいとウイスキーのグラスを空《あ》け、

「何も、東君が次期教授を決定し、任命するのではなく、教授会で決定するのだから、教授会の選挙の票をうまく、自分の思う方へ操ればいいのじゃないか、それが出来なければ、好むと好まざるとにかかわらず、財前に次期教授のポストを譲って退官する、この二つだな、しかし、財前が教授の椅子《いす》につけば、あれほどの奴のことだから、君の思い通りにはなりそうではないね」

東の優柔不断な胸のうちを見すかすように云うと、東は一瞬、顔色を動かしたが、

「いや、何かとアドバイス有難う、あなたの意見を参考にして、僕なりに次期教授の件はじっくり考えるよ、しかし、鵜飼教授、あなたは幸福ですね、あなたの教室の里見助教授は、うちの財前などと違って、地味な学究派だから――」

羨《うらや》むように云った。

「その代り、教室内のまとめ役も、対外的な交渉も、教授である私自身が走り廻らねばならない場合があるよ、まあ、どの助教授にも一長一短があるものだ、だから自分の下の助教授をきめる時には、教室の後継者としての助教授をおくか、どこまでも内務班の班長的な女房役の助教授をおくか、どちらかに割りきっておくことだな、君んとこの財前君のように両者を兼ね備えているようなのは、ちょっと珍しいよ、あんな助教授を持った者は、働きのいい女房を持ったように使い得だよ」

笑い飛ばすように云い、ふと真顔になり、

「それはそうと、東君、君の退官後はどこへ行くことになっている？　関西の財界人のこれという手術は殆《ほとん》ど一手に引き受けて来た君のことだから、いろいろと有力なつてを持っていいところへ行くのだろう」

酒気で顔をほてらせた鵜飼が、話題を変えた。

「いや、それがまだ何処《どこ》にするのか、はっきりしていないのだよ、呼び声ばかり高くて、とどのつまりは、まとまらない話もあるから、話がまとまるまでは、確実にきまったことにはならないよ」

と応《こた》えながら、東は、ここ半年ほど前から持ち込まれている幾つかの話を思い起していた。

財前は、病院の正面玄関を出て、御堂筋《みどうすじ》へ出ると、大阪駅前の中央郵便局に向って足を運んだ。

ラッシュ・アワーの御堂筋は、淀屋橋《よどやばし》から大阪駅に向うサラリーマンの列が、黒い帯のような流れになって繋《つな》がっていた。財前五郎も、その人の流れの中に入り、陽《ひ》のかげりかけたビルの谷間を、押し流されるようにして歩いて行った。

中央郵便局のガラス扉を押して中へ入ると、財前は、現金書留封筒を買い求め、人気《ひとけ》のない窓際《まどぎわ》の公衆卓子《たくし》の前に起《た》って、上衣の内ポケットから財布を取り出した。一万円札二枚を現金書留封筒へ封入し、

岡山県和気郡伊里中
黒川きぬ様

そう宛先《あてさき》を書き終ると、財前の眼に温かい光が宿った。

一月《ひとつき》に一度、こうして母の名前を書き、月収五万七千円の助教授の給料の中から、岡山県の田舎で独り淋《さび》しく暮している母のもとへ送金する時、財前の胸に、貧しかった頃のことが何時《いつ》も思い出された。

小学校を卒業する年に、小学校の教員をしていた父の事故死に遭《あ》い、中学校、高等学校、大学とも父の弔慰金と母の内職と奨学資金で進学し、浪速大学の医学部へ入学した年からは、村の篤志家《とくしか》で開業医である村井清恵《せいけい》の援助を受けて勉学出来たのであった。その村井清恵と、妻の父である財前又一が大阪医専の同窓であったところから、財前が医学部を卒業して五年目の助手の時に、将来を嘱望されて、財前家の養子婿《むこ》になったのであった。

たった一人の息子の将来を生甲斐《いきがい》にしていた母であったが、財前家の養子縁組の申し入れを聞くと、何を思ったのか、返事を躊躇《ちゅうちょ》している息子の五郎より先に、（貧乏人で寡婦《かふ》の私が将来をみますより、財前家へ入って、医学の道に精進した方が、この子の将来がずっと大きくなりましょう）と云《い》い、財前家との縁組を取りきめてしまったのであった。

黒川五郎が財前家の人間になってからは、息子の給料の中から送って来る仕送金を受け取る以外は、財前家に面倒をかけたり、不必要に財前家を訪《おとな》うようなことを一切、さしひかえている母の姿の中に、財前は母の愛情の深さと独り暮しの寡婦の健気《けなげ》さを感じ、母のもとへ帰ってやりたいような思いに襲われることがあった。しかし、助手の時代から今日までつまらぬ金の苦労をせずに、研究にだけ力を傾け、三十五歳で助教授になり、それから八年の間も、地方病院へ出されることもなく、次期教授の候補者として人の口にのぼせられるようになったのは、寡婦である老母が田舎《いなか》でのわびしい独り住いに耐え、財前五郎の医学者としての出世のみを念願し、喜びにしてくれている賜《たまもの》であることを思うと、財前は、今年七十五歳の母が健在なうちに教授になって、母を喜ばしてやりたいという平凡であるが強い願いが湧《わ》き上って来た。

郵便局を出て、桜橋の近くのバー・ラディゲに来るまでは、財前の胸に、母への温かい思いが満ち、顔にほのぼのとした色が漂っていたが、ラディゲへ通じるビルの階段を下りはじめた途端、もう何時もの精悍《せいかん》さと自信に満ち溢《あふ》れた財前の表情になっていた。

ラディゲの中は、客がたて混みはじめる時刻で、入ってすぐ右手にあるバーの前に、何人かの男たちが腰をかけたり、肘《ひじ》をついたりして並んでいた。文学ファンのマダムの好みで、渋い薄茶《ベージュ》の壁とカーテンで統一された比較的静かなバーで、客たちも、大学関係者とか、新聞記者、放送関係のプロデューサーなどの常連が多かった。

「先生！　皆さんがお待ちかねですわ」

顔見知りのマダムの声がし、奥のソファの方を見ると、財前が直接、研究指導をしている十二、三人の教室員の顔が見えた。

「いや、遅れてすまん、ちょっと寄り道をしていて遅れたんだ」

と云い、その方へ行くと、和歌山市民病院へ出向する織田を囲んで、教室員たちがまるくなって坐《すわ》っていた。織田は、財前の姿を見ると、礼儀正しく起《た》ち上り、

「先生、やっぱり来て下すったんですか、ひょっとしたら、お忙しくてお越しいただけないかと思っていました」

財前と同じように寡婦の母親に育てられて来た織田は、教室の中でも一番、経済状態が苦しく、医学部を卒業後、三年経《た》っても無給助手のままでいることは、一家の経済上大へんなことらしかった。そこへ、和歌山の市民病院から内臓外科をやれる外科医を一人寄こしてほしいと云って来たのだった。国立大学の医学部の教室から、地方

病院へ出ることは、大学の優《すぐ》れた研究設備と研究テーマから離れ、大学での昇進コースをはずれることであったから、誰もが厭《いや》がることであったが、織田はこれ以上、大学に残って無給助手を続けられないのだった。

財前は、恐縮している織田の前に席を取ると、

「織田君、向うの正木医長は僕と同期だし、君のことは手紙でよく話してある、それに君の籍は、そのまま、うちの教室へ残しておくから、また機会を得て、大学へ帰ってくれば何時でも研究が続けられるよ」

「はあ、有難うございます、そうおっしゃって戴《いただ》くと、私も都落ちをするような淋しさから救われます」

肘がすりきれそうな古びた背広を着、垢《あか》じみたワイシャツの衿《えり》を見せて頭を下げた。それは財前の貧しい学生時代の姿と同じみすぼらしさで、絶えず金に困り、生活のゆとりを失い、倖《しあわ》せから除《の》け者にされた人間の疲れきった姿であった。俺《おれ》も財前家の養子婿にならなければ、この青年と同じようにあたら才能を持ちながら、和歌山へなど出、医学者としての輝かしいコースを失ってしまうところであったかもしれないと思うと、財前は、いやな過去を忘れるように、ぐいと、ハイボールのグラスをあけ、話題を変えた。

「ところで織田君、君にはなかなか、純情派のファンがいるらしいじゃないか」

「はあ、あのう……」

織田は口ごもりながら、瘦《や》せた頰《ほお》をかすかに紅《あか》らませた。

「ほら、あの繃帯《ほうたい》巻きのうまい、去年入ったばかりのきびきびした看護婦だよ」

名前は知らなかったが、外来診察室にいる若い看護婦のことを云うと、

「織田、ほんとだぜ、君が田舎のおふくろさんを大阪の下宿へ連れて来る時、大阪駅でおふくろさんを背中におぶったという話を聞いて、大感激し、それ以来、君の大ファンで、押しかけ女房になりかねんという話じゃないか」

教室員の一人がひやかすと、織田は、返答に困るように黙って、ウイスキーを飲んだ。財前にも、同じような覚えがあった。安い助手の給料で、下宿代を払い、駅前の大衆食堂と大学の職員食堂で三食をすませ、絶えず、満たされぬ空腹感と性の飢えを抱きながら、道頓堀《どうとんぼり》のストリップ小屋へ足を運び、それでも満たされぬ場合は、看護婦と情事を持ったことがあったのだった。しかし、看護婦との情事が知れて、体《てい》のいい口実のもとに地方病院へ出されたり、教室内での出世コースからはずされて行く先輩の姿を見た途端、素早くその看護婦との情事を打ち切り、性の飢えから解放されるために、がむしゃらに勉強し、それが郷土の篤志家である村井清恵を驚嘆させ、財前

家の養子婿として推挙されるきっかけになったのだった。

気がつくと、何時の間にか、織田の送別会であるはずの酒席が、酒と女の話になっていた。今日に限らず、教室員の集まりの時は、そうした誰にもあたりさわりのないことを話題にするのが、この世界の常識であった。そしてそれが、何時、自分の味方になったり、敵になったりするかも知れない複雑な人間関係がもつれ合っているこの世界を、巧みにまちがいなく泳ぎきる一つの方法であった。

教室員たちと別れ、桜橋の交叉点《こうさてん》のところまで来ると、財前は、そのまま、まっすぐ、阪急へ出て、家へ帰ろうか、それとも——と、迷った。赤信号を待ち、二度目の青信号が出かかった時、赤い大きなネオン・サインが財前の眼に映った。財前産婦人科医院——舅《しゅうと》の財前又一の医院が、まるでキャバレーのように派手なネオン・サインを夜空に浮きたたせていた。財前は、くるりと踵《きびす》をかえすと、タクシーを止め、南に向って走らせた。

市電のあみだ池の停留所の前で車を降りて、西に向って一丁ほど歩いて行くと、小さな公園がある。公園の中を横断し、南側の出口へ出たところに、三階建て木造モルタルの文化アパートが建っている。小さな文化アパートであったが、公園に面して建っているところが、明るく清潔であった。

財前は、ちらっとあたりへ眼を配ってから、急ぎ足でアパートの中へ入った。各階に小さなテラスがつき、そのテラスを縦に繋いでいる階段を上《あが》って行くのであるが、歩く度に靴音《くつおと》が鳴った。出来るだけ足音をたてぬように爪先《つまさき》だって上るのであったが、五尺六寸の頑丈な体軀《たいく》のせいか、足音が高く鳴るような気がする。三階のテラスにまで上ると、財前は、背中を猫背《ねこぜ》に屈《かが》め、人に顔を見られぬようにして、一番奥の扉《ドア》を叩《たた》いた。

「どなた?」

ケイ子の声が聞えた。

「おれ――」

周囲を憚《はばか》るように云うと、

「お入りぃ」

扉を押すと、鍵《かぎ》はかかっていなかったが、六畳と四畳半と台所の三間続きの室内は、乱雑に取りちらかり、医学雑誌の頁《ページ》が開かれたまま、部屋の真ん中に放《ほう》り出され、その向うのソファ・ベッドに、ケイ子の体が横たわっていた。

「五郎ちゃん、お久しぶりやこと、どうしたん？　連絡もせんと出しぬけに――」

真っ赤なガウンを羽織り、煙草《たばこ》をくわえたまま、横着な口のきき方をした。

「五郎ちゃんは止《よ》せよ、先生とか、あなたとか、もうちょっと、まともな云い方をしろよ」

「あなたと呼ぶのは、奥さんやし、先生と云うのは患者やないの、私は五郎ちゃんの奥さんでも、患者でもあらへんわ、バーで知り合ったお客とホステス、それが、たまたま五郎ちゃんがお医者さんで、私が、女子医大中退であったところが、ちょっと世間並と変っているだけやないの」

そう云うと、ケイ子は、短髪《ショートヘア》の前髪をうるさそうにかきあげ、

「五郎ちゃん、何を飲む？　ちょっと飲んでいるらしいから、おビールにしとく？」

と云うなり、財前の返事もきかず、さっさと冷蔵庫を開いて、ビールを出し、罐詰《かんづめ》のコンビーフとアスパラガスの蓋《ふた》を開け、散らかった部屋のテーブルの上に置いた。

財前は、酔いの廻っている体を大儀そうに動かし、上衣を取って、ワイシャツのネクタイをはずすと、どさりとケイ子の横へ坐った。

「ほんとにどうしはったのん？　急に現われたりして、私がお店へ出かけてたら、どないするつもりやったの？」

首をかしげ、財前の酒気に染まった逞《たくま》しい顔を覗《のぞ》き込むようにした。

「その時は、その時さ、今日は、六時過ぎから、和歌山の病院へ出る奴《やつ》のために、桜橋の近くで、送別会をしてやったその帰りだよ」

「そう、それやったら、うまい工合に、私もお店を休んでいて、よかったわ」

ケイ子は、財前と一緒にビールを口に運び、

「どう、何か面白《おもろ》い話があらへんかしら？」

退屈をもてあましているように云った。

「面白い話か、そうだな――」

財前は、ちょっと言葉を切り、

「そう、そう、今日、大学でおおいに面白い事件があったんだ」

と云い、週刊誌に載った自分のグラビアが、主任教授の東にどのような反応を与え、それによって助教授である自分がどういう扱いを受けたかを話すと、ケイ子は、ビールを飲みながら、ふんふんと頷《うなず》き、

「だから大学病院というのは、大嫌《だいきら》いやわ、まるで江戸大奥の局《つぼね》みたいやないの、しきたりとか、慣例だとか、さしずめ、教授は大名殿様で、助教授は足軽頭《あしがるがしら》、平《ひら》医局員は足軽、婦長は大奥の局、看護婦は腰元ぐらいの身分の差があるやないの、特に教授

と助教授の身分差は、殿様から足軽頭ほどの差があいてるのやから、五郎ちゃんも早く助《すけ》の字が取れるようにならんと、何時《いつ》まで経《た》ってもうだつが上らへんわ、その点、大丈夫やのん」

ケイ子の切れ長の眼が、きらりと光った。

「実力の点では絶対、自信があるんだが、何しろ、実力だけではことが決らん世界だからな、教授会の選挙によって決るわけなんだが、この選挙の票数という奴は、どの世界でも水もので、医学界だってご多分に洩《も》れずさ」

「ほんなら、それだけ、何か対策でも講じてはるの？」

「まだそこまで、具体的に動いていないけど、東教授の出方次第では、俺《おれ》だってやるさ、けど、今のところ東教授は、俺にやらせると、今日だって恩着せがましく云ったんだからな」

「へえぇ、グラビアのことでそんなにいや味たらたらを並べといて、自分の口から五郎ちゃんにやらせると云うてはるのん、そんなこと、自分の口から云う人は信用でけへんわ、バーのお客でも、口先の調子のええ人はまず、信用でけへんから、五郎ちゃん、あんたは腕がよくて、男らしくて、なかなかの自信家やけど、少々、おめでたいところがあるから、気をつけんとあかんわ」

「俺がおめでたい？　馬鹿《ばか》なことを云うな」

笑い飛ばすように云うと、

「ほんとやわ、あんたは、若い時は苦学生だったというけど、黒川五郎から財前五郎、つまり堂島の財前産婦人科医院の一人娘の養子婿《むこ》におさまってからは、ご裕福なご身分のせいか、少しも、もと苦学生のような陰険な用心深さがあらへんわ、何でも、自信満々の陽性やから、危なっかしいわ」

経済的な家庭の事情から、女子医大を中退しているケイ子らしい云い方をしたが、財前は、養子であることを云い出されると、きまって不愉快そうな顔をした。

「養子、養子と簡単に云うなよ、同じ養子でも、俺は財前家の大事な勲章だぜ、財前家は、金はあるが一介の開業医にすぎないから俺によって、国立大学医学部の教授という名誉が欲しいのだよ」

「だから、五郎ちゃんは、どんなことがあっても次期教授にならんと、財前家における立場が悪くなるやないの、財前家が月収五万七千円也の助教授のあんたに、サラリーをそのまま、小遣《こづかい》にさせ、その上、バーのツケも、財前産婦人科医院へ廻せばよいことになってるのは、五郎ちゃんが教授昇格株だと期待してはるからやわ、私かて、そうやわ、月ぎめたった二万円で、あとは私が働いて、共稼《ともかせ》ぎの愛人関係を保ってるのも、五郎ちゃんが、国立浪速大学の次期教授にと思えばこそやわ」

「と云うと、俺が教授になってから、資本《もと》を取り返そうとでも云うのかい」

「冗談やあらへんわ、国立大学の教授のまともなサラリーでは、とても一流のバーのホステスの面倒などみられへんわ、それとも、五郎ちゃん、あんた教授になれば、特診でじゃんじゃん稼ぐつもり？」

「人聞きの悪いことを云うなよ」

　怒ったような顔をした。

「それ、ごらん、すぐ怒るくせに、私は女子医大にいる時、化けもののような医学界の封建性と、矛盾だらけの人間関係を知っているから、浪速大学医学部の封建性と、財前助教授の将来性に、おおいに弥次馬《やじうま》根性をもっているわけやわ」

と云うと、一カ月ほど前、財前が来た時に置き忘れて帰った医学雑誌の方へ眼を遣《や》り、

「あの医事新報にも、五郎ちゃんの食道外科のこと載っているけど、そんなに食道・胃吻合《ふんごう》手術って難しいの？」

　そういう時だけ、ケイ子の切れ長の眼に、かつて女子医大生であったらしい怜悧《れいり》な輝きが漲《みなぎ》った。

「そうだな、普通の胃体にある癌《がん》なら、その患部を切除してしまえばいいのだが、胃の噴門部に癌が広がっている場合は、その部分を切除したあと、食道に繫《つな》がねばならないから、その繫ぎ方が分秒単位のスピードと、しかも手際《てぎわ》のよさと、絶対の確実さを要求されるから、難しいのだよ、おそらく、この手術が出来るのは、千葉大学の小山教授と、俺ぐらいのものだろう、また来週の火曜日も、九州からわざわざ、俺にと云《い》って来ている大きな手術があるのだよ」

と云い、財前は、火曜日の食道癌の手術のことを思い出すと、激しい欲情を催して来た。

「おい、ベッドへ行けよ」

四畳半にあるベッドへ露骨に誘った。

「まあ、いやね、また手術《オペ》があるの」

そう応《こた》えながら、ケイ子は、財前の逞しい体を受け止めるために、下着を脱ぎ、放《ほう》恣《し》な肢体で、ベッドに横たわった。

＊

芦屋川《あしやがわ》沿いに山手に向って車を走らせ、夜更《よふ》けの住宅街を通り抜け、イギリス風の煉瓦《れんが》と白い壁に柱型を見せた家の前に停《と》まると、東《あずま》は、急にしゃんとした身構えと謹厳な表情をして、門のベルを押した。女中が勝手口から小走りに出て来、門を開いた。

「お帰りなさいまし――」

恭《うやうや》しく出迎え、カバンを受け取った。東は、敷石伝いに玄関へ入りながら、妻の政子の部屋の灯《あか》りが消え、家内《いえうち》がひっそりと人気《ひとけ》のないのを見て取った。玄関のホールからすぐ二階の書斎の方へ続く階段を上りかけると、

「お父さま、お帰り遊ばせ」

佐枝子《さえこ》が迎えに出た。

「今、帰ったよ、お母さまは――」

「音楽会へお出かけになりましたわ、だから、私がお父さまをお待ちしていましたの、お茶でもお入れ致しましょうか」

間もなく、三十の声を聞こうとしている女の落着きがあった。

「うん、そうして貰《もら》おうかな」

東は、玄関ホールの右側の洋間の扉《ドア》を開けた。二十畳ほどの部屋の中央に、大きなマントル・ピースがあり、その上の飾棚には高価な置物が並べられ、壁には号何十万

円といわれる画家の絵が掲げられていた。その一つ一つが、非常に高価ないいものであるにもかかわらず、ひどく全体の調和が欠けているのは、それらが人からの贈り物であることを物語っているようであった。東は、マントル・ピースの前の安楽椅子《いす》に腰をかけると、窓の外を見た。暗い庭の中に、枝を広げた樹木が生い繁《しげ》り、温かい湿りを帯びた夜気が小開きになった窓から這《は》い込んで来た。つい一時間ほど前に、大阪の繁華街で、鵜飼《うがい》と酒を飲み交わし、財前五郎のことを話していたことが嘘《うそ》のような静かな気配と心の安らぎを覚えた。

しかし、鵜飼から(教授会の票をうまく操って財前を排除するか、それが出来なければ、好むと好まざるとにかかわらず、財前に次期教授のポストを譲ることだ、ただし、財前が教授の椅子につけば、君の思い通りにはならないよ)と云われた言葉が東の酒に酔った体の中で、冷たく冴《さ》えわたるように残っている。鵜飼に云われるまでもなく、結論は、どのみち二つに一つであった。それを、わざわざ鵜飼をバーへ呼び出し、財前のことなど相談したことが、ひどく軽率で滑稽《こっけい》なことに思えて来た。(こんなことで鵜飼に舐《な》められてしまわないだろうか、いや、鵜飼の口から、東教授ほどの後任ともなれば、どんな来手でもあるだろうと云ってくれたぐらいだから、そう簡単に舐められはしまい――)また何時《いつ》もの、よく云えば執拗《しつよう》なほどの用心深さ、悪く云えば、優柔不断な考えが頭を擡《もた》げはじめた。

「お父さま、お茶が入りました」

レモンを添えた紅茶茶碗《ぢゃわん》がテーブルの上に置かれ、納戸《なんど》色《いろ》の紬《つむぎ》の着物を着た佐枝子が、父の前に優しく坐《すわ》った。二十九歳というのに二十五、六歳にしか見えぬほっそりとした小柄な体であった。

「佐枝子、お前、財前君のことをどう思う？」

「そうでございますね、あの方——」

佐枝子は、紅茶茶碗を取りながら、一年に二、三度は、東家に出入する財前五郎の姿を思いうかべた。

「お父さまの優《すぐ》れた右腕だという評判ではございませんか、それに、近頃では、食道外科の方で大へん有名になられ、第一外科の次期教授だという専《もっぱ》らの噂《うわさ》だそうでございますね」

「専らの噂？　そんなことがどうしてお前たちの耳にまで入るのかね」

「お母さまから伺いましたわ、この間の教授夫人会の集まりに出かけられたお母さまが、その席上で、浪速大学の第一外科のことを東外科と云わず、最近、財前外科などと云っている人があるからご用心遊ばせと、耳うちをなさった方がございましたそうですわ」

浪速大学医学部では、〃くれない会〃という教授夫人たちの集まりがあり、二カ月に一度、教授夫人たちが集まって、親睦《しんぼく》をはかっていた。

「佐枝子は、そんな噂を本気にする方かね」

「いいえ、別に本気にも、嘘気にも致しませんわ、どうせ、大学というところは、始終、そうした噂が流れるところですもの」

佐枝子がものを考える齢頃《としごろ》になった時から、家庭で話される話題は、大学内における父の地位と業績であり、それに関連する医学部内の人事の話であり、すべてが権力と名誉欲と利己主義に満ちていた。齢頃になった佐枝子が、国立大学医学部の医師には嫁《とつ》ぎたくないと云い出した時、父の貞蔵も、母の政子も、佐枝子の心の中に起っている複雑な心の動きには気付かず、頭からそれに反対し、浪速大学や京都の国立洛北《らくほく》大学の医学部などの心当りをあたり、何度も見合いをさせたのであったが、肝腎《かんじん》の佐枝子の返事が何時も煮えきらず、何時の間にか二十九歳を迎えてしまったのであった。

「ところで、佐枝子、お前もそろそろ、結婚を急いで貰《もら》わなくてはならないね、同じ結婚するなら、私が現役教授でいる間の方が、何かとりっぱで便宜だからね」

慰《いたわ》るように云うと、佐枝子は涼しい一重瞼《ひとえまぶた》を、大きく瞠《みは》り、

「お父さまの停年退官は、来年の春でございますのでしょう、それまで一年ほどしかございませんのに、そんなにうまく私の縁談がまとまりますかしら――」

他人《ひと》ごとのような返事をした。

「そんなことを云っているから、何時まで経《た》っても縁談がまとまらないのだよ、ともかく、まだまだだと思っていた私の退官が、こう眼の前に迫ると、お前の縁談のことも呑気《のんき》に考えておられない、お母さまとよく相談して心当りをあたっておくが、お前はだいたい、どんな人物が好ましいのだね」

佐枝子は、一瞬、眼を伏せたが、きらりと眼をあげると、

「前にも申し上げましたように、私はお祖父《じい》さまやお父さまと違った世界の方と結婚したいと思っています、でも、どうしても医学関係の方でなければならないのでしたら、いっそ、開業しておられる人の方が――」

「何？　開業医――、国立大学教授の娘が、街の一開業医と結婚したいと云うのか」

「いけませんでしたかしら？」

静かな眼《まな》ざしの中に、父の言葉を詰《なじ》るような光があった。

「絶対、反対だよ、何代も続いている有名な個人病院や医院の場合は別として、一般の開業医になる者の多くは、大学の医学部を卒業して、教室に残りたくても、残れず、

大学での出世コースを進むことも、地方の大学病院の勤務医としてのコースを歩むことも出来ない者が、仕方なく開業医になる場合が多いのだ、こともあろうに、一介の町医者となど……」

父の代から国立大学教授になることを、東家の変えることの出来ぬ聖職と考え、その道をまっすぐに歩んで来た東貞蔵の頭の中には、医者と云えば、国立大学医学部の教授か、せいぜい助教授、講師ぐらいの姿しか思い描くことが出来ず、牢固《ろうこ》とした開業医に対する偏見を抱いていた。

「お父さまのその怖《おそろ》しいような偏見が、私の縁を遠くし、亡《な》くなられたお兄さまをもお苦しめしたのですわ」

佐枝子の眼に、悲しい怒りの色が籠《こも》った。東の長男である東哲夫は、医者になることを嫌《きら》い、中国文学を専攻することを望んだのであったが、医学者である祖父と父の強固な反対にあい、無理に無理を重ねた理科系の受験勉強に苦しんだあげく、高等学校から新潟医大へ入学したその年に胸を病み、戦争中の食糧不足が加わって二十二歳で夭逝《ようせい》してしまったのであった。東は、長男の死に対して、(あいつは医学者になるだけの頭脳がなかったのだ、馬鹿な奴《やつ》だ)一言、そう云っただけであったが、今も、佐枝子の悲しい怒りを籠《こ》めた表情に気付かないのか、死亡した長男のことには触れず、

「ほう、私の考えが、お前を縁遠くしているというのかね、それはまたどういう意味だね」

訝《いぶか》しげに聞いた。佐枝子は、固い視線を父に当て、

「お父さまほどの方が、お解《わか》りにならないのでございましょうか、私がお父さまやお母さまがお勧めになる大学関係の方との縁談に気が進みませんのは、大学の医学部内の矛盾に満ちた人間関係や、実力だけではどうにもならない医学界の封建性と、何時の間にか、それに飼い馴《な》らされてしまっている人間の奇妙な歪《ゆが》みが厭《いや》だからなんですわ、私の結婚相手をお選びになる時も、相手の人間そのものや実力以外に、お父さまに繋《つな》がる学問的系列や学閥《がくばつ》、閨閥《けいばつ》まで綿密にお調べになりますけれど、私は、そんな人工培養のような結婚は致したくございません」

「人工培養のような結婚？」

佐枝子は、眼を見開いたまま頷《うなず》き、

「お祖父さまとお祖母《ばあ》さま、或《ある》いはお父さまとお母さまのようなご結婚でございますわ、お祖父さまが恩師の令嬢であるお祖母さまをお戴《いただ》きになり、お父さまが、お祖母さまのご縁続きの著名な法医学者の娘であるお母さまを妻にお迎えになり、その閨閥と学閥との繋がりで、お祖父さまは正四位勲二等勅任官の国立洛北大学附属病院院長

にまでおなりになり、お父さまも、母校の東都大学で教授におなりになれなかったとはいえ、浪速大学でご自分より古い方々を飛び越して教授になられ、東家は結婚という意識的な培養によって出来上った医学者一家でございますわ、私はそうした人工培養のような学者種族をつくるための結婚など厭でございます」

佐枝子は壁にかかっている祖父の姿を見上げた。黒い礼服に勲二等の勲章を胸に飾った日本の外科学界の功労者である東一蔵のいかめしい肖像写真であった。

「佐枝子、少しは言葉を慎みなさい、何もそうしたことは……」

言葉を挟みかけると、佐枝子は、

「何も東家に限ったことではない、どの学者の家だって、そうした人工培養によって優れた学者の一家を作り上げているのだとおっしゃりたいのでございましょう、だから、私は大学関係の方々との縁談は気がすすまないのでございます、でも、どうしても、医学と関連のある職業でなければとおっしゃるのでしたら、先程も申し上げましたように、いっそ、私は、開業をしていらっしゃる人の方が――、医師としてりっぱな方でさえあれば、どうして開業医の方ではいけないのでしょうか」

とっさに、東は、答えるべき言葉に迷った。佐枝子の言葉は、未婚の女性らしい潔癖さと感傷から来るアカデミズムに対する反撥《はんぱつ》に過ぎないとも受け取れた。しかし、控え目でおとなしそうに見えながら、芯《しん》の強さと忍耐強い実践力を持っている佐枝子のことであるから、本気にそう考え、本気でそう行動しようと考えているのかもしれないと思うと、東は、不意打ちを受けたような狼狽《ろうばい》を覚えた。その狼狽を払い退《の》けるように、強《し》いて謹厳な表情をつくり、ゆったりと背中を安楽椅子にもたせかけながら、もし、次期教授に選ぶ者が、愛娘《まなむすめ》の配偶者としても適当な人物であったなら――という唐突な、そして動かすことの出来ぬ強い欲求が、東の胸の中にふくれ上って来た。

財前杏子《きょうこ》は、時計を見上げた。十時を廻っているのに夫から遅くなるという電話もかかって来ない。小学校へ通っている二人の子供は、とっくにベッドへ入り、女中も自分の部屋へ退《さが》っている。広い家の中で、杏子独りが起きていて、三面鏡の前に坐っている。夕方、美容院でセットしたばかりの髪型が気に入らなかった。

ヘア・ブラッシュを取って、さっと前髪を額へかきあげると、生え際《ぎわ》がくっきりと現われ、眼鼻だちの華《はな》やかさが強調された。鏡に映った自分の顔に満足すると、杏子は、鏡台の前を離れて、縁側の籐椅子《とういす》に腰をかけた。

庭園燈《ていえんとう》に照らされた二百五十坪ほどの庭は、芝生《しばふ》と小さな花壇だけの手入れの行き届かない庭であったが、国立大学の助教授の家としては、贅沢《ぜいたく》な住いだった。財前杏子の父である財前又一が、十四年前に娘の養子婿《むこ》として黒川五郎を財前家へ迎えた時、この夙川《しゅくがわ》の山の手へ新築してくれたものであった。大阪の堂島で産婦人科を開業している財前又一は、開業医として富裕な財をなし、ここ十数年来、医師会の役員を勤め、開業医の間で隠然たる力を持っていたが、国立大学医学部の教授に対しては、滑稽《こっけい》なほどの劣等感と羨望《せんぼう》を持っていた。それだけに養子婿によって、自分の果せなかった夢を実現させようと、財前五郎が助教授から教授になることに、異常な執念を燃やしているのだった。

最初のうちは、そんな父の子供じみた執着を笑い、関心を持たなかった杏子も、何《い》時《つ》の間にか父と同じように、夫の財前五郎が一日も早く教授になることを望むようになっていた。

一カ月程前から、財前五郎の帰宅が俄《にわ》かに遅くなりはじめ、土曜日以外は夕食を外でするようになり、子供たちのためにもっと早く帰宅するように云った時も、(今が次期教授をねらう一番大事な期間だから、安閑と家でなど飯を食っておれない)と云《い》われると、勝気な杏子が、黙ってそのまま引き退ってしまうのだった。

今日も帰りが遅いのではないかと思うと、杏子は手持無沙汰《ぶさた》に、マガジン・ラックに手を伸ばし、夫の財前五郎の写真が載っている週刊誌を出して、広げた。

夫の精悍《せいかん》な顔が画面一杯に広がり、メスを持った美しく厳しい手が大写しになっていた。手はゴム手袋に掩《おお》われていたが、杏子だけは、その手が毛深い節太《ふしぶと》の男らしい手であることを知っていた。そして、その毛深い手に抱かれて、激しく愛撫《あいぶ》されるのが、夜の杏子の娯《たの》しみであった。それを思うと、三十六歳の杏子の体は、俄かに熱っぽい湿りと昂《たかぶ》りを覚え、求めるように籐《とう》椅子の上で眼を閉じた。

車の停《と》まる音がし、門のベルが鳴った。急いで、門の扉《とびら》を開けに行くと、酒くさい夫の体が、杏子の肩を抱いた。杏子は、その手を弾《はじ》くようにし、

「こんなに遅く、どうしてはったのです？」

大きな眼で咎《とが》めるように、夫の顔を見た。

「今日は、うちの教室から和歌山の病院へ出る助手の送別会があったんだよ、そのあと、二、三軒廻っていて、それで遅くなったんだ」

「へえ《ヽ》、助手の方の送別会に、二、三軒も二次会をしないと、いけませんかしら――」

「それが、助手やインターンだけならともかく、東教授も珍しく顔を見せられたから、ついそのお伴《とも》で――」

杏子に、夫らしい襟度《きんど》を失わず、しかも杏子の機嫌を損わぬようなものの云い方が、財前の身についていた。

「まあ、東先生もお顔をお見せになりましたの、助手の送別会ぐらいに――」

杏子が愕《おどろ》いた表情をすると、

「停年退官前ともなれば、東教授だって、愛想がよくなるものさ」

週刊誌のグラビアのことで東教授から皮肉な叱責《しっせき》を受けたような自分にとって都合の悪いことは一切、云わず、都合のよいことだけを話すのが、家庭における財前の常であった。杏子は、夫の言葉を真《ま》に受け、

「東先生の退官といえば、お昼、父に電話をすると、今、週刊誌を見たところだが、五郎君、なかなか派手にやりよるやないか、この調子、この調子やと、電話器が割れるような声で云うてはりましたわ」

財前は、杏子の父である財前又一の赫《あか》ら顔を光らせながら、大声で大阪弁をまくしたて、あっはっはと豪傑笑いをする海坊主《うみぼうず》のようにぬるりとした大きな顔を思いうかべた。

「相変らず、お元気で診療と医師会の役員で走り廻っておられるんだな」

大阪と大阪の郊外の夙川に住みながら、財前又一と五郎は互いに仕事に追われて、

頻繁《ひんぱん》に往《ゆ》き来《き》が出来ず、子供だけが月に二、三度、女中に連れられて、大阪の祖父の家へ顔を見せに行くことになっているのだった。

「ええ、元気過ぎるぐらい元気ですわ、そして、どうや、わしの買《こ》うた投資株には間違いないやろと云って、大自慢をしはったわ」

杏子は、父の言葉をそのまま伝えた。

「ふうん、わしの買うた投資株か――」

そう応《こた》えながら、財前五郎は、なるほど、俺《おれ》は、財前又一が先を見込んで買い求めた投資商品であるかもしれない、開業医財前又一が、自分に代って、自分の名誉欲を果してくれる者として、多額の結納金を積んで黒川五郎を買い取り、黒川五郎は、動物園の雄猿《おすざる》のようにあてがわれた雌猿をそのまま受け入れ、男としての性を売り渡し、その代りに、豊かな生活費と学究生活を得ている――、それだけのことであり、それだけでいいではないかと思うと、財前は、ふてぶてしい笑いを嚙《か》み殺して、居間へ入った。

杏子がうしろに廻って、上衣をとり、着物を着せかけた。縞結城《しまゆうき》の渋い袷《あわせ》に博多《はかた》独鈷《どっこ》の角帯という凝った和服姿であったが、それは財前又一のお古を拝領したものであった。着物だけでなく、この部屋にある神代杉《じんだいすぎ》の座敷机も、床の間の軸も、香炉も、すべて、大阪の財前家から拝領したものか、それとも、財前又一が買って与えてくれたものであった。杏子は、急に黙り込んだ夫に、

「お夜食の用意をしときましたわ、一緒に召し上って――」

甘えるような口調で云った。和歌山の病院へ出向する織田たちとバーで飲んだ後、ケイ子のアパートでも、ビールを飲み、情事のあとサンドイッチをつまんで満腹だったが、

「うん、ちょっと貰《もら》おうかな、送別会と二次会で腹一杯だが、杏子と向い合うと、やはり一口――」

昼間の財前の顔には見られぬ、女の心を誘い込むような優男《やさおとこ》めいた甘い表情であった。

「まあ、いや、何時もその手で、私をまるめこみはるのやから――、でも、あなた、ほんとに、浮気なんかしないで、そんなことしはったら、私、黙ってないわ、それこそお父さんにも云いつけて、絶対、我慢しない――」

杏子は、自分の方から夫の胸に顔を寄せた。大きすぎるほど大きな眼を伏せ、花弁《はなびら》のようにくびれた紅《あか》い唇を突き出した。財前は、その厚い唇を吸い、杏子の体を抱きながら、不意に、もっと金が欲しいと思った。

絡《から》み合わせた四肢を解き、杏子の体が財前五郎の胸から離れると、思いついたように、

「お舅《とう》さんに、ちょっと頼みたいことがあるんだがな」

「何かしら？　どんなことですの」

「いや、仕事の話だから、僕がお舅さんにお目にかかって直接、お話するけど、杏子からも、ちょっと電話をしておいてくれよ」

と云いながら、来週の火曜日の手術《オペ》をすませたあと、堂島の財前産婦人科医院へ寄る心づもりをした。

# 二章

手術日の朝は、医局に張り詰めた緊張感が流れる。九時からの手術に、インターン、学生たちは、八時に一階の中央手術室に集まっていた。手術に携わる助手四人と、手術室主任看護婦と二人の若い看護婦だけが手術室に残り、あとのインターンや学生たちは手術室を見下ろせるガラス張りの見学室に入って待機している。財前《ざいぜん》助教授の食道癌《がん》の手術で、しかも比較的死亡率の高い食道噴門癌の手術であることが、見学者たちの強い興味を惹《ひ》いているのだった。

煌々《こうこう》とまぶしい光を放つ無影燈《むえいとう》が、タイル張りの淡青色の床を冷たく照らし出し、広い床の上に白い手術台がさむざむとした形で置かれ、手術台の傍《そば》にガラス・ケースに入ったメス、鋏《はさみ》、止血鉗子《かんし》、ピンセットなどが不気味なほど冷たい光を放っている。部屋の隅の消毒容器の白さも眼にしみ入るように冷たい。室温二二、三度に調整された手術室であったが、すべてが白い冷たさの中に吸い込まれるような静けさに包まれ、器具を整理する金属音と看護婦の足音だけが響いている。

突然、手術室に繋《つな》がる手術予備室の扉《ドア》が開いたかと思うと、財前五郎であった。入って来るなり、手洗い消毒器の前へ寄り、診察衣を脱いだ。看護婦がすぐ消毒した手術衣を着せかけると、手術衣のうしろ紐《ひも》を結ばせながら、消毒石鹸《せっけん》で手を洗い、さらに消毒薬で丹念に洗って、両手を前へつき出した。看護婦は消毒容器の中から取り出したゴム手袋を、財前の毛深い手に皺《しわ》一つ見せぬ密着度でぴしっとはめ、頭に手術帽をかぶせ、マスクをかけた。財前は、軽く頭を振り、両手の指を屈伸させ、ゴム手袋や手術衣、帽子などが間違いなく完全につけられているのを確かめ、鋭い視線でちらっと四方を見廻して手術室へ入った。

「患者を！」

マスクの下から、ぶっきら棒に云《い》った。二人の看護婦が、すばやく麻酔室に通じる扉を開け、患者を乗せた運搬車を静かに押して来た。

前麻酔をかけられている患者は、運搬車の上に蒼《あお》ざめた顔を仰向け、眼を閉じている。運搬車を手術台の傍へ付け、看護婦が患者の体を手術台の上へ移すと、麻酔担当医が呼吸音と脈搏《みゃくはく》をみながら、全身麻酔をかけ、助手が手術用の掩布《おいふ》をかぶせた。無影燈の照明が患部に向って、さらに明るく照射した。財前の眼に鋭い光が増し、右手に円刃刀《メス》を握って患者の胸部へ近付けたかと思うと、胸から腹部にかけて切開した。鮮紅色の血が盛り上るような太い線を描きながら両側へ流れ落ち、薄桃色の皮膚組織が切り広げられて行った。肋骨《ろっこつ》をはずし、胸膜を切開して胸腔《きょうこう》に入る。二人の助手は、財前の開いた筋肉をハーケン（鉤《かぎ》）にかけて固定させ、出血部分は止血鉗子《かんし》で出血を止め、円刃刀《メス》の操作を助ける。さらにその周囲の心臓、肺臓、肝臓などの臓器を傷つけぬように注意深く圧排していくと、食道から噴門部にかけて、黄白色のでこぼこの腫瘤《しゅりゅう》が見えた。癌組織であった。淋巴《りんぱ》節にも転移している。

財前の頭に、九州の病院から取り寄せた患者の一年前のデータがよぎった。

氏名　山田音市　六十二歳　海産物商

主訴　食道嚥《えん》下《げ》障害

現病歴　本年始め頃から固形物摂取の際に、時折、むせそうな嚥下障害があり、水を一緒に飲んだり、流動物を取ると通過がよくなる。しかし、食欲は正常、嘔気《はきけ》嘔吐《おうと》もなく、あまり痩《や》せない。

入院時所見　尿異常所見なし、糞便《ふんべん》潜血反応ベンチヂン、グアヤックともに陽性、赤血球数三七二万、ヘモグロビン七五％、白血球八三〇〇、肝機能著変なく、血清蛋白《たんぱく》六・四グラム・パー・デシリットル、エックス線検査で腹部食道に軽度の変形を認めるも、食道鏡検査異常なし。

円刃刀《メス》を握った財前は、その所見に侮蔑《ぶべつ》するような冷やかな笑いをうかべた。財前の眼からすれば、一年前のエックス線写真で既に癌による硬化像が見て取れ、明らかに食道噴門癌の見落しであった。もう一、二カ月遅かったなら、癌は胃の漿膜《しょうまく》を破って腹の中にまで広がり、手術の機会を逸してしまうところであった。財前は、助手に向って、

「食道噴門癌の手術だ、よく見ておけ！」

厳しい声で一言そう云うと、先の尖《とが》った鋭い尖刃刀《クーパー》に替え、まず淋巴節の転移を全部取り除きながら食道を剝離《はくり》し、癌の大部分を引き出し、食道鉗子をかけて、切り取った。左右の助手がガーゼ・タンポンと止血鉗子で出血を止めた。次は胃であった。ぬるぬるとした腹腔内《ふくこうない》に食道から切り離された噴門部が、癌のために歪《いびつ》に変形してしまっている。財前は健常部を残して切除し、残胃を管状に形成し直すと、食道の断端にぐいと吊《つ》り上げ、手早く縫い合わせにかかった。この食道と胃の吻合術《ふんごうじゅつ》が、この手術の中で最も難しい。ともすれば鉗子に挟んだ食道が、鉗子からはずれて縦隔洞《じゅうかくどう》の奥

へ入り込み、吻合のきっかけを失ってしまう。財前の額に汗がにじみ、咽喉《のど》に熱い乾きが来た。

汗を振り払うように顔を仰向けた途端、財前ははっと、眼を瞬《しばたた》いた。中二階の見学室のガラス窓から手術室を見下ろす東《あずま》教授の動かぬ顔が見えた。財前の眼に動揺の色がうかび、一瞬、判断に迷うように手の動きが止った。しかし、分秒単位の判断と処置を要する手術であった。

財前は、ちらっと正面の時計を見上げると、思いきり上部に吊り上げた胃を、手早く食道につなぎ、縫合不全（縫ったところが離れる）にならぬようにカット・ガットで仮縫合、ついで全層縫合、最後に絹糸で漿膜縫合と、鮮やかな手捌《てさば》きで食道と胃を縫い合わせる。

「出来るだけ早く、完全な縫合だ！」

そう云い、ぷつんと大きな音をたてて糸を切った。生と死の別れ目を告げる音であった。

あとは手早く圧排していた内臓をもと通りの位置に返し、切開した腹部を閉じるだけのことだった。手術は成功であった。

財前は、困難な手術が成功し、自分の力で一人の人間の命を救った時の大きな喜びと、不遜《ふそん》なほどの自信が、体の奥から強く湧《わ》き上って来るのを覚えた。マスクの下で、思わず、会心の笑いをうかべながら、切開部を縫い合わせ、助手にガーゼをあてさせ、胸腹帯が巻き終るのを見てから、縫針《ほうしん》を置いた。額からぽとりと、大粒の汗が床に落ちた。

ほっと大きな息をつき、見学室の方を見上げると、もう東の姿は見えなかった。インターンと学生たちの昂奮《こうふん》した顔が、重なり合っているだけであった。

「先生、患者を運び出しますが、よろしいですか」

主任看護婦が聞いた。財前は、額の汗を拭《ぬぐ》いながら、患者の様子を確かめ、

「よろしい、すぐ病室へ帰さず、回復室《リカバリー・ルーム》へ入れて、患者の様子を見てから帰すことだ」

指示を与え、若い看護婦に手術衣とゴム手袋をはずさせ、消毒薬で手を洗って、手術室を出ると、いきなり、取り縋《すが》るような女の声がした。

「先生！　おかげさまで命拾いをさせて戴《いただ》きました、主人には申しておりませんが、主治医の先生からとても難しい手術だからと、因果をふくめられておりましたのに、先生のおかげで助けて戴けました、九州の病院から思いきって先生のところへ変り、ようございました、何とお礼申し上げましたら……」

あとは言葉にならず、六十近い白髪のまじった頭を下げた。

「いや、もう少しで危いところでしたね、難しい手術でしたが、ご主人に運があったのでしょう」

「そんなにおっしゃられると、こちらはもう……ほんとうに先生から助からぬ命を頂《ちよう》戴《だい》致しました」

と云い、両眼から涙を溢《あふ》れさせた。財前の眼に、ふと田舎《いなか》にいる母の姿がうかんだ。

「手術後の養生が大事だから、くれぐれも大事に、あとで病室の方をのぞいてあげますよ」

慰《いたわ》るように云い、年寄りのそばから離れると、煙草《たばこ》をくわえてそのまま、中庭へ出た。何時《いつ》ものように新館建築現場の方へ足を運びながら、なぜ東が、朝一番の助教授執刀の手術を見に、わざわざ足を運んだのか、それが財前の胸の中で、次第に大きな懸念《けねん》になった。まさかこの間の週刊誌のグラビアの『食道外科の若き権威者、財前五郎』というキャッチ・フレーズにこだわっているなどとは思えないだけに、そこに心当りのない不安と薄気味の悪さを感じた。

東は、堂島川沿いのビルの六階にあるレストランで独り、早い昼食を食べながら、さっき見た財前の手術を思い返していた。

メスの扱い方、切開の鮮やかさ、縫合の敏速さ、まるで絵を描き、彫刻する人のように精巧な器用さで動く財前の手が、まだ東の網膜に焼きつくように残っていた。

ここ二、三年来、新館増築の申請許可で、鵜飼《うがい》と東奔西走の雑務に追われ、財前の仕事にじっくり眼を向ける暇《いとま》がない間に、財前の仕事は大きく飛躍してしまっているようであった。この間、娘の佐枝子《さえこ》が、次は財前外科だという専《もっぱ》らの噂《うわさ》ではございませんかと、何気なく云ったその言葉さえ、俄《にわ》かに真実味を帯びて来るようであった。

昨日までは自分の後継者として扱って来た人間が、何時《いつ》の間にか、学問的にも社会的にも、自分の競争者になろうとしていることに、東は激しい動揺を覚えた。何ということだ、私ほどの人間が、自分の下にいる助教授などを意識して——、東は自らを窘《たしな》めるように、姿勢を正し、ナプキンの位置を直してフォークを取った。

コーヒーを呑《の》み終ると、まだ十二時過ぎであった。今日は午前中の外来診察がなく、医長回診だけの日であったから、午後一時からの回診時間に病院へ帰ればよかった。時間つぶしにビルの地下にある本屋へ立ち寄ってから、病院へ帰ると、まだ一時前であったが、もう医局員たちは、医長回診の準備をして待っていた。

診察衣を着、第一外科の病棟である三階南棟の方へ足を向けると、助手、インターンたちの中で外来診察室へ出ていない者全部が、医長のうしろに従った。三十人ほどの医局員が、東のうしろを大名行列のようにものものしい姿で続き、三階詰所に近付くと、

「医長先生のご回診です!」

布《ふ》れ廻る婦長の声が長い廊下に響き渡り、その声に呼応するように各病室の扉《ドア》が両開きに開かれ、俄かに緊張した気配が流れた。東は、こうした大名行列を連ねるようなものものしい医長回診も、あと一年ばかりかと思うと、体の中で何かが脱落するような、いいようのない侘《わび》しさを感じた。

病室へ足を踏み入れると、瘦《や》せこけた中年の女が、ベッドに仰向きながら、頭を下げ、その娘らしい付添いの若い娘も丁寧に礼をして、医長を迎えた。病室は塵《ちり》一つないまでに掃き浄《きよ》められ、枕頭台《ちんとうだい》と椅子《いす》の位置まで改まった形に置かれ、枕頭台の横にその患者の主治医が直立不動の姿勢で教授を迎えた。

東は、つかつかと患者のそばへ近寄ると、主治医の提出するカルテに眼を通し、

「どうかね、今日の工合は——」

胃潰瘍《いかいよう》の手術をして、三日目の患者であった。

「はい、おかげさまで――」

患者はそれだけ応《こた》え、主治医が術後の経過を報告した。東はそれに耳をかたむけながら、婦長がさし出す聴診器を耳に当てて全身状態の診察をし、胸腹帯をはずさせて患部を見た。創口《きずぐち》はきれいに乾燥し、抜糸も順調にいきそうな状態になっている。問題はその後の食養生だけであった。

「うん、調子はいいよ、今日あたりから一日六度の流動食にして用心することだな」

そう云い、担当の主治医に向って、

「君、細かい食事の注意を与えて、抗生物質、点滴とも現在通りでいい」

と云うと、もう部屋を出ていた。特別懇意な患者でない限り、一人二、三分ぐらいの回診にしなければ、百ベッドもある第一外科の病棟を週一回の回診で見終ることは到底、出来ない。

五番目の病室の前まで来た時、東の眼に鋭い光が加わった。病室に、財前五郎が起《た》って待っていた。手術後の患者の様子を見に来ているところであった。まだ麻酔が醒《さ》めず酸素吸入器をかけたままでいる患者の枕《まくら》もとで、財前はカルテを出し、

「食道噴門癌《カルジア・クレプス》です、前の病院で一年も見落され、手遅れになるところでしたが、今朝

の手術《オペ》で何とか摘出《エクストリパチオン》しました」

と報告をした。東教授は黙って、カルテを受け取り、ゆっくり眼を通してから、

「なるほど、前の病院は誤診しているようだね、しかし、その誤診を発見したからといって功績にはならないね、胃カメラを撮り、アブラシブ・バルーンによる細胞診断を行なえば、誰でも出来る診断だ、ただ前の病院にそれだけの力がなかっただけのことだから、諸君もその注意を忘れぬようにしてほしい」

財前の診断と手術の適切さを無視するように云った。

「で、手術《オペ》の結果はどうだったかね」

「はあ、少し困難でしたが、食道を切り、胃を吊《つ》りあげて、代用食道による再建術をやりましたので、結果は大へんいいと思います」

自信を持った声で財前が応えると、東の眼に険しい色が流れた。

「噴門癌の手術の結果が成功であったか、なかったかは術後一週間経《た》ってみないと解《わか》らないよ、それからさっき、君の手術をちょっとみていたが、あれは乱暴だよ」

「え？　乱暴——」

愕《おどろ》いたように財前が聞き直した。

「そうだよ、君は患者《クランケ》が老齢者にもかかわらず、手術中に時計を見たりして、時間を

気にしていた様子だが、老齢の患者や、全身状態が弱っている患者には、手術時間どころか、手術そのものを二回乃至《ないし》三回に分けて行なうほどの慎重さが必要だよ、手術は運動競技の記録でも、いわんやショウでもないから、スピーディに手際《てぎわ》よくやるのが能じゃない、君の手術は何時も短時間ですむという評判らしいが、そんな評判よりもっと治療そのものに対して慎重にじっくりかまえなくてはいけない」

刃《やいば》を突きつけるような言葉であった。財前は、わざと平静な表情をし、

「もちろん、術前に患者の肝臓、腎臓《じんぞう》、心臓などの検査を行なった上で、一回ですます手術の方法をきめまして、その上で老齢者であることを考え、出来るだけ患者の負担を少なくするために、今日は意識的に手術時間を短縮したわけです」

財前にとってはありのままの報告であったが、どちらかといえば手術時間の長い東にとっては、自分の不器用さを指摘されたような皮肉に聞えた。

「君は僕の言葉を批判するのかね、自分の腕に酩酊《めいてい》してはいけない」

と云《い》い、じろりと財前の顔を見た。短い言葉であったが、一言のもとに相手を斬《き》って捨てるような冷やかな言葉であった。財前は、思わず、むっとしかけたが、

「ほかに何かご指示が――」

治療方針に話をかえると、

「君が手術した患者だから、君がよく考えればいいだろう、その上、解らぬことがあれば、僕の部屋まで来給《きたま》え」

と云うなり、うしろに従っている医局員たちの間をかき分けて、病室の外へ出た。白けかえった病室の中で、患者の家族は、ドイツ語を混えて話された会話の内容が解らぬ様子であったが、医局員たちは、東の何時にない険しい様子に不審と興味を見せながら、東のあとを追った。

取り残された財前は、何事もなかったように患者の家族に向い、術後の注意を与えてから、病室を出た。長い廊下の突き当りを、助手やインターンを従えた東の回診の列が、長々と続いていた。

その長い列を見守りながら、財前の胸に、はじめて、東に対する暗い疑惑が持ち上って来た。(東の胸に、何か俺《おれ》に対する大きな変化が起きはじめているのかもしれない、ひょっとしたら次期教授は君にと云いながら、その実、俺を追い落すために何かを考え、企《たく》みはじめているのではなかろうか、今日の俺の手術を見に来たのも、何か俺の欠点を見つけ出すためであるかもしれない——)財前の顔に、不意に微妙な笑いがうかんだ。足早に助教授室へ帰り、診察衣を脱いで身支度をすませると、すぐ病院を出た。

財前産婦人科医院の前まで来ると、何時《いつ》も妙な活気に溢れている。内科や外科と違って、妊産婦の多い産婦人科であるせいかもしれない。三階建て九十坪の医院の前は、何時もタクシーや乗用車が駐車し、みるからに財前産婦人科医院の人気を物語っている。財前五郎は、表玄関の扉《ドア》を押して受付の前へたち、

「院長は？」

と云い、眼で診察室の方を指した。

「まだご診察中ですが、お伝えしましょうか、それとも奥でお待ちになりますか」

受付の事務員が腰をうかせかけた。

「いや、待合室で待ってるよ、まさか診察室へ入るわけにもいかないからな」

財前の眼に、脱衣籠《かご》の前で下半身だけの衣類を脱ぎ取り、眼隠しカーテンに仕切られた内診台の上に両股《また》を広げて、子宮鏡をさし込まれたり、洗浄液で腟内《ちつない》を洗われている患者の姿がうかんだ。といって、診察室の奥にある住いの方へ行くのも億劫《おっくう》であった。姑《しゅうとめ》は既に七年前に亡《な》くなっていたが、姑が健在な時から居て、財前又一の身の廻りの世話をしているおしゃべりで、干渉がましい老婢《ろうひ》と言葉を交わすのは、気が

すすまなかった。

のそりと待合室に入って腰をかけた。一斉に女ばかりの胡散臭《うさんくさ》げな視線が集まったが、財前は平然と煙草をくわえて、待合室の中を見渡した。新調したばかりの二十脚ほどの椅子に、腹の膨れた妊産婦や、一目で玄人《くろうと》と解る粋筋《いきすじ》の女や、妊娠したばかりらしい若い主婦が、それぞれの姿で坐《すわ》っていた。粋筋の女には苛《いら》だつような影が見え、妊娠したばかりらしい若い主婦には、みずみずしい喜びのような表情があり、妊娠六カ月以上は経っている腹の膨れた妊産婦は、気怠《けだる》そうに坐っている。大分、待たされているのか、どの顔も、備えつけのテレビや婦人雑誌より、患者の名前を呼ぶ受付の方へ視線が動き、自分の名前が呼ばれると、待ちあぐねていたようにそそくさとたって、診察室へ入って行った。

ガラス扉《ど》を隔てた診察室の中からは、問診する若い医者の声や、内診器具を消毒したり、整備したりする慌《あわただ》しい音が聞え、時々、財前又一の大阪弁で喋《しゃべ》る割れ鐘のような高い声も聞えて来る。忙しくなると、大声を出すのが財前又一の日頃の癖であった。患者に話しかけているのか、二人の勤務医に何か指図しているのか、話の内容は聞き取れないが、大声で喋っては、あっはっはっと哄笑《こうしょう》する。機嫌のよい笑い声であった。とても六十二歳などとは思えぬほど声に張りがあり、活気に満ちている。

声だけではなく、海坊主《うみぼうず》のようにぬるりとした頭を光らせながら、どぶ浚《ざら》えするような無造作さで、次々と患者の性器を診療し、その診療の合間を縫って、医師会役員として飛び廻っている。その上、花街の小唄《こうた》や長唄の会へは必ず顔を出し、適当なつき合いの席も設けて、どこから、そんなエネルギーが湧《わ》くのかと、首をかしげたくなるような精力的な活動であった。

財前は、もう一度、満員の待合室を見廻しながら一日に五、六十人の外来患者があり、階上に入院用のベッドを三十近くも持っているというのに、どうして何時までも、病院にせず、医院の形態を取っているのか、不思議であった。これだけはやれば、産婦人科病院として、十分に採算が取れるはずであった。

乱暴に扉を開ける音がしたかと思うと、舅《しゅうと》の又一であった。つるりと光った坊主頭を振り、

「ああ、えらい待たしてしもうたな」

「いや、こちらの方が約束の時間より早く来たんですから、どうぞ、ごゆっくり」

「いや、あとは、代りの者がやってくれるから、まあ、うちらへ入らんかな」

先にたって庭を隔てた奥の住いの方へ足を向けた。

十五坪ほどの陽《ひ》の射《さ》さない街中《まちなか》の薄暗い庭であったが、手入れの行き届いた盆栽が

置かれ、庭に面して数寄屋風《すきやふう》に造られた住いがあった。奥の八畳の座敷へ入ると、老婢が乱れ籠に着物を整えて待っていた。又一のうしろに廻って、診察衣と服を脱がせ、羽二重《はぶたえ》の長襦袢《ながじゅばん》を着せて、その上に大島の袷《あわせ》を重ねて博多《はかた》独鈷《どっこ》の帯を締めた。何時も、為馴《しな》れている手早い手つきであった。着替えが終ると、肥満した体を大儀そうに座布《ざぶ》団《とん》の上へ載せ、

「どや、あんたとこの景気は？」

商人のような言葉遣《づか》いであったが、又一が何時も好んで遣う言葉であった。医業で生活をたてている限りは、医者も商売であるという割りきった直截《ちょくせつ》な考え方であった。

「僕の方は、お舅《とう》さんと違って、助教授などといっても、大学病院の勤務医の一人ですから、患者が多くても、少なくても、景気などとは別段、関係ありませんよ」

苦笑するように云い、

「それより、お舅さんところの景気は、たいしたものじゃないですか、これぐらいはやっているのに、どうして、もっとベッド数を増やして、規模の大きい病院にしないのです？」

「病院――、ははあん、やっぱり若いこと云いよるな、せっかく財前産婦人科医院で儲《もう》けさせて貰《もろ》うてるのに、病院なんぞにしたら損するがな」

「ほう、病院にした方が損をする？」

怪訝《けげん》な顔をした。

「そうや、病院などにしたら、第一、ベッド数は二十ベッド以上、経験者の勤務医が院長以外に三人以上、看護婦が外来患者十人につき一人、入院患者四人につき一人、そのほか事務員、雑役婦などに至るまでうるさい規定があり過ぎるのや、その点、医院なら、そんなうるさい規定がないから、医院の看板で、実際は三十ベッドぐらい押し込んで、わしのほかに勤務医が二人、看護婦十人、そのほか事務員二人、雑役婦四人ぐらいで、外来患者一日五、六十人と三十ベッドの入院患者を賄《まかな》うのが一番、商売になる、それに、病院のように世帯が大きなり過ぎると、健康保険の点数計算のうまい操作がでけへん、大学病院などと違《ちご》うて、個人経営の医院は、なんぼ千客万来の患者があっても、月末の保険点数の計算が下手やったら、元も子もない、保険診療制度が出来てからは、医は仁術と違うて、医は算術や」

「医は算術――」

財前五郎が吹き出しかけると、

「いや、冗談やない、保険を取り扱《あつこ》うてる限り、この算術が医業経営の基本や、うちの世帯《しょたい》でたとえてみたら、一カ月だいたい、二百万から二百二、三十万円の総収入のうち、八十万円が保険による収入やから馬鹿《ばか》にならへん、その八十万の保険支払いを間違い無《の》う受け取るために、開業医たる者はみんな、月末の一週間ほどは捻《ね》じ鉢巻《はちまき》で保険の点数計算にかかりきりや、ところがこの点数計算というのが、めちゃくちゃに手間がかかる、一点十円の割の計算で、初診料六点で六十円、往診料十八点で百八十円、筋肉内注射一回六・七点で六十七円という工合に、何のことはない、麻雀《マージャン》の点数読みみたいなもんや、これを保険申請用紙に書き込んで、区の医師会へ持って行き、医師会からまとめて、社会保険診療報酬支払基金へ持って行って、そこで適正な申請だと認められて始めて、一カ月半乃至二カ月後に、支払いを受けるわけや」

一気にまくしたてるように云い、ごぼごぼと咽喉《のど》を鳴らして、お茶を呑《の》んだ。大学の附属病院で仕事をする財前五郎にとっては、保険点数の計算など、何の興味もない話であったが、舅の話に調子を合わせ、

「お舅さんのおっしゃる通り、まさしく保険診療は算術ですね、そうすると、子宮外妊娠の手術などの場合は、一体、何点ぐらいになるのです?」

「子宮外妊娠か、ようある手術やから、保険点数の早見表を見んでも、たちどころに計算できる、まず、手術料が六〇四・八点で、六千四十八円、輸血一〇〇ｃｃ乃至一五〇〇ｃｃとして一〇五六・六点で一万五百六十六円、リンゲル五〇〇ｃｃ四〇点

で四百円、抗生物質混入葡萄糖《ぶどうとう》五〇〇cc二〇一・一点で二千十一円、ビタミンBC複合四四・五点で四百四十五円、術後処置、消毒七四・二点で七百四十二円という点数計算になり、このほかの入院費や個室部屋代などは別として、手術そのものに費やす保険点数は二〇二一・二点で、二万二百十二円ということになるわけやけど、どうや、この計算の煩《わずら》わしさは――」

座敷机の上にあるメモ用紙に、鉛筆で細かく数字を書き並べた。

「なるほど、煩雑《はんざつ》なものですね、そんなことは、お舅さんご自身でやらなくても、勤務医か事務員に任せておかれたらいいじゃないですか、お舅さんは、診療のほかに、医師会の役員などもしておられるんだから――」

半ばお世辞の意味を籠《こ》めて云うと、

「いや、勤務医や事務員任せではあかん、支払基金の方には、お脳の悪い石頭がおって、こんな手術にこんな注射を使うのは贅沢《ぜいたく》過ぎるとか、濃厚診療だとか云いよって、こっちのつけた点数を削減して来る奴《やつ》がおるから、事務員に一通りやらせた上で、さらにわしが眼を通して、子宮外妊娠や子宮筋腫《きんしゅ》などのややこしい手術や診療費は、わし自身で点数計算して、実際に使《つこ》うた注射でも査定に通らんのは、その価格に見合うほかの診療名目や薬の名前をつけて辻褄《つじつま》を合わすのや、それに、夜中に電話一本でたたき起され、車でかけつけたあげく、健康保険の初診料六十円と夜間往診料三百六十円で当り前のような顔をされたり、そこらの駆出しの丁稚《でっち》医者と同じ診察料では、泣くにも泣けんほど阿呆《あほ》らしいから、それも実質報酬に見合うように適当に保険点数の水ましをして、阿呆らしさを加減させて貰うてる、百円ずつ水まししても、数になると馬鹿にならん、ところがこれも、全国平均点数というものがあるから、下手な点数計算の仕方をしたら、眼をつけられて査定が通らんよって、わし自身がやらんとあかん、まあ、ざっとこの通り開業医は、保険点数の計算に四苦八苦や、あんたみたいに、大学病院で点数計算など、頭の端にうかべたこともなしに切ったり、はったりしている人には解《わか》らん苦労やろがな」

と云うと、またごぼごぼと咽喉を鳴らして、お茶を呑み、

「けどな、うちは産婦人科やから保険のきかんお産と妊娠中絶の全額支払いがあり、上顧客《じょうとくい》の保険なしの患者も多いから、その方の収入が一カ月、百二十万から百五十万ほどになるわけや、ところが、この節は万事、せち辛《がろ》うなって、正常分娩《ぶんべん》のお産は保険がきかんけど、異常分娩なら保険がきくと知って、陣痛が起り出すと、うんうん、わんわん、呻《うめ》きちらして、異常分娩にしてしまうがめつい患者もおるさかい、医者も油断ならんわい、あっはっはっは」

財前五郎も声をたてて笑った。座敷へ入って来た老婢は、驚いたように二人の顔を見、

「先生、お夕食のご用意を致しまひょか」

「うん、めしか、めしは、五郎君と外で食べるさかい、いらん」

と云い、羽織を持って来させると、又一はふわりと肩に羽織り、席を起《た》ちかけた。

「あ、お舅さん、あのう、杏子《きょうこ》からちょっと、電話をして貰《もら》っておきましたが……」

慌《あわ》てて用件を切り出しにかかると、

「ああ、あのことか、あれはまあ、外でめしでも食いながらにしようやないか」

と応《こた》え、玄関の方へ足を向けた。

用件を切り出しかけたまま、話の腰を折られた財前五郎は肝腎《かんじん》の話がお預けになった落ち着かぬ気持で、又一のあとに従ったが、当の又一は、患者と顔を合わさぬように裏口から外へ出ると、すたすたと堂島中町から梅田新道の方へ向って歩いた。大島の対《つい》に白い足袋、皮鼻緒の畳表草履《ぞうり》をはいて、懐手《ふところで》をしたまま歩いて行く又一の姿は、およそ消毒くさい医者などとはかけ離れた、遊びを心得た商家の旦那衆《だんなしゅう》のようないでたちであった。

梅田新道の交叉点《こうさてん》を北へ渡り、お初天神の近くまで来ると、料亭の暖簾《のれん》をくぐった。扇屋と小さく染め抜いた、こぢんまりした構えの料亭であった。

「おい、おい、いま来たでぇ」

気さくに声をかけ、うちらの返事も聞かずに履物《はきもの》を脱いで、どんどん奥の座敷へ入って行った。間口は二間ほどの狭さであったが、表から裏へ長い通庭《とおりにわ》のついた大阪風の奥深さであった。

慌てて顔を出した女中に、酒と料理を注文し、

「さあ、五郎君も、そんな消毒くさい服を脱いで、一風呂《ひとふろ》浴びて浴衣《ゆかた》にでも着替えはったらどうかな」

と云《い》い、大きな柏手《かしわで》を打ちかけると、外側からするりと、襖《ふすま》が開いた。

「おいでやす、ようお越し——」

洋髪に結った女が顔を出した。

「ああ、これが、ここの女将《おかみ》の時江や、もとは北の新地で芸者に出てた女《おなご》で、顔はまあ、ちょっとした別嬪《べっぴん》という程度やけど、わしの診察によるその方は超一級のしろものや、わしが保証する」

「まあ、いやらしい、お初めての人の前でけったいなことを云わんといておくれや

す」

怒ったように又一を睨《にら》み、運ばれて来た銚子《ちょうし》を取って、お酌した。

「まあ、そない恥ずかしがるな、それより、こっちが、わしの女婿《むすめむこ》の財前五郎や、まだ浪速《なにわ》大学病院の助教授に過ぎんが、今にお前らが一見《いちげん》で診《み》てもらえんようなえらい大先生になりよるさかい、今のうちに大サービスしとくことや」

と紹介した。女将は改まった形で、

「はじめまして、扇屋の時江でおます、何時《いっ》も……」

と云いかけると、又一は、

「何時もお世話になっております者でおますと、云いたいのやろ、お前で何番目やったかいな」

五郎は、呆気《あっけ》に取られるように女の顔を見た。齢《とし》は四十前後であったが、ぼってりと下ぶくれに肉付いた眼もとの涼しい女であった。又一は、女婿の驚いた顔が愉快らしく、

「どうや、びっくりしたやろ、こんな近くに、こんなええ女があっては、あんな梅干し婆《ばばあ》の作るめしなど食えるもんか、わしは、家内の生きてる時から、ちゃんとこれぐらいの内緒ごとをして、それを知らさんとすませて来たけど、あんたも、誰かええの

があるのんか」

五郎は、とっさに手を振り、

「とんでもない、そんなことをしたら、第一、杏子が――」盃《さかずき》を空《あ》けながら、そう云うと、

「何、杏子が、あんなんは、適当におだてあげといたらええ、だいたい、あいつは、死んだ母親の方に似て、虚栄心が強うて、大阪の下町風より、芦屋《あしや》や夙川《しゅくがわ》方面の山の手風が好きで、ものの云い方も、大阪弁と東京弁のまじったけったいな気どった標準語を遣《つか》いよって、一人娘やけど、わしにちっとも似てへん、まあ、あんな気取り屋で我儘《わがまま》な女は、贅沢《ぜいたく》させて、甘いことを云うといたら、それで喜んでるさかい、男はもっと浮気をせんと偉《えろ》うならへん」

冗談とも、本気ともつかぬ云いかたをし、

「ところで、今朝、杏子からかかって来たあの用件というのは、何かいな」

「はあ、実は――」

ほっと救われるように云いかけ、云いにくそうに女将の方を見た。

「ああ、これがいると、工合が悪い話やったら、お前、ちょっと引っ込んでてくれ」

女将が座敷を退《さが》ると、

「実は、ちょっと、お舅《とう》さんにご無心を申し上げたいわけで――」

病院の廊下や手術室で見る財前五郎とは、全く異《ちが》った卑屈なほどの鄭重《ていちょう》な云いかたをした。

「なんぼかな、二つか、三つか、それとも五つか」

「はあ、実は五十万円ほどお借りできたら――」

心づもりは、せいぜい三十万ぐらいであったが、相手の言葉に乗じて五十万と云った。

「よっしゃ、出したるわ、出したる限り何に使うねんとは、聞かへん、女に使うなら、飛びきりええ女に、仕事に使うのなら、五十万ぐらいの端金《はしたがね》ではあかん、よう考えて、もっと、まとまった金がいるのなら、改めて云うて来ることや」

「はあ、何から何まで、そう云って戴《いただ》きますと――」

恐縮しきって頭を下げると、

「自分の女婿に金を出して礼など云われる方がおかしいやないか、それより、どうやねん、次期教授の方は？」

のべつまくなしに喋《しゃべ》り、笑っていた海坊主《うみぼうず》のような顔から、急に笑いが消えた。

「それが、実力の点では絶対、大丈夫なんですが、問題は、実力以外の人間関係で、そこのところが、なかなか難しいわけで——」

躊躇《ためら》うように云うと、

「当り前やがな、何でも実力通りに割り切れたら、世の中は甚《はなは》だ簡単明瞭《めいりよう》や、実力もない奴が総理大臣になったり、大会社の社長になったりする世の中やさかい、大学の人事かて同《おんな》じや、そこをうまいこと料理するのが人間の甲斐性《かいしよう》というものや、わしは、あんたのそんなところも見込んで女婿になってもろうたのに、実力は大丈夫やけど、他《ほか》がなどというような、じゃらじゃらしたこと云うて貰《もろ》うたら困る、その実力以外のものに対処するために、金はなんぼでも出す、実力と金が揃《そろ》うてるのに、あと何が足らんというわけや」

五郎は、思わず、言葉に詰った。

「ともかく、わしが見込んだあんたや、わしがなれんかった国立大学の教授に、何がなんでもなってほしい、開業医というものは、どない患者が集まって、金が唸《うな》るほど出来ても、淋《さび》しいもんや、わしみたいに自ら大阪の町人医者と割り切って、それに徹している者でも心淋しい、人間は金が出来たら、次に名誉が欲しなる、人間の究極の欲望は名誉や、名誉ができたら自然に、金も人も随《つ》いて来るけど、金はどこまでもただの金に過ぎん、わしの出来んかった名誉欲を、女婿のあんたに是が非でも果して貰いたい、わしの金儲《かねもう》けはみんなそのためや」

化物のような凄《すさ》まじい執念とも、毒気ともつかぬ熱気が、財前五郎の首筋に這《は》い込み、そのまま、体内へ吹き込むようであった。俺《おれ》は才能で財前家の財力を得、財前又一は金で名誉を得ようとしている。財前五郎は、自分の周囲を凄まじい人間の欲望の渦《うず》が、音をたてて逆巻いているのを覚えた。

「どないしはったんや、急に黙り込んでしもうて――」

自分の云いたいことを云い、喋りたいことを喋りまくっておきながら、又一は、他人《ひと》ごとのように云った。

「いや、別に――」

言葉を濁したが、又一の凄まじい毒気のような執念に満ちた言葉に気圧《けお》されていた。

「ほんなら、気分を変えて、ちょっと、地唄《じうた》でも唄わして貰おうか、わしの十八番《おはこ》の『雪』と行こか」

手を叩《たた》いて女将を呼び、三味線を持って来させた。

花も雪も、払えば清き袂《たもと》かな、ほんにむかしの昔のことよ、わが待つ人もわれを待ちけん、鴛鴦《おし》のおとりにもの思い羽《ば》の、こおる衾《ふすま》になく音《ね》はさぞな……

女将の弾く太棹《ふとざお》の三味線に乗って、又一の声とは思えぬ渋味を持った声が、奥座敷に流れた。小唄や長唄のようにはれやかな情緒はなかったが、いぶし銀のように渋い艶《つや》やかさが地唄の節廻しの中にあった。財前五郎は、始めて聞く地唄に耳を傾けながら、開業医として、多忙な診療をちゃんとすませ、その上で遊び、芸ごとをたしなみ、通人をもって任じる又一の姿に、大阪という街にしかない強烈な個性を持った町医者の姿を見る思いがした。そして、それは財前五郎のように母一人子一人の貧しい片田《かたいな》舎《か》の生活の中に育って来た者には、真似《まね》ようとしても真似られない個性であった。

「どや、これが大阪の古い地唄というものや、あんたも、地唄は無理やろけど、小唄ぐらいは習《なろ》うた方がええ、昔の大阪の町人医者と自称した医者は、みんなよう働き、よう遊ぶ通人ばっかりで、妾宅《しょうたく》から急患の往診に出かけるのはもちろんのこと、長唄でも、浄瑠璃《じょうるり》でも、能でもみんな一流の芸人やった、中には道楽凝って、ついに能楽研究家になってしもうた医者もあるぐらいや、どうもこの頃の医者は、開業医でも、大学病院の教授でも、人間の器量が小そうて、野暮で面白味があらへん、あんたも、そんな面白味のない野暮医者にならんように何か一つ、道楽をしてみなはれ」

「いや、僕にはとても、そんな粋《いき》なことは――」

と応えながら、そんな暇があったら、ケイ子のところで時間を費やしたいと思った。

「そうすると、あんたという人は無芸無趣味の、仕事が趣味というあの手合かいな」

からかうように云い、料理に箸《はし》をつけた。

「まあ、そうですね、今日も、まず他《ほか》の医者なら、絶対、助からない食道噴門癌《がん》の手おくれを、僕の力で助けてやりましたよ」

「ふん、だんだん云うことに貫禄《かんろく》がついて来たな」

嬉《うれ》しそうに相好をくずし、

「食道・胃吻合術《ふんごうじゅつ》とは、ええものを専門にしたな、今のところ千葉の小山教授しかその方面の権威者がおらへんさかい、名古屋から西の人間はえらい不便な話や、体力の弱っている病人を千葉まで運ぶわけにもゆかず、さりとて、大阪や九州まで往診というわけにも行かへんやろから、その点だけでも、あんたの眼のつけどころは、たいしたものや、けど、もうこれ以上、マスコミで有名になったらあかん、昔から、学会で有名にならん前に、マスコミで有名になり過ぎたら、必ずつぶされてしまうというきまり文句があるさかいな、それに、あの東教授というのは、何となしに胸糞《むねくそ》の悪い奴やな」

今朝の手術の時、見学室のガラス窓に爬虫類《はちゅうるい》のように貼《は》りついていた東の不気味な顔が、財前の眼にうかんだ。

「お舅さんがどうして、東教授にそんな感じを持たれるのです？」

東と又一とは、顔見知り程度で深いつき合いはなかった。

「わしのように自ら町人医者と自称して、町医者に徹している野人意識の強い者には、あんなもったいぶった学者面《づら》をしている奴は、虫唾《むしず》がはしるほど好かん、ああいうのが学者馬鹿《ばか》というのか、学者石頭《いしあたま》というのやろ、何処《どこ》の生まれかしらんけど、権力病患者の見本みたいな奴や、洒脱《しゃだつ》なところがない、まあ、都会田舎者というあの部類やな」

そう云い、ふと思いついたように、

「どうや、今晩は一つ、うちの区の岩田医師会長と飲もうやないか」

財前五郎はその意味を測りかね、怪訝《けげん》な顔をした。

「医師会を大事にしとかんとあかん、まあ、こんな機会に医師会のボスと会《お》うとくのも悪いことやない、岩田とわしとは、会長と副会長の仲で、何でもツーツーカーカー、二人でうちの区の医師会をきり廻《の》してるようなもんやさかい、気を使うことは何もあらへん、大学病院の実力者だけで無う、医師会の実力者の姿も、見といたら為《ため》になるやろ」

と云うと、五郎の返事も聞かずに、部屋の隅にある電話器へ手を伸ばして、ダイヤルを廻した。

「ああ、岩田医院さんですか、院長の岩田先生を呼んで下さい、こっちは財前や」

横柄《おうへい》な口のきき方をし、岩田が出ると、

「ああ、わしや、わしや、財前や、海坊主や、どうや景気は？　なに、まあまあやと、ほんなら、代診にやらせといて、扇屋で一つどうや、あんたに紹介しときたい人もおるのでな、え？　誰やと、まあ、それは来てからのことや」

割れ鐘のような声で喋って、がちゃりと受話器をおき、

「わしと遊ぶ話ときいたら、何をおいても、やって来よるわ、見てみい、二十分もしたら車で飛んで来るやろ」

愉快そうに笑い、女将を呼んで料理を云いつけた。

「お客さんがお越しでおます——」

襖《ふすま》が開き、岩田重吉が入って来た。名前に似合わず痩《や》せぎすの小柄な体をした六十そこそこの年配の医者であった。金縁眼鏡の下から、ちらりと財前五郎の方を見、会《え》釈《しゃく》もせずに、又一の横へ坐《すわ》った。

「ちょうどええところへ電話をくれた、風邪《かぜ》ひき患者ばっかりの診療でうんざりしてるとこやったから、まことしやかな理由をつけて、出て来たのや」

「風邪ひき患者では、初診料と投薬、注射料をふくめてせいぜい、二一点の二百十円ぐらいの診療費やと云いたいのやろ」

又一が、まぜかえすように云うと、

「そうや、初診料がたった六十円とは話にならん、散髪屋でも三百円、あんまでも三、四百円の時代に、せめて初診料を四、五百円まで引き上げ、それを中心に保険点数の思いきった引上げをやらんといかん、それにインターンを終ったばかりのような、昨日や今日の丁稚《でっち》医者と、われわれのようなこの道四十年近い経験者の診療報酬が同額などという、馬鹿なことは他《ほか》の職業にはない話や、今のように経験と技術を認めず、保険点数の積上げ計算で行くのなら、二十七、八歳の丁稚医者が、スクーターで走り廻った方が割がええということになる、人の命を預かって、その医者の力次第で命拾いも、捨てもするという職業が、夜店のバナナ売りみたいに十把一《じっぱひと》からげの評価とは阿呆《あほ》らし過ぎる、日本医師会の石見太郎やないけど、これでは保険診療の返上で嚙《か》みつくのが当り前やないか」

怒りっぽい口調で云い、女将のお酌でぐいと盃をあけ、

「ところで、次の定例理事会の議題やがな、われわれの地区は内科、小児科が多過ぎるのに、また新規の内科開業医の申請が出てるのや、何もうちが内科医院やから云《い》うのやないけど、これでは既存営業権の侵害やないか、饅頭《まんじゆう》屋や昆布屋でも、何町内に何軒以上の新規開店は出来《でけ》へんというような同業組合の内規があるらしいのに、医者は、都道府県知事宛《あて》の医師診療所開設届を医師会を通して届け出さえすればよい、しかも、実質的には、〝開業致しました〟という事後承諾のような形がとられてる現状では、ますますスクーターに乗った丁稚医者を助長することになるから、今度の定例理事会で、何とかこうした現状を規制する方向へ持って行こうやないか」

「なるほど、それはええ、現状のままやったら、財前産婦人科医院の隣へ、同じ産婦人科が開業しても文句をつけられんわけやからな」

と相槌《あいづち》を打ち、

「岩田君、このわしの前に坐っとるのが、わしの女婿《むすめむこ》で、浪速大学病院の第一外科の助教授をしとる財前五郎や、今後、何かとよろしく頼みます」

神妙な云い方をすると、岩田は始めて、

「ああ、あんたが財前助教授でしたか、お噂《うわさ》はかねがね、なかなか、派手にやっとられますな、ところで、鵜飼君、どうしてますかな」

「鵜飼君？——」

思わず、聞き直した。

「うん、鵜飼君だよ、医学部長の、あれは僕と同期で、おれ、お前の間柄だよ」

財前五郎の顔色が、はっと動いた。

「ほら、医師会は大事にせんといかんやろ、浪速大学の医学部長を、おれ、お前で呼べるような大ボスがおるからな」

又一がそう云うと、岩田は、

「いや、いや、別にたいしたことやない、ただ、同窓で、同じ第一内科の教室におったということだけですがな、けど、同窓会というのは、妙な連帯観念があって、有難い場合も、恐《こわ》い場合もあるのでな」

「ほう、有難くも、恐くもある？」

大阪医専出身で、浪速大学の内輪のことをよく知らぬ又一は、身を乗り出すように云った。岩田重吉は、ちびりと盃を舐《な》め、

「そら、そこがなかなか、微妙でな、いくら真理の探究を標榜《ひょうぼう》する大学でも、金なしではやっていかれへんから、大阪で学会が開かれるような場合、浪速大学の予算だけではとても賄《まかな》えんので、金の面で医師会へ協力を要請するようなことになる、そんな

時に同窓会員が医師会の役員をしていると、ことが運びやすい、すぐ理事会を開いて学会開催費のいくらかを持つ、その代り、持ちつ、持たれつで、医学部の教授のポストや、選挙についても、嘴《くちばし》を入れる、たとえば、或《あ》る教授が自分のあと釜《がま》に、浪速大学医学部出身でない、他の大学の助教授などを持って来ようとすると、そんなのが来たら、何かの際、われわれの手に負えなくなった患者を担《かつ》ぎ込んだり、病室の無理を云うたり、開業医で出来ない検査を頼んだりなど、無理をきいて貰《もら》えんようになるので、同窓会で結束し、反対運動をやって、ぶち壊しにしてしまう場合がある」

「ふうん、そない力があるもんかいな」

又一は、疑うように云った。

「海兵の同期の桜という、あれですな、ともかく同窓会というのは、現役の教授にとって、軽々しく扱えん存在で、実のところ鵜飼君が医学部長に選出された時も、われわれ同窓会員で医師会の役員をしている連中が結束して、票を持っている教授たちのところを廻り、もう少しで、今、病院長をやってる則内《のりうち》教授に行きそうになった票を、強引に鵜飼票にまとめて、あれを医学部長に持って行ったんや、鵜飼君が、医学部長として、現在、増築中の新館建設をあんなに自信をもってやれるのは、われわれ同窓会がバックアップしているおかげで、とても、政府予算だけでは、あれだけのものが出来ませんがな、不足額を、われわれ同窓会の中で、財界人に顔のきく連中が、財界を廻って、一口百万ぐらいの金を集めて来るからで、財界のおえら方にとっては、寄る齢《とし》なみに、何時《いつ》、大学病院へお世話になるかも解《わか》らんという気持と、自分の会社の診療所へ優《すぐ》れた勤務医を廻してもらいたいという気持から、百万ぐらいは、気前よくぽんと出しますがな、けど、まさか、医学部長自身が廻るわけに行かず、かといって、国立大学の教授で、そんな交渉の出来る気のきいた奴《やつ》はいませんわな、大阪の財界人は、はっきりしてるから、なんぼ、えらい先生でも、金を出す時は、ちゃんと頭を下げてもらわんと困るという考えやが、大学の先生たちは金の前に頭を下げるのは恥辱と考えとるから、やっぱり、われわれ同窓会が、奔走してやらなければならんことになる——」

又一は、飲めば必ず始まる岩田の独演を呑《の》み込んで聞いていたが、財前五郎は、大学の実力者と、医師会の実力者が、意外なところで複雑怪奇な結びつきをしていることに今さらのように驚き、実力以外の要素で自分の将来が、どう支配されるかもしれないと思った。

「まあ、そんなわけで、われわれ同窓会員で、しかも医師会の実力者というのは、国立大学病院の実力者とも繫《つな》がっておりますわけですわ、うっふぅふぅ」

小柄な体を揺すり、笛を鳴らすような奇妙な声で笑った。又一もつられるように笑いかけると、

「今晩は、おおきに、ようお越しやす――」

襖が開き、華《はな》やいだ若い声がした。二十そこそこの芸者が四人、敷居際《ぎわ》に坐って、白い手を揃《そろ》えた。

「ああ、小萬《こまん》、〆子《しめこ》に春千代、みつ葉か、よう揃うて来たな、さあ、こっちが、有名な岩田医院の岩田先生や、あんばい勤めんとこわい先生やぞ、あっちは、わしの女婿やから、あんまりサービスし過ぎると、娘から文句が出るからな」

又一は、ちょうど話の終り時と見て、芸者の方へ声をかけると、

「岩田先生、お盃《さかずき》をつがしておくれやす」

「うちも、お酌させておくれやす」

芸者たちは争って、岩田重吉の方へ集まった。岩田は、俄《にわ》かに顔中を笑いにし、

「こら、こら、そない、群《むら》がられたら、本番がはじまらん前に、精気を吸い取られてしまうやないか」

浮わついた声で云い、芸者たちのお酌を順番に呑みほしながら、

「財前さんには、何時も、ご馳走《ちそう》になるばかりで、内科は、とても産婦人科みたいに

儲《もう》からんのでな」

「いや、お互いさま、岩田君が会長で対外的なことを総括し、わしが副会長で庶務、税務、医療事故などを担当してるわけやから、医師会の定例会の席で顔を合わすだけで無う、こういうところででも、ちょこちょこ、会うとかんと、ツーツーカーカーにはいかんからな、ともかく、会長と副会長は、ツーツーカーカー、以心伝心やないと、ものごとはうまく運ばんさかいな」

と云い、意味あり気な笑いを見せた。その笑いを見ながら、財前五郎の胸に、ふと又一が、家で食事をせずに外へ出、こうした席へ岩田重吉を招《よ》び出し、自分に引き合わせたのも、思いつきのように見せながら、その実、何かの計算があってしたことではないかという思いが胸を掠《かす》め、ここからも眼に見えない複雑な一本の糸が自分に繫がって来ているのを感じた。

# 三章

車が医学部の正面玄関に停《と》まると、鵜飼《うがい》医学部長は、時計を見ながら、せかせかと車を降り、まっすぐに二階の医学部長室へ上って行った。

九時を五分過ぎたばかりであったが、部屋の中は、既に隅々まで清掃され、机の上に採決を待つ書類と、郵便物が堆《うずたか》く積み上げられていた。皮張りの回転椅子《いす》に坐《すわ》り、窓から見える附属病院の広い中庭を眺めながら、秘書が運んで来る玉露を飲み、煙草《たばこ》を一服吸い終ると、それから医学部長の多忙な一日が始まる。

まず、机の上に積まれている書類から眼を通した。医学部内の人事、各研究室の研究予算、海外出張、留学の許可願など、その一つ一つに眼を通し、採否の判を捺《お》して行った。そのほか、文部省からの国立大学医学部長会議の開催通知や、学生運動に関する文部次官通達に眼を通すなど、週に何度かある休診、休講日も、こうした雑務に追われ、しかも医学部長の特典といえば、職務手当一万六百円と専用車を使えることだけであったが、うまく行政手腕を発揮すれば、次期学長候補に挙げられる可能性があることが、大きな魅力であった。

扉《ドア》をノックする音が聞え、事務長の声がした。

「お手すきでしたら、新館建設の診療器具、備品の予算についてご相談したいのですが」

と云《い》い、附属病院の新館に新しく備えつけるレントゲン装置、ラジオ・アイソトープ診断用器械、低温麻酔装置をはじめ、広範囲な治療器具の種類と価格が、各科ごとに項目別に明記された分厚な書類を机の上に置いた。鵜飼は、その書類にざっと眼を通すと、

「先に、則内《のりうち》病院長の採決をとってから、こちらへ持って来てくれ給《たま》え、病院内のことは、何といっても、院長の方がベテランだからな」

国立大学医学部では、その附属病院の院長より、医学部長の方が上席にあったが、次期学長を狙《ねら》う鵜飼は、医学部長選以来、気まずい思いが尾を曳《ひ》いている則内院長をたてて、そうした云い方をした。

「じゃあ、早速、病院の方へ行って、則内院長にお目通し願ってから参ります」

事務長が部屋を出て行くと、入れ代るように秘書が顔を出した。

「病院の方に、大阪鉄鋼の中沢社長が診察を受けにお見えになっておられるそうです」

「すぐ行くから、用意をしておくように」

と云うと、椅子から起《た》ち上り、広い中庭を隔てた附属病院へ足を運んだ。外来診察室の方へは行かず、二階にある教授室の扉を開けると、婦長が待ち兼ねていたように、中沢社長を案内して来た。

「やあ、お待たせしました、ちょっと、大学の方へ行っておりましたので、早速、拝見しましょう」

「いや、こちらこそ、お忙しいところをご無理申し上げて――」

と云いながら、鵜飼の前に子供のような素直さで肥満した大きな体をおき、云われるままに上半身の着衣を脱いだ。鵜飼は、婦長が着せかける診察衣を着、聴診器を取りながら、

「秘書の人から、だいたいのご様子は、電話でうかがいましたが、自覚症状はどの程度ですか？」

と云うと、肥満した体をぶよぶよと揺り動かすようにし、

「どこといって悪いところはありませんが、何となく、頭が重く、肩がこり、時々、

眩暈《めまい》が起るので……」

気鬱《きうつ》そうに云った。

「なるほど、よくある症状ですな」

鵜飼は、患者の顔色を見、眼、舌、咽頭《いんとう》を視診し、次いで頸部《けいぶ》を触診して、心臓を打診すると、正常より二横指《おうし》ほど左縁《さえん》に肥大感があった。聴診器を心臓にあて、慎重に心雑音《しんざつおん》の有無を調べると、心臓の第二大動脈音の方に、第二肺動脈音より、やや高い音を聴き取った。肺臓には異常がなかった。

「どうです、左の肩の方が、よくこりますか？」

「そう云われれば、そんな気がします」

「ゴルフなど運動したあと、動悸《どうき》が高くなるようなことは？」

「実は、ゴルフのあと、特に軽い眩暈と動悸がするようです」

「じゃあ、この上に横になって貰《もら》いましょうか」

長椅子の上に仰向かせ、腹部を触診して、肝臓、胃の工合を調べてから、血圧計のマンシェットを右腕に巻いて血圧を測定すると、一八〇ミリあった。

「どうでしょう、先生？」

気懸《きが》かりそうな視線を、鵜飼に向けた。即座に鵜飼は、患者に安心感を持たせるため

に、一八〇とは云わず、

「一六〇ぐらいですから、たいしたことはありませんな、しかし、念のために尿と血液検査、心電図も取っておきましょう」

婦長に外来診察室にいる助手を呼ばせ、助手が入って来ると、

「君、外来診察の方で、検尿と検血をして、中検（中央検査室）へ廻し、僕だと云ってすぐ検出するように云い、心電図もすぐとってくれ給え」

と命じ、患者の方を向き、

「いや、ご心配には及びませんよ、高血圧など精神的休養によって二、三〇ミリぐらい、たちどころに下るものですからな、適当な血圧降下剤をあげますから、まあ、大丈夫、大丈夫ですよ」

と云い、ぽんと患者の背中を叩《たた》いた。患者は、ほっと救われたように、

「これで、やっと安心しました、実は会社の診療所の医者にも診《み》せたのですが、やはり、老人病の大家の鵜飼先生に診て戴《いただ》かん限り、心配で仕事が手につかず、いや、おかげさまでこれで安心して仕事が出来ますよ」

俄《にわ》かに、社長らしい自信と気力に満ちた声で云った。

「しかし、これは、当分、慎んで戴くことですな、なかなかお強そうですから」

鵜飼は、右手で盃《さかずき》を傾ける形をした。

「いゃあ、こりゃあ、痛いところをつかれましたな、お許しはどれぐらいで？」

患者も、盃を傾ける形をした。

「そうですな、まあ、大まけにまけて、一日一合ぐらい、どうですかな」

患者は情けなさそうな顔をしたが、

「いや、ほかならぬ鵜飼先生に診て戴いて、今ぐらいならまあ、大丈夫と云って戴いたのですから、先生のお許しを戴くまで、一日一合以上はお預けチンチンで行きますよ、いずれ、このご挨拶《あいさつ》の方は、日を改めてちゃんと——」

鄭重《ていちょう》に頭を下げながら、あとの言葉を濁した。教授の外来診察日でない日に、有力なつてや、紹介状を持って教授室で、特別診察を受けた場合は、病院規定にない特診料と呼ばれるものを届けるのが、公然の秘密になっていた。

「いや、そんなご心配はなく、おたくの会社には、こちらも、いろいろとご無理を願っていることもありますから、まあ、持ちつ持たれつですよ、私はもう一人診てからすぐ階下《した》へ検査の結果をみに行きますから、また階下で——、互いに齢《とし》ですから、一つおおいに養生して、長生きしようじゃありませんか、何によらず、早死が一番の損ですからな、あっはっはっはっ」

豪放に笑い飛ばすと、患者はさらに安堵《あんど》したように、教授室へ入って来た時とは別人のような笑顔で身づくろいし、衝立《ついたて》の向うに待たせている秘書を伴い、検査をするために助手のあとについて、外来診察室の方へ降りて行った。

階下の第一内科の外来診察室は、とっくに正午を過ぎていたが、まだ午前中の患者が廊下の椅子に溢《あふ》れ、診察室の入口に並んだ五人の新入医局員がせっせと予診を取り、患者の主訴や病歴をカルテに書き込み、書込みが終ると、白い衝立を隔てて、ずらりと並んだ五人の外来担当医の手もとへ渡した。カルテを受け取った医者は、機械的な表情と速さで記述事項に眼を通し、筍《たけのこ》の皮を剝《は》がすように次々と患者の衣服を脱がせ、最少限度の質問をして、敏速に診断とその治療を決定していた。まるで眼に見えないコンベア・ベルトにのせて処理しているような機械的な速さと整然とした運びであったが、一番奥の独立した部屋の白い衝立の中だけが、ひどく患者の流れが緩《ゆる》く、時々、長い停滞があった。他の四つの衝立の中の流れに比べると、明らかに二倍以上も遅かった。

助教授である里見脩二《しゅうじ》の診察であった。油気のない髪を無造作にうしろへかきあげ、蒼白《あおじろ》い神経質な顔の中で、眼だけが厳しく澄んでいた。

診察時間を気にして、苛《いら》だたしげに患者をせかしている看護婦や、同じように早く診療をすませたがっているインターンや医局員の様子などには、全く気付かぬような無関心さで、診察台に仰向かせた四十過ぎの患者の体の上へ、かがみ込むようにして診察を続けていった。今、触診したばかりの腹部をもう一度、心窩部《しんかぶ》、肝臓、胆嚢《たんのう》、膵臓《すいぞう》、脾臓《ひぞう》、腎臓《じんぞう》の順に触診し、カルテを見直した。

氏名　小西きく　四十三歳　無職
既往症　胃病
主訴　心窩部痛
現病歴　約半年前から食後、心窩部痛、心窩部膨満感あり。食欲不振、時々噯気《げっぷ》、時に軟便
検査　検尿（蛋白《たんぱく》、糖）異常なし　検便（潜血反応陰性）
胃液検査、低酸
胃レントゲン検査、胃癌《いがん》疑診
全検血、多少貧血
肝臓機能検査、軽度の障害

胆嚢造影、異常なし

明らかに胃癌を思わせるカルテであったが、里見助教授は、もう一度、患者の鳩尾《みぞおち》のあたりをおさえた。

「痛みは、この辺ですか」

「はい、そのあたりですねん」

訴えるように云った。さらに強く抑《おさ》えると、里見の指先に空豆大《そらまめだい》の腫瘤《しゆりゆう》の触感があった。

「ここのあたりが、一番痛みますか」

「そこ、そこですわ、昨日も夜中に痛《いと》うて、眼が覚めましてん、先生、胃癌やないですやろか」

不安そうに聞いた。

「いや、それはまだ解《わか》りません」

「ほんなら、何ですか、何病ですやろか、もう、この間から胃液検査も、レントゲン検査もすませてますのに、まだ病名が解らへんのは、なんでだすか」

さらに不安を帯びた声で聞いたが、里見は、相変らず、寡黙《かもく》でむっつりとした表情

で、

「確かな病名というものは、一回や二回の診察で、簡単につけられませんよ」

「けど、今のところ、だいたい何病やということぐらいは、云って戴けると思いますねんけど――」

今度は、せがむように云った。それでも、里見は、寡黙な表情を崩さず、

「いや、ちょっと、疑問の点がありますから、今日、胃カメラと血清の検査をして下さい」

里見の頭に、これは胃癌ではなく、膵臓癌ではないだろうかという疑問が、湧《わ》いていたのだった。それだけに胃カメラ検査で胃癌疑診を消去する一方、血清アミラーゼの検査を、どうしてもしなければならないと判断したのだった。

「じゃあ、先生、今度の時は、はっきりした診断が出ますでしょうね」

里見は、黙って応《こた》えなかった。患者の顔に軽い失望の色がうかんだが、里見は少しでも疑問の点があれば、その疑問が解けるまで病名を断言しないのが、彼の常であった。それが医長である鵜飼教授の気に入らぬらしく、ことごとに第一外科の財前助教授とひき比べられ、君はどうも陰気くさくて、患者の扱いが下手だと、云われているのだったが、里見には、解らないものは、解らないと答え、解るまであらゆる検査を

重ねることが、一貫した彼の診察の仕方であり、臨床医としての信念であった。患者は黙り込んでいる里見に向い、

「では、次は何時《いつ》、おうかがいしたら、よろしいのでっしゃろか」

「そうですね、血清検査に三日ないし四日はかかりますから、来週の月曜日に来て下さい」

里見は低い静かな声で応え、次の患者を呼び入れようとした時、背後で人の気配がした。振り向くと鵜飼教授がたっていた。黙って、里見の傍《そば》へ寄り、机の上にあるカルテを取り上げ、記述事項に眼を走らせた。

「里見君、今の患者の初診は、たまたま、僕の外来診察の日、僕のところへ廻って来たのだが、胃腸の方は君が専門だから、君の方へ廻したんだが、どこが不審なんだね」

順番を待っている患者に聞えぬように低い声であったが、鵜飼の顔は、明らかに不機嫌であった。里見は一瞬、当惑したように口を噤《つぐ》んだが、

「実は、触診で胃の裏あたりに何かしこりのようなものが感じられますので、エックス線写真を見ますと、陰影欠損に少し疑問が感じられ、ひょっとしたら膵臓の腫《は》れものによる圧排とも考えられなくはありません、それでもう一度、胃カメラを撮《と》ること

と、血清アミラーゼの検査をしてみることに決めたのです」

と応えると、言下に、

「そんな心配はいらんよ、僕が診《み》て胃癌疑診としたのだから、まず胃癌に間違いない、君のように何でも検査、検査と云《い》い、検査ばかり頼るのは経験の浅い新参の臨床医のやることだ、経験者は長年の経験によって、毎度、きまりきった同じ検査を繰り返さなくても、必要にして最少限度の検査だけを指示し、あとは自分の勘を働かせるんだよ、これがなくては一人前とはいえないよ」

突っぱねるように云った。

「しかし、出来るだけ多くの、正確な検査が診断の基礎になるわけですから、どんな場合でも、検査は出来る限り綿密にやり、その上で間違いのない診断をしたいと思ったわけです」

ぼそぼそとした陰気なものの云い方であったが、動かぬ芯《しん》の強さがそこにあった。

鵜飼の顔に苦々しい笑いがうかんだ。

「君は、ほんとうに融通のきかぬ人だな、医者の云うことは、患者にとって一種の信仰のようなものだよ、だから事実、病名が解らん時でも、すぐ適当な病名をつけてやって、一応、安心させてやることだ、僕など高血圧や心臓病の患者には、大部分、そうした精神治療もしてやっているよ、内科医には、特にそれが必要なんだ」

「しかし、この場合は、胃癌か、膵臓癌かという非常に微妙で難しいところで……」

里見が言葉を続けかけると、

「もういい、君と青くさい論議などしている暇はないよ、要は、君は学問的業績もあり、仕事も出来るのだから、あとは臨床医としてもっと大人になることだ、だんだんに、そうなってくれると思っていたら、逆に齢とともに子供っぽく融通がきかなくなるのでは困るよ、僕のようになってくれとは云わんがね」

と云うと、荒々しく衝立の外へ出、助手に心電図を取らせているさっきの特診患者の方へ足を向けた。

里見は診察を終え、窓際にある消毒手洗い器のところまで来て、はじめて、窓の外に雨が降っていることに気付いた。

「何時《いつ》から降っていたのだろう――」

空を見上げ、呟《つぶや》くように云った。

「先生、ご存知なかったのですか、一時過ぎにざっと、俄雨《にわかあめ》のように降り出し、それから小降りになったのです」

若い医局員が、里見のうしろから応えた。

「久しぶりに、静かでいい雨だな」

里見は、音もなく降りこめている鉛色の空を仰ぐように、暫《しばら》く窓際《まどぎわ》にたち、眼を憩《やす》めてから、診察室の中を見廻すと、他の外来担当医の診察はとっくにすんだらしく、白い衝立の中には人影がなく、診察台や机の上も取り片付けられ、里見に随《つ》いていた看護婦が、ひっそりとあと片付けをしているだけであった。時計を見ると、二時を過ぎている。

「すまなかったな、僕に随いていると、何時も遅くなってしまって——」

犒《ねぎら》うように若い医局員と看護婦に言葉をかけて、外来診察室を出た。廊下の椅子《いす》にも人影がなく、床を拭《ふ》く掃除婦たちが、忙しげにモップを使っていた。里見は、掃除婦たちの邪魔にならぬように廊下の端を、俯《うつむ》き加減にゆっくり歩いた。糊気《のりけ》が取れ、裾《すそ》が皺《しわ》になった診察衣を着、風に吹かれるように飄々《ひようひよう》として足を運ぶ里見の姿は、およそ国立大学の助教授とは思えぬ何か独り取り残されたような影があった。

その姿と同じように、里見は廊下を歩きながら、かげる心の中で、さっき鵜飼教授に云われた言葉を思い出していた。(君はほんとうに融通のきかぬ奴《やつ》だ、臨床医としてもっと大人になってくれなくては困る、だんだん、そうなってくれると思っていたら、逆に齢とともに君は、子供っぽく融通がきかなくなる）吐き出すような語調で云った鵜飼教授の言葉は、さっきの患者の診断のことに関してだけではなく、里見が病理から臨床に転じたそのこと自体を指摘しているようにも思えた。そして、そのことは、里見自身の心の中でも、何かことある度に、絶えず、揺れ動いているのだった。浪速《なにわ》大学の医学部を卒業して、すぐ病理学教室へ入った里見は、同期の財前五郎のように学位を獲得するのに病理にいる方が有利であるから病理学教室へ入ったというのではなく、臨床より病理の方が好きだから病理学教室へ入ったのであった。したがって、財前五郎をはじめ、同期の研究生たちが学位を取るなり、臨床へ移って行く中で、里見だけは病理を動かなかったのだった。研究室の中に閉じ籠《こも》り、試験管を振り、顕微鏡を覗《のぞ》き、細胞や分子の場で人間をさぐる、人間生物学としての医学に情熱を傾けていた里見が、その研究の途中から臨床へ移ることになったのは、広い中庭を隔てた附属病院の病室の窓に見える、病み疲れた患者たちの姿を見るにつけてであった。次第に痩《や》せ衰え、窓に顔を見せる回数が少なくなり、遂《つい》にはその顔が見られなくなり、生命を失って行く病人たちの姿を見ているうちに、里見は、試験管を振ったり、顕微鏡を覗いて、人間の生命を侵すものにたち対《むか》っていることより、今、眼の前で苦しみ、死んで行く病人の体にじかに触れ、診療して、その生命を守りたいという希《ねが》いに駆られて、臨床へ転じたのだった。その時、里見は、三十四歳になっていたが、病理の少壮講師として認められていたので、第一内科の鵜飼教授のもとに、講師として迎えられ、四年目に助教授になったのだった。

典型的な臨床医である鵜飼にとっては、正反対の病理畑の里見を助教授に持って来ることによって、第一内科の陣容の充実を計ったようであった。事実、里見が第一内科へ来てから、教室の業績は上り、教室員の学位論文の提出数が多くなっているのであるが、患者の診療ということに対する里見と鵜飼の考え方は、最初からずっと相容《い》れないままであった。医者は患者にとって一種の信仰のようなものだよと云い切る鵜飼と、医者は患者にとって、最も科学的な存在でなければならないと考える里見とは、患者に対する向い方が根本的に違っているのだった。

里見は、さらにゆっくり歩きながら、苦いものを呑《の》み下すように吐息をつき、眼科の前を通り過ぎようとした時、不意に賑《にぎ》やかな笑い声が聞えた。七、八メートルほど前方から財前五郎が、若い医局員を五、六人、引き連れ、陽気に喋《しゃべ》りながら歩いて来ていた。肩幅の広い逞《たくま》しい体が廊下一杯に溢《あふ》れるように動き、大きく見開いた精悍《せいかん》な眼と厚い唇が賑やかに笑い、雨に降りこめられた薄暗い廊下の中で、そこだけが、ぱっと陽《ひ》が射《さ》すような明るい気配であった。

里見は、財前と出くわさぬように踵《きびす》を返して、助教授室に帰ると、急いで遅い昼食をすませて、すぐ自分の研究に取りかかった。『生物学的反応による癌の診断法』というのが、彼がここ十年来、一貫して追究している研究テーマで、人間の体の中に癌という異なるものが現われた場合、それに対応する抗体と考えられるものが、血液の中に生じるとして、血清学的な立場から癌を証明する早期発見の方法であった。既に五年前に、この研究によって、学術記事に力を入れている毎朝新聞社の科学賞を受賞していたのだったが、その成果に満足せず、さらに方法が簡単で、診断率が高く、しかもごく早期に癌を発見できる診断法の研究に取り組んでいるのだった。

何度も実験成績のデータを出し、不安定な生物反応の推計学的処理を必要とする困難な研究であったが、里見は、この研究によって、現在いわれている早期発見より、さらに早期に、しかもより確実に癌を発見し、多くの癌患者を早期治療で救うために、乏しい研究予算の中で工面し、さまざまな精密な化学器械類や、分光光度計など、実験に必要な器械類を整え、一方、研究を手伝う無給助手たちの面倒も、その乏しい研究費から、やりくりしなければならなかった。

この無給で教室に働いている無給助手たちのことを考えると、里見は何時も暗い気持に陥った。大学を卒業し、インターンを終えても、なお国立大学の医学部に残って研究を続ける限り、有給助手の籍が空《あ》くまで、三年でも四年でも無給助手を勤めねばならなかった。それが学問という美名に飾られた人権無視であり、不条理であると解っていながら、現実に国立大学医学部の研究とその附属病院の診療は、これらの無給助手の犠牲の上に成りたち、里見もまた曾《かつ》て四年間、無給助手の苦しい研究生活を経て来たのだった。この他《ほか》にも、国立大学医学部には、幾つかの矛盾にみちた奇妙な機構と慣例があり、それが何ものによっても批判されず、今日まで来ていることに、里見は云いようのない矛盾と苦悩を覚えた。

扉《ドア》をノックする音がし、聞き馴《な》れた声がした。いま里見が考えていたその無給助手の一人であった。

「いいよ、入り給《たま》え」

そう応えると、階下にある実験室で動物実験を続けていたらしく、汚れた白衣のまま、発赤反応の実験データを持って来た。

「先日、癌反応の実験をしたのですが、どうも、先生のおっしゃるような結果が出ないのです」

と云い、兎《うさぎ》を実験台にしたデータを見せた。里見は鋭い視線でそれを検討し、抽出の方法の一部に不備を見付けたが、何時の間にか、もう窓の外は昏《く》れかけていた。

「どうも抽出の方法に少し不備があるようだが、それはまた、明日、研究室の方へ行って、君だけでなく、皆によく説明するから、今日はもう帰り給え、この間からずっと遅いし、僕も帰ることにするから――」

里見は、自分の机の上に散らかった資料を片付けはじめた。

病院を出ると、里見は淀屋橋《よどやばし》から阿倍野《あべの》行の市電に乗った。研究資料や書籍で大きく膨らんだカバンを提げ、油気のない髪を窓から吹き込む風になぶらせながら、満員電車に揺られている里見は、電車に乗っている間だけは、研究のことを忘れ、放心したような涼しい眼を、窓の外に向けていた。

上本町《うえほんまち》一丁目の停留所で降り、二百メートルほど西へ入って行くと、法円坂《ほうえんざか》の住宅公団アパートの一群が見えた。里見は、その列《なら》びの一番東の棟に向って歩いて行き、狭い階段を四階まで上り、右側の扉《ドア》のベルを押した。

「お帰りなさい――」

妻の三知代《みちよ》が扉を開け、一瞬、確かめるように里見の顔を見詰めた。それが、十年来、変らない三知代の習慣であった。里見と同じように口数の少ない三知代は、その時の夫の顔色によって、研究の運びや、診療上の夫の気疲れの度合を知るのだった。

「ちょっと、お疲れのご様子ですけど、どうなさる？　すぐお食事になさる？」

さり気ない聞き方をした。どんなに里見の表情が暗い時でも、何があったのかとい
ちいち聞き出すようなことをしない聡明《そうめい》さが、三知代にあった。取りようによっては
学者の家に育った娘らしいとりすました聡明さとも、取られたが、三知代は、里見の
ように寡黙《かもく》で、学問以外の一切の煩雑《はんざつ》なことを避けたがる性格には、それが一番、応《ふさ》
わしい間違いのない対し方だと判断していたのだった。里見は、そうした三知代の対
し方に、これまで一度も、いいとも、悪いとも、どちらの反応も示さなかったが、一《いち》
途《ず》に研究を続けている里見の姿を見ると、三知代は、自分のその対し方が間違ってい
ないような気がした。今日も、何時《いつ》もより疲れている里見の顔を見て、すぐ書斎へ入
るより、食事を先にした方がよいと判断し、食事を勧めたのだった。

里見は、黙って玄関の土間に靴《くつ》を脱ぎ、台所兼茶の間になっている部屋に入ると、

「そうだな、すぐ食事にしようか」

と応えた。研究や診療が順調に進んでいる時は、食事時に帰って来ても、そのまま、
里見の書斎にあてられている南向き六畳の間へ入って、すぐ勉強を続けるのが常であ
ったが、今日の里見は書斎へカバンを投げ出すように置くと、上衣を脱いで、食卓に
向った。

「好彦《よしひこ》は、どうしたんだ、もう食事をすませたのか――」

八歳になる子供のことを聞いた。

「好彦は、明日、遠足なんですけれど、ちょっと風邪《かぜ》気味のようですから、早く食事をさせて、寝《やす》ませましたの」

「僕に似て、少し弱くて困るな、食事がすんだら診《み》てやろう」

好彦が寝ている次の六畳の部屋へ眼を向けた。好彦のいない食卓は、話し声一つたたない静かな食卓であった。三知代は、お吸いものを注《つ》いだり、ご飯をよそったりし、里見は、黙ってそれを受け取って食べるだけであった。それでも、そこに棘々《とげとげ》しさも、寒々しさも感じられないのは、そうした食事の仕方が、二人にとっては別に不自然でないからであった。食事をすませ、食後の熱いお茶を湯呑茶碗《ゆのみぢゃわん》に注ぐと、三知代は、

「名古屋の父から、あなた宛《あて》に手紙が来てますけれど、今、お持ちしてもいいかしら――」

「ほう、お舅《とう》さんから？　珍しいな、すぐ拝見したいよ」

早く父を失い、母にも大学を卒業する前年に死別している里見は、三知代の父の名古屋大学の医学部長をしている羽田融《とおる》に、普通の舅《しゅうと》と、その娘の夫という間柄以上の親しみと、尊敬を抱いていた。

達筆なペン字でしたためられた手紙の封を切ると、一行十二、三字ぐらいの大きな字で、(先日、そちらの鵜飼医学部長とたまたま会う機会があり、あなたが着々と『生物学的反応による癌《がん》の診断法』の研究を続けておられる由《よし》を聞き、ただただ欣慶《きんけい》の至り、学問的業績のない医学者は駄馬に等しい、三知代には、ますます、日常の雑事を押しつけ、ひたすらに学問に励まれんことを祈ってやまない、小生の愚息にも、あなたを見習い、研究一筋に励むよう厳しく申しつけたが、何かの折、ご指導を乞《こ》う)という短い手紙であったが、そこに解剖学の権威者として、その道一筋に生き、三知代の弟にあたる一人息子にも、同じ医学の道を歩ませている老医学者の面影が髣《ほう》髴《ふつ》としていた。

「相変らず、お舅さんらしい手紙だな」

と云い、医者は、患者にとって信仰のようなものだよ、と云い切ることの出来る鵜飼と、生涯研究を続けることが医学者だと信じ、その道を歩んでいる舅の羽田とが、何を話題にして語り合ったのか、怪訝《けげん》な思いがし、その鵜飼が、財前君のように、もっと大人になり給えと云った財前五郎の姿が、思い返された。里見は、その不快さを振り払うように、たち上り、寝息をたてている子供の手首を取った。脈搏《みやくはく》八十、額に手を当ててみたが、体温計で測ってみるまでもなく、熱もない様子

であった。里見は、安心したように子供の傍《そば》を離れると、

「ちょっと、兄さんの家まで行って来るよ」

上衣の代りにセーターを着て、家を出た。

里見のいる法円坂の公団アパートから、兄の家までは、歩いて二十分ほどの距離であった。戦災から焼け残った内安堂寺町《うちあんどうじまち》の、ごたごたと家が建て込んでいる一角に、『内科、小児科、里見医院』と記した小さな看板がかかり、そこが里見のたった一人の兄である里見清一が開業している医院であった。扉を押して、中へ入ると、土間にサンダルが一足、乱雑に脱がれ、患者が診察に来ている気配であった。里見は、そっと待合室の隅に坐《すわ》ったが、ガラス戸一つ隔てた向うに診察室のある狭い医院であったから、中の様子が手に取るように解《わか》った。

「そう、風邪ひきですよ、だから、アスピリンを出しておきましょう」

兄の声が聞えた。

「アスピリン？　アスピリンだけですか、あの、注射か、何か、ほかの薬も戴《いただ》いた方が早《はよ》う癒《なお》るのやないですやろか」

若い男の声がした。

「いや、風邪ひきにもいろいろあるけれど、あなたのは、単なる風邪だから、アスピ

リンだけでいいですよ」

「でも、先生、どうせ保険やから、治療費の心配もないし、注射もほかの薬も貰《もろ》うた方が、僕は安心ですねん」

不足そうに云《い》うと、

「保険であろうと、なかろうと、不必要な薬は要らんから、要らんといってるのだ、それで不足なら、ほかの医院へ行きなさい、保険なら、要らん治療までして貰《もら》う、また保険なら風邪ひきでも胃腸の薬まで調剤して点数をあげようという患者と医者があるなら、ほんとうに保険診療を必要とするほかの患者にとって、実に気の毒なことだ！」

怒りを帯びた声が、里見の耳を搏《う》った。清貧に甘んじ、節を守る兄らしい言葉であった。そして、そこに兄の不幸も、倖《しあわ》せもあると思った。そそくさと衣類を着る患者の気配がし、仏頂面《ぶっちょうづら》をした男が出て来た。

「脩二《しゅうじ》、中へ入ってくれ」

看護婦が伝えたらしく、診察室から呼んだ。八畳の日本間を板張りにし、縁《へり》が擦《す》りきれかかっている診察台と、古びた机を前にして、兄の清一が坐っていた。

「どうしたんだ、何か急ぎの用事でもあるのか、ちょうど、患者がすいているから、ここで話してゆけばいいだろう」

といい、看護婦を調剤室の方へ行かせた。里見と十三歳違いで、五十の半ばを過ぎたばかりであるのに、頭に白髪を混え、風雪に耐えぬいて来たような強靭《きょうじん》な厳しさと温かさを持った兄の顔を見ると、里見は、今日あった外来診察室の不快なことを話さなくても、いいような気がした。

「別に、何もないんだけど——」

曖昧《あいまい》にそう云うと、

「そうじゃないだろう、何かあったんだろう、お前の眼を見ると解るよ」

父親のように温味《あたたかみ》のある言葉であった。里見は、ふと気弱になり、

「うん、ちょっといやなことが——」

と云い、今日あった鵜飼教授と自分とのいきさつを兄に話した。兄の清一は、表情を動かさず、白髪を混えた頭を軽く頷《うなず》かせるようにして聞いていたが、聞き終ると、

「お前は、相変らず、要領の悪い奴《やつ》だな、そんな時は、そんなはっきりした表現をせず、婉曲《えんきょく》にお前が考える方向へ持って行くようにすべきだよ、もしお前の診断が間違っていた場合どうするのだ、まずいことになるよ」

「しかし、もし、僕が考えるように膵臓癌《すいぞうがん》なら、一刻を争うのだから、兄さんだって

その場合になれば、僕と同じように、いや僕以上に真っ向から云うだろう、だから兄さんは……」

京都の国立洛北《らくほく》大学の第二内科の講師にまでなりながら、主任教授と意見が合わず、些細《ささい》な事件から大学を去ったのではないかと云いかけ、口を噤《つぐ》むと、

「兄弟二人揃《そろ》って、医学界のつまらぬ冷飯を食うことはないよ、冷飯食いは僕一人で結構だよ」

笑い濁すように云ったが、里見の胸の中に、医学界の冷飯食いという封建的な残酷さと、怪物のような力を持った言葉が、不気味な冷たさを伴って伝って来た。

月曜日の外来診察は、目だって混み、診察時間は九時からであるのに、八時になると、もう廊下一杯に患者が溢れ、九時前になると、椅子《いす》からはみ出した患者たちが、廊下の床に蹲《うずくま》るように坐っている。

里見は、何時《いつ》ものように大きく膨らんだカバンを提げ、二階の助教授室へ入ると、すぐ外来診察室へ電話をかけた。

「里見だが、小西きくという患者《クランケ》の血清アミラーゼの検査と胃カメラの検査の結果が

出ているはずだが、ちょっと調べてくれ給え」

と云うと、若い看護婦の応答があり、急いでカルテを繰る音がした。

「胃カメラの結果は来てますが、血清検査の結果は、まだこちらへ来ておりません、早速、検査室へ問い合わせて見ましょうか」

「いや、僕が、外来へ出る前に、検査室へ寄って行くからいいよ」

里見は診察衣を着て、すぐ階下へ降りて行った。今日、来ることになっている小西きくの血清検査と胃カメラの結果が気になっているのだった。地下の中央検査室へ通じる薄暗い階段を降りて行くと、湿気くさい匂《にお》いがじっとりと通路を這《は》い、天井や壁面には剝出《むきだ》しになった鋼鉄パイプが幾本も通っている。外は春の明るい陽《ひ》ざしがさんさんと降り輝いているのに、中央検査室がある地下は、太陽から遮断《しゃだん》された暗い窖《あなぐら》のような陰気臭さで、蛍光燈《けいこうとう》だけが、妙に明るい青白い光を放っている。ぎいっと軋《きし》むような音をたて、検査室の扉《ドア》を開けると、打ちっ放しのコンクリートの検査台の上に、血液を採取するスピッツ・グラスがずらりと並び、その中央に円筒型の遠心沈澱器《えんしんちんでんき》が据えられ、血液《ブルート》の異様な生臭さが鼻をついた。血液の入ったスピッツ・グラスを持った検査員が遠心沈澱器の前にたち、スピッツ・グラスに入ったままの血液を、遠心沈澱器の中へ入れ、重い蓋《ふた》をして、電気スイッチを入れた。ビューと天井に響きわたるような高い唸《うな》りをあげ、一分間三千回転のスピードで回転し、みるみる、遠心器の真ん中から出ているガラス管の目盛に、分解されて水のように澄んだ血清が上って行く。血液中の固形成分が下へ沈澱し、上に澄んだ血清だけが分離されて溜《たま》るのであった。里見は、そうした見馴《みな》れた操作が終るのを待って、声をかけた。

「四日ほど前に検査を受けた第一内科の小西きくの、血清検査票が、まだ外来へ廻ってないそうだが、ちょっと調べてくれないか――」

検査員は、面倒くさそうな顔をしたが、顔を上げ、第一内科の里見助教授であることを知ると、

「おかしいですね、とっくに廻っているはずですが――」

各科から集まって来ている検査票の束を調べはじめた。その間も、四、五人の検査員が、スピッツ・グラスを振って、忙しげにたち働いている。

「あ、ここにありました、どうもすみません、日曜日が間に挟《はさ》まっていたものですから、検査はできていたのに、うっかり検査票を外来へ廻すのを忘れていました」

探し出した小西きくの検査票を里見に渡した。

血清アミラーゼ値　二五六

正常の数値が六四乃至《ないし》一二八であるから、多少、高く、慢性膵炎《すいえん》といえなくもないが、触診その他からみて、確かにあるしこりは何だろうか——。そう思うと、里見は検査票を持って、すぐ検査室を出、外来診察室へ向った。

診察室へ入ると、もう他の外来担当医たちは、最初の患者の診察をはじめていた。里見は、手のあいている若い医局員に、小西きくのカルテと、胃カメラのフィルムとその検査票を、里見の診察机の上へ持って来るように命じた。

写真に付された検査票には、『胃の粘膜正常』と検査の結果が記されていたが、里見は、もう一度、胃の内部を十二箇所の角度に分けて撮《と》った十二枚綴《つづ》りのフィルムを机の上の拡大透視器《プロジェクター》にかけて検診した。胃の前壁、後壁、小彎《しょうわん》、胃角部《いかくぶ》と、フィルムの順を追って、どんな微細な異常をも見落すまいと、綿密に瞳《ひとみ》を凝らしながら診《み》て行った。カラー・フィルムになっているから、胃壁の異常が、形態と色彩の変化の両面から診断できるのであったが、胃壁には腫瘍《しゅよう》も、筍状突起《ポリープ》も、潰瘍《かいよう》も認められなかった。

「先生、そのカルテの小西さんが早くから来て待っていますが、先に中へ入れましょうか」

看護婦が気をきかせるように云った。

「うん、その方がいいね」

患者の小西きくは、診察室へ入って来るなり、蒼黯《あおぐろ》く乾いた顔で、

「先生、検査の結果は、どうでおました？」

「いや、それは、ちょっと待って下さい、その前にもう一度、診察してみますから
——」

「へえぇ？　もう一度——」

露《あら》わに不満の色をうかべている小西きくに着物を脱がせ、診察台の上に仰向かせた。上腹部に指を当て、慎重に触診すると、鳩尾《みぞおち》と臍《へそ》の間あたりに、移動性ではないが、やはり、確かに腫《は》れものの感触がある。

血清検査によって膵臓壊死《えし》ではない確かな数値が出、胃カメラによって、鵜飼教授が疑診した胃癌でもないとすると、この腫れものの実体は何だろうか——。一応、考えられることは、膵臓腫瘍、後腹膜《こうふくまく》腫瘍、大網《だいもう》、小網の腫瘍、結腸癌、腸間膜の腫瘍のいずれかであるが、結腸癌、後腹膜腫瘍はよく動く移動性があるが、触診による移動性は全くない。しかも結腸癌だと便秘、下痢《げり》が起り、便に出血があるはずだが、その症状はない。レントゲン検査でも結腸癌、腸間膜の腫瘍と、大網、小網の腫瘍は見

当らない。そうすると、感じとしては、どうやら、膵臓の腫瘍、或《あ》いは初期の癌ではないかという疑いが強かった。

「先生、病名が解りましたやろか」

診察台に仰臥《ぎようが》している患者は、下から里見の顔を見上げた。里見は黙って、ペンを取り、

V. a. Pankreas Krebs（膵臓癌疑診）
Probe Laparotomie（試験切開）

とカルテに書き込んだ。これ以上は、一刻も早く入院して、確かな病名を突き止めるために試験切開をすることとであった。

「先生、一体、何病です？」

患者は、体を起し、カルテに書き込まれたドイツ語を見た。

「膵臓に異常があることは確かですが、それが何であるかということが、はっきりしないので、すぐ入院手続をとって、外科で腹部切開をしてもらって下さい、そしたら、間違いのない結果が出ますから――」

「え！　入院、切開手術——」

患者の顔が蒼《あお》ざめた。

「先生、この間から何度も検査したり、あの胃カメラとかいうのを胃の中まで呑《の》み込まされ、死にそうなほどのえげつない苦しみをさせられて、まだこの上、入院して手術せんと、はっきりした病名が解りまへんのでっか、そんな無茶な……」

昂奮《こうふん》し、声が震えていたが、里見は静かに患者の顔を見、

「病状によっては、そこまでしないと解らない場合がありますよ、こちらからもすぐ病室が取れるように手配しますから、あなたも正面玄関の横に病室係の受付がありますから、すぐそこへ行って、入院中込手続を取って下さい」

里見は、自ら席をたって、病室係へ電話した。

「何？　満床——、そりゃあ解ってるよ、しかし、緊急を要する患者だから、こちらからもこうして直接、電話をして頼んでいるのだ、詳しいことはあとで話すから、ともかく、病室の都合をつけて貰いたい」

受話器をおくと、着物を着終って、電話の様子を聞いていた小西きくは、

「先生、満員の病室を無理に都合つけて入院せんならんほど悪いのでっか、そない悪いのやったら、もっと早うに診断して、手当してくれはったらええのに——、もしも、

癌やったら……」

と云うなり、顔を歪《ゆが》めた。

「いや、病名がはっきりしないから、それをはっきりさせるために、腹部切開するだけですよ」

「お腹《なか》を開いてみたら、病名が解るというのやったら、何もわざわざ——」

大学病院まで来なくても、近所の医院でことが足りることだと、云いたげな視線を里見に向けた。

「何とおっしゃっても、ここで試験切開をすることが、あなたにとって一番必要なことです、午前の診察が終ったら、僕の方から、何とか、病室の都合がつくように手配しますから、あなたは病室係へ行って、自宅の電話番号、住所をちゃんと明記して、こちらから何時でも、連絡のつくようにしておいて下さい」

と云うと、待っている次の患者を呼び入れた。

午前の診察が終ると、里見は、すぐ三階の外科病棟の詰所へ足を向けた。替り合って昼食に行っているのか、がらんとした詰所の中には、二人ほどの看護婦の姿しか見えなかったが、婦長の肥《ふと》ったうしろ姿が見えた。里見は黙って、ガラス扉《ど》を押して中へ入った。

「婦長、うちから外科へ廻して手術を要する患者が出たので、この病棟で病室を一つ都合して貰《もら》いたいんだが――」

と云うと、婦長は、細い眼でちらりと里見の方を見、

「あいにくと満床で、ありません、さっき、階下《した》の病室係からもいって来ましたけどね」

無愛想に応《こた》えた。病室は、表向きには、医務課の入院係が病室の割当表によって、緊急を要する患者の度合と申込順位に入院させて行くのが正規の運びになっていたが、事実は、各科病棟の四十を越えた古参婦長たちが、病室関係の実権を握り、普通の医局員や、力のない講師、助教授クラスより融通をきかせているのであった。したがって、世才にたけた医局員たちは、日ごろから各科の病棟婦長とは懇《ねんごろ》にしておき、何かの時には融通をきかせて貰うのであったが、里見にはその才覚がなかったから、何時《いつ》ものようにのっけから、ぶっきら棒に切り出し、断わられたのであった。

「しかし、緊急を要する膵臓の試験切開なんだから、そこのところを何とか都合してほしいんだよ、外科なら緊急ベッドを別に確保しているはずだから、それを都合して

貰いたい」

「緊急ベッド？　ああ、あれですか、あれは救急車で運ばれて来た交通事故とか、虫垂炎の患者とか、そういった外科のための緊急ベッドで、内科から外科へ廻して来る患者のためのものではございませんよ」

細い眼が、意地悪げに光った。

「解《わか》ってるよ、しかし、それが空《あ》いておれば、貸してくれてもいいじゃないか、君なら、それだけの都合がつけられるはずだよ」

真正面から単刀直入に云うと、

「まあ、とんでもございませんわ、先生などと違って、私たちは、何年経《た》っても一介の看護婦の監督に過ぎませんもの、ほうっ、ほうっ、ほうっ」

ねっちりと湿った笑いであった。明らかに、自分と関係のない他の科の、しかも、見ばえのしない、政治力のない助教授を蔑《ないがしろ》にするような笑い方であった。

「そうか、それなら、君には頼まないよ、こちらで都合する」

里見はさっと、詰所を出た。

階段を降り、一階の第一外科の外来診察室の前まで来ると、中を覗《のぞ》いた。午前中の診察が終ったらしく、四、五人の外来担当医や、若い医局員たちに混って、診察衣の腕をまくった財前五郎の逞《たくま》しい姿が見えた。

「財前君――」

うしろから声をかけると、

「里見君じゃないか、どうしたんだ」

「うん、ちょっと君に頼みたいことができたんだよ」

重い口調で云《い》った。

「へえ? 君が僕に、何だい、一体――」

「いや、それは食堂へでも行ってから話すよ、だから、ちょっとつき合ってほしいんだ」

里見は、財前を職員食堂へ誘った。天井の低い陽あたりの悪い食堂であったが、窓《まど》際《ぎわ》に席を見付けた。財前は席に坐《すわ》ると、

「里見君と飯を食うなんて、久しぶりだな、もっとも、君は病理学教室に一緒にいた時から、つき合いが悪かったがね、で、頼みというのはどんなことなんだ?」

「実は、外科病棟の病室のことなんだがね――」

と云い、里見は今あった顚末《てんまつ》と、膵臓癌疑診の患者のことを話し、財前に病室の都合をつけてもらいたい旨《むね》を頼んだ。

「なんだ、病室のことか、そんなことならわけはないよ、俺《おれ》は君と違って、日ごろから各科の病棟婦長をちゃんと手懐《てなず》けてあるから、たとえうちの科で何ともならん時でも、耳鼻科や眼科などの入院患者の出入りが頻繁《ひんぱん》な科の病室をうまく借りて、必ず、都合をつけてやるよ」

里見がどうしようもできなかったことを、一言のもとで片付け、

「ところで問題は、その試験切開だが、それは僕に、やらせるんだろうな」

当然のように云った。里見は病室を確保することだけを考え、試験切開の執刀者のことは、まだ考えていなかった。しかし、やるとすれば、財前五郎は、人間的に自分と全く相容《い》れないいやな奴《やつ》であったが、切開してみて、膵臓癌《がん》であった場合、おそらく財前をおいて、難しい膵臓癌の手術ができそうな腕のきく者はほかに見当らなかった。

「うん、そりゃあ、君にやってもらうしか仕方がないだろうね」

「なんだ、病室の世話を頼んでおいて、いやに気のない云い方をするじゃないか、まあ、いいや、それより、もし試験切開してみて、君のいうその腫れものが膵臓癌だったら、患者も拾いものだろうけど、僕も拾いものだよ、膵臓癌の手術というのは、めったにないからな」

財前は、めったに出くわさない獲物《えもの》を狙《ねら》うように云った。

「ところで、その最初に胃癌疑診としたのは誰なんだ」

里見は、一瞬、返事に迷ったが、

「実は、うちの鵜飼教授なんだよ」

ぽつんと応えると、

「なに、鵜飼教授――」

財前の顔に当惑の色がうかび、

「そりゃあ、まずいな、そんな曰付《いわくつ》きのを切ると、あとがうるさいからな」

「どうしてなんだ、うちの鵜飼教授と君とは、科が違うのだから、全然、関係がないじゃないか、それに君はたった今、万一、膵臓癌なら、めったに出会《でくわ》さない手術だから是非やりたいと、自ら望んで、外科医としての情熱を燃やしたばかりじゃないか」

「そりゃあ、そうだが――」

財前は、また妙に躊躇《ためら》った。

「財前君、君まさか、うちの教授が医学部長だからというので、自分の将来のことなどを考えて、この試験切開を躊躇っているのじゃあるまいな」

里見のどこにそのような激しさがあったのかと思われるほど、険しい語調で云った。

「まさか、僕はそんな臆病《おくびょう》でも、卑怯者《ひきょうもの》でもないよ、ただ、あと面倒ないきさつになって、君んとこの教授から、うちの教授につまらんことでも云われると、この大学病院というところでは、いろんなことがやり辛《づら》くなるからな」

「そんな馬鹿《ばか》なことが、たとえ煩《わずら》わしいことが起っても、うちの科で起ったことだから、僕だけですむよ、それに第一、正しい診断をしたことに対して、いくら教授でも、妙なことは出来ないよ、医者である限り、どんな場合でも、患者の命を守ることに、及ぶ限りの力を尽すのが当然のことじゃないか」

迫るように云うと、財前は、

「よし、解ったよ、即刻入院させて、僕が切るよ、しかし、切り終って、結果が出るまでは、僕が切るとは、鵜飼教授に報告しないで貰いたいな」

「なぜなんだ？」

「別にこれと云う理由はないが、ともかく、そうしておいてくれよ、その方が僕は切りやすいんだ――」

「そうか、じゃあ、そうするよ、ともかく、僕は自分の内科的診断が正しかったか、どうかを、この試験切開で知りたいんだよ」

と云うと、二人の前に、大分前に運ばれて来、冷めかかっているライス・カレーを食べはじめたが、里見は、鵜飼教授にこだわる財前五郎の曖昧《あいまい》な様子が、あと味の悪い思いで胸に残った。

＊

室温二二、三度に調整された広い手術室の中で、手術衣を着た五人の医者と、三人の看護婦の姿だけが、白い影のように無言で動いている。

無影燈《むえいとう》に照らし出された手術台の上には、掩布《おいふ》をかけられ、手術野《や》だけ開かれた患者が仰向いている。既に腹膜が開かれ、人工呼吸によって、肝臓、胃が静かに上下している。この胃の裏に問題の膵臓《すいぞう》が横たわっているのだった。第一助手がタイミングよく胃をハーケンで圧排すると、財前は後腹膜を触診した。財前の眼に獲物を射る直前のような鋭い光が輝いた。右指先で黄色の膵臓を触診していくと、膵体部に空豆大《そらまめだい》の腫瘤《しゅりゅう》に触れたのだった。

「迅速切片を行なう！」

と云うなり、腫瘤の部分に円刃刀《メス》を入れ、五ミリ立方の切片を切り取り、第二助手に渡した。手術中に行なう癌《がん》の凍結切片検査であった。助手はすぐ手術室の隣の検査

室へ入ったが、五分も経たぬうちに、

「やっぱり、癌《クレプス》でした」

昂奮した声で報告すると、

「よし、膵体尾部切除手術だ！」

天井に響きわたるような声で云い、財前は中二階になっている見学室のガラス窓へ向って、左手をあげて合図した。そこに、自分の診断の是非を見守る里見が、起《た》って待っているのであった。

俄《にわ》かに異常に緊張した気配が手術室を包み、試験切開が、急遽《きゅうきょ》、膵臓癌手術に切り替えられた。予《あらかじ》め膵臓癌疑診とあったから、膵臓鉗子《かんし》の用意がされてあり、すぐ膵臓癌手術に切り替えることができたが、この用意ができていなければ、慌《あわ》ててしまうところであった。

「めったにない膵臓癌の手術だ！　周囲に大動脈と大静脈が走っているから非常に難しい、慎重にやるのだぞ！」

財前は、無数に走っている血管の林の中を、注意深く円刃刀《メス》を使い、血管周囲の組織を剝離《はくり》して手早くその端を二重結紮《けっさつ》し、膵臓の膵頭部寄りを第二助手に太い絹糸で結束させた。

「いよいよ切除だ！」

短く叫ぶように云うと、左手の二本の指の上にガーゼを敷き、その上に膵体部をのせ、よく切れるジレットの円刃刀《メス》で一気に切り取った。財前の額に、大粒の汗が滲《にじ》んだ。

切除が終ると、淋巴《りんぱ》腺《せん》にも転移している部分を先の細長い尖刃刀《クーパー》で、一つ一つ慎重に廓清《かくせい》（清掃）し、癌の広がりを除去してしまうと、胃をもとの位置になおし、腹腔《ふくこう》内《ない》の他の内臓も元の位置へ戻し、切開した腹部を閉じて行くだけのことであった。財前はその作業を馴《な》れた手つきで手早く行ないながら、心の中で、里見に対する憎らしいほどの感動が湧《わ》いて来るのを否《いな》めなかった。まず十人の内科医が十人とも見落し、外科の試験切開によらねば発見できそうもないこの膵臓癌の初期を、内科的診察で膵臓癌疑診とした里見の診断には、さすがに病理に長くいて、基礎的な勉強を積み上げて来た者の卓越した診断と洞察力が閃《ひらめ》いていた。

腹壁の表膜縫合を終り、ぷつんと糸を切ると、財前の額には、もう汗が薄らいでいたが、四人の助手の額には、まだ大粒の汗が噴き出していた。単なる試験切開が、手術に切り替えられ、その手術がはじめて出会う早期の膵臓癌の手術であったことの緊張と、手術のテクニックの困難さが、助手である彼らを、ひどく疲れ果てさせているのであった。

「どうだ、今日はへばっただろう、しかし、外科医になったからには、これだけのことができるようにならなければ駄目だ、いいか」

そう云い、財前は看護婦に手術衣とゴム手袋をはずさせ、消毒薬で手を洗うと、すぐ手術室を出、里見が待っている中二階の見学室へ入って行った。

「ご覧の通り、君の診断は正しかったというより、見事すぎるほどりっぱだったよ」

財前が感動を新《あら》たにするように云うと、

「いや、診断の基礎になる検査を重視して、検査のデータに少しでも疑問があれば、納得の行くまで検査を繰り返すという、このことさえ、しっかりやれば、誰だって正しい診断はやれるよ」

「いや、それは誰にでもできそうで、できないことだ、それはやはり君が長く病理にいて基礎《グルンディッシュ》的な勉強がちゃんとできているからだ、君はたいした内科医だよ」

と云い、財前は、さすがに疲れたような表情で、煙草《たばこ》をくわえた。

「いや、君こそたいした腕前だ、噂《うわさ》にたがわぬ執刀力だな、膵臓癌の手術をあれだけ、迅速に完璧《かんぺき》にやれる人は君をおいて他《ほか》にはないだろう、それなのに、どうして、もっと多くの医局員に見学させなかったんだ」

残念そうに里見が云った。

「いや、試験切開して、万が一、膵臓癌でない場合のことも考えて、関係者以外には云わなかったんだよ」

と応《こた》えたが、財前の本心は、鵜飼教授に知られたくないために、表向きはどこまでも試験切開で通しておいたのだった。

「そうか、惜しいな、膵臓癌は癌のチベットと云われるほど未開拓のところだけに、実に惜しいよ」

里見がさらに繰り返すように云うと、財前はくわえていた煙草を灰皿に捨て、

「どうだ、久しぶりに飲もうか、お互いの実力に対して祝杯を上げようや」

乾杯する恰好《かっこう》をする財前の眼は、人間の生命を侵すものにたち対《むか》い、それに打ち克《か》って、一人の人間の生命を救い得た医者の素直な喜びに燃えていた。里見は、そうした財前の表情を柔らかい視線で見守り、

「ところが、研究室でやらせている動物実験で、三時間おきにデータを見なければならぬ実験があるから、悪いが、今日は失敬するよ、今度、必ずつき合うよ」

「そうか、そんな実験をしているのなら、途中でストップできないな、それじゃあ、無理に誘わないよ」

と云い、ふと思い出したように、

「君んとこの鵜飼教授は？」

さり気ない聞き方をした。

「教授は、午前中の診察をすまされると、今日は講義もないから、雑用を片付けたら、絵でも見に行くことにしようかと云って心斎橋画廊とかの連絡先を書きおいて、外出されているよ」

「へえぇ、解らんものだな、鵜飼教授は、絵が好きなのかい」

「いや、そこのところはよく知らないが、じゃあ、失敬するよ」

と云うと、里見は腕時計を見、時間を気にするように急ぎ足で、研究室の方へたち去って行った。

心斎橋画廊の前でタクシーを降りると、財前はすぐ中へ入らず、外から見通しになっている正面の大きなガラス扉《ど》を覗いた。入口に『染井青児滞欧作品展』と記された立看板が掲げられていた。財前もその名前を知っている有名な洋画家であった。

財前は、そっと扉を押し、中へ入ると、黒ビロード張りの壁にかけられている絵よりも、絵の前にたっている人影を見廻した。二室続きになった三十坪ほどの室内に、十五、六人の人影が見え、どの人影も一つ一つの絵の前にたち止まり、ゆっくり楽しむように鑑賞していた。財前は、その一人一人の人影を識別するように眺め、二室目の奥に眼を向けた時、視線を止めた。

鵜飼医学部長の桜色の横顔と白髪まじりの頭が見えたのだ。財前はすぐ近寄って行かず、暫《しばら》くそこにたって、鵜飼の様子を観察していた。鵜飼は、財前には気付かず、桜色の艶々《つやつや》しい皮膚を光らせながら、壁面の絵を見てまわり、二室目の一番左端の絵の前に来ると、足を止めてその絵に見入った。財前は、足音をしのばせるようにそのうしろへ近付いて行った。

「鵜飼先生、絵のご鑑賞でございますか」

鄭重《ていちょう》に声をかけた。鵜飼は驚いたように振り返り、

「やあ、誰かと思ったら、財前君か、忙しい君が画廊へなど現われるとは珍しいじゃないか」

「先生こそお珍しいですね、何時《いつ》も眼の廻るようなご多忙さだと伺っておりますのに――」

「いや、いや、多忙なのは君の方じゃないか、じゃんじゃん仕事はやるし、マスコミ

にも派手に出ているし、なかなか、やっとるじゃないか、今日は、手術《オペ》はなかったんかね」

財前は、一瞬、ぎくりとしたが、鵜飼がまだ何も知っていない様子を見て取ると、素知らぬ体《てい》で、手術のことには一切、触れず、

「先生まで、そんな風に私が派手にやっているなどとおっしゃいますと、私は全く困ってしまいます、誤解されやすくて——」

「誤解？」

鵜飼は絵を見ながら、聞き返すように云《い》った。

「はあ、私という人間は、どうもいろんな面で誤解されやすい人間で——、いえ、つまらぬことを申し上げました」

自分の方から思わせぶりに云い出しておきながら、恐縮するように言葉を切り、

「ところで、鵜飼先生は、染井画伯の絵がお好きでございますか」

「好きというほどのこともないが、この画廊の経営者が、僕の患者で、そんな縁で何時も案内状をくれて、絵は財産になります、お安くしときますからお買いになると得だと云うのだよ、ついさっきも、わしを捉《つか》まえて頻《しき》りに勧めよったんだが、国立大学の教授のサラリーでは、そう簡単に一流の画家の絵は買えんよ、したがって、見るだ

けだが、こんな絵が一号八万円もするのかね、どうも、わしには解《わか》らんよ、あっはっはっはっ」

大声で、磊落《らいらく》に笑い、

「じゃあ、失敬、ちょっと寄るところがあるのでね、まあ、君はゆっくりして行き給《たま》え」

と云うと、鵜飼はもう扉の方へ足を向けた。

あとに残った財前は、さっき、鵜飼がその前へたっていた絵の前へ足を運んだ。パリのノートルダム寺院を描いたもので、やや抽象化され、褐色《かっしょく》の絵具を厚く塗り重ねた絵であった。財前は、暫くその絵の前にたって、迷うような表情を見せていたが、部屋の隅にたっている店員の方を向き、

「君、この絵を欲しいんだが――」

「へえ、これでございますか」

店員は、見馴《みな》れぬ客の顔をきょとんと見、

「はい、只今《ただいま》、主人と代りますので、少々お待ち下さいまし」

事務室の方へ引き込んだかと思うと、小柄な男が顔を出し、揉《も》み手をしながら、財前の前へ寄った。

「手前が主《あるじ》でおます、どうもお引きたて戴《いただ》きまして、へえぇ、この絵でおますか、さすがお目が高《たこ》うおます、この絵は、ここに並んでいる作品の中でも、特に傑出したものでおまして――」

画商らしいもの腰の低さで、応対した。

「いくらなんだね」

「へえぇ、染井画伯の絵は号八万というのが通り相場でおますが、そこは、またお話次第で勉強させて戴くと致しまして、まあ、どうぞ、奥へお入りやす」

と云い、ソファを置いた応接室へ案内した。

「いかがでございまっしゃろか、号八万で三号でっさかい、二十四万というところを五分お引きして、二十二万八千円というところで――」

と云うと、財前は、にこりともせず、

「たった五分引きか、二十万円でどうかね」

「二十万、これは、きつうおますな、一割引いて二十一万六千円でっさかい、二十万ではちょっと――」

画商は、重く首をひねった。

「二十万でよければ、現金《キャッシュ》ですぐ払うよ、届け先は、さっき、お見えになっていた鵜飼先生のお宅だよ」

「えっ、鵜飼先生のお宅――、それなら、いやとは云えまへんな、ほんなら、またこの次にお引きたて戴くことにして、二十万でよろしおます」

と云い、手を打った。財前は右手に提げたカバンの中の紙封筒から、無造作に一万円札を十枚抜き取り、

「今、これだけしか持ち合わせがないので、これを手つけにして、あとの半額は、明日、支払うから、その絵は売約済にしておいてくれ給え」

と云い、夙川《しゅくがわ》の自宅の住所と自分の名前を告げずに、堂島の財前産婦人科医院の名前と住所を告げた。

「これは、これは、堂島の財前産婦人科さんだすか、お名前はかねがね承っとります、今後どうぞご贔屓《ひいき》に――、鵜飼先生の方へは、明日この個展が終りまっさかい、終り次第、早速にお届け致します」

画商は、俄《にわ》かに調子付いたお世辞を並べた。

「じゃあ、頼むよ」

財前は鷹揚《おうよう》に云い、ゆっくり席を起《た》った。

外へ出ると、財前は煙草屋を探し、そこにある公衆電話のダイヤルを廻した。

「三一号室を頼みたいのだが――」

と云うと、暫く待たされ、

「どなた――」

ケイ子の声が聞えた。

「俺《おれ》だ、どうしたんだ、出るのがいやに遅いじゃないか――」

不機嫌な声で云った。

「五郎ちゃんて、勝手ね、何時も突然、連絡するのやから、もう少しでアパートを出て、お店へ行ってしまうところやわ、表の扉のところまで、管理人のおばさんが走って来て、取り次いでくれはったんよ」

「解ったよ、で、店へは行くのかい？」

「そりゃあ、五郎ちゃん次第やわ」

「じゃあ、店は休んで、待ってろよ」

そう云うと、財前は、がちゃんと受話器をおいた。

アパートの階段を上り、ケイ子の部屋の前まで来ると、財前は何時《いつ》ものように低い声で、

「俺だよ」

内側から扉《ドア》が開き、店へ出かける服装をしたケイ子が、

「どうしはったの？　急にのこのこと出かけて来て、何か急ぐ用でもあるのん？」

「別に何もないさ、ただ、どさりと寝たいんだよ」

と云うなり、上り口にカバンを投げ出し、ぬうっとケイ子の寝室へ入って、そこにあるベッドの上へどさりと寝転んだ。

「寝たいだけなら、家へ帰ってゆっくり寝はったらええやないの」

突慳貪《つっけんどん》に云うと、

「ここへ来て寝たいんだよ」

財前は仰向けになったまま、ネクタイをとり、ワイシャツのボタンをはずした。

「何かあったのね、一体、何やのん？」

財前の精悍《せいかん》な眼が、澱《よど》むように濁りながら異様に輝き、引き締った頬《ほお》の肉に、面皰《にきび》のような脂《あぶら》を浮かせている時は、疲れきりながらも、何か心に昂《たかぶ》りを感じている時であるのを、ケイ子はよく知っていた。

「難しい手術《オペ》があって、それがうまく行ったわけ？」

「ご名答、その通りだよ、試験切開のつもりで開いたところが、膵臓癌《すいぞうがん》で、今日の手《オ》

術《べ》は全くすばらしいもんだったぜ」

里見のことは云わず、陶酔するような云い方をした。

「そう、膵臓癌の手術なら昂奮《こうふん》するのが当り前やわ、膵臓癌と肝臓癌は、癌中の癌といわれる親玉だし、しかも、それが試験切開から手術に切替えだなんて、聞いているだけでもスリリングやわ」

ケイ子には、膵臓癌の手術ができる機会《チャンス》が極めて少ないことも、またその難しさもよく解っているのだった。

「奥さんでは、その昂奮の内容が解って貰《もら》われへんから、私に聞いて貰いに来たというわけね」

「それだけじゃないんだ、今日は実弾射撃の第一弾を放ったんだ」

投げつけるように云った。

「実弾射撃――」

ケイ子は訝《いぶか》しそうに、ベッドへ腰をかけた。財前はその腰へ手を廻しながら、

「いよいよ、選挙運動を開始したのさ、次期教授選のね、この間、舅《おやじ》から取った軍資金で第一弾をぶっ放したというわけさ」

「第一弾で誰を狙《ねら》いはったの？」

「鵜飼教授さ」

「まあ、あの医学部長の鵜飼教授を――」

ケイ子は、呆気《あっけ》に取られるように財前の顔を見下ろし、

「馬鹿《ばか》ね、一番あと廻しにせんといかん人を、一番先にして――、あんたって、すごく仕事ができるのに、どこか単純で、おっちょこちょいのところがあるのやね」

咎《とが》めるように云った。

「そこが運否《うんぷ》天賦《てんぷ》の勝負のしどころというものだよ、普通のルールでなら一番あと廻しにするところでも、うまいきっかけが摑《つか》まれば、そこから先に行ってみるのも面白いじゃないか、ともかく、いくらあと廻しの大物だといっても、何かきっかけがなくては、狙えないからな、きっかけという点では、今が、一番面白《おもろ》いきっかけなんだよ」

「へえぇ、そんな面白いきっかけというのは、どんなことやの？」

ケイ子の眼に、ありありと興味の色がうかんだが、

「その辺のところは、いくら、ケイ子にだって、やすやすとは云えないよ、それにまだ成功するとはきまってない試弾の段階だからな」

不敵な笑いをうかべて大きく寝返りを打つと、

「どうだ、久しぶりだな、いいだろう」

ケイ子の背中に手を伸ばし、ジイッとファスナーの金具を引き開けた。ワンピースの背中が開き、豊満な肌が露《あら》わになると、引っ摑むようにケイ子の体を抱いた。ケイ子は、毛深い財前の腕の中に抱かれながら、

「大きな手術《オペ》のあとは、必ず欲情して、私を訪ねるというわけね、私と五郎ちゃんの間は、セックスだけね――」

「そうかもしれない、それでいかんのか」

乾いた声で云った。

「それでいいわ、私も、手術《オペ》をすませて来たあとの獣《けだもの》みたいな五郎ちゃんのセックスが好き」

と云うなり、ケイ子は自ら財前の体に溺《おぼ》れ込んだ。

＊

階段教室になった臨床講堂には、浪速大学医学部三年の学生たちが、白衣を着て、それぞれの席に坐《すわ》っていた。

午後三時から始まる講義であったが、財前助教授の講義とあって、十分前からもうほとんどの学生が席に坐り、煙草《たばこ》をふかしながら、授業の始まるのを待っていた。

「おい、今日の講義は儲《もう》けものだぜ」

前列に坐った学生の一人が、隣席の学生に話しかけた。

「全くそうだな、東《あずま》教授の代講で財前助教授の癌《クレブス》の臨床講義というわけだが、東さんの黴《かび》の生えたようなくそ面白くもない講義より、財前助教授の生きのいい講義の方がいいや、何といってもその方の名手なんだからな、東さんよ、おおいに出張して、休講してくれ給えだ！」

おどけるように云うと、

「おいおい、そんなことを云うと、睨《にら》まれて、卒業してもジッツ（ポスト）を貰えず、泣いてしまうぜ、大学病院のジッツの割振りは教授独裁だからな」

「ジッツと云われると、ちょっと弱いな、ボス教授は、系列下の地方大学の人事にまで、リモート・コントロールをかけるからな、けど、俺はいいさ、大繁昌《だいはんじょう》の親父《おやじ》のあとを継いで開業医をやるから、リモコンくそ喰《くら》えだ」

と云うと、その周囲にどっと笑声が湧《わ》き、

「そうだ、そうだ、リモコンくそ喰えだ、ジッツなど考えるのは、四年生になってからで沢山だ、今はマージャンと酒の話で結構だ」

「今のうちだけだぞ、こんな生きのいいことを云えるのは！」

弥次《やじ》るような声がそこここから起り、またどっと明るい笑いが湧いた。

定刻になると、二人の助手が教室へ入って来た。スライド映写の電気の点滅、スクリーンの上げ下ろし、黒板拭《ふ》きなど授業中の雑務を行なうためであった。学生たちは、まだ雑談を止《や》めず、煙草を喫《す》っていたが、廊下に足音が聞え、財前が入って来るなり、ぴたりと雑談を止め、机の下で慌《あわ》てて煙草をもみ消し、一斉に起立して迎えた。

財前は、何のテキストも持たず、白衣のポケットに両手を突っこんだまま、軽くうなずきながら、教壇へ上り、学生たちを見渡した。

「今日の臨床講義は食道癌《エソファーグス・クレブス》について話をすることにしよう」

黒板に向い、白墨で、既往症、現病歴、現症諸検査成績など、一患者の食道癌のカルテを簡単に書き終ると、教壇の横にたっている助手に、

「レントゲン写真を！」

と命じ、拡大透視器《プロジェクター》にレントゲン写真をかけさせた。頸部《けいぶ》食道から胸部食道にかけてバリウムの入りにくい像が出ているところを指さし、

「このように胸部食道の上部に陰影欠損がみられることは、とりもなおさず、胸部食

道の癌《クレブス》であるが、食道癌《エソファーグス・クレブス》の中でも、この上部と中部の手術が、最も難しく、ごく最近までは最も死亡率の高い手術とされ、現在でも死亡率三〇パーセント前後とされている。これは食道の癌《クレブス》を除去したあと、胸腔内《きようこうない》で食道と胃、胃と腸の吻合《アナストモーゼ》を行なうために起る危険で、その上、食道癌《エソファーグス・クレブス》の患者は六十歳以上が大部分で、しかも長期にわたって食道狭窄《エソファーグス・シュテノーゼ》があって十分食物がとれないために、全身状態が悪くなっているので、私自身のここ数年来の研究と経験によって、胸壁前食道胃吻合術《ふんごうじゅつ》という方法を工夫して、患者《クランケ》の死亡率を少なくしたわけである」

まず上中部食道癌の死亡率が如何《いか》に高いかという話と、それに対する独自の研究を述べ、

「患者《クランケ》を入れるように――」

と云った。輸送車に乗せられた六十過ぎの男の患者が、看護婦に付き添われて教室内に入り、教壇の前の椅子《いす》に看護婦の介添で坐った。財前は患者に向って、

「入院中なのに、わざわざ私の講義のために出て来て戴いて有難う」

愛想のいい挨拶《あいさつ》をし、

「この人は、さっき私が説明した食道癌《エソファーグス・クレブス》の手術後の患者《クランケ》である」

と前置きしてから、患者に対する質問を始めた。

「あなたは、手術前にはどうでしたか？　何が一番、苦痛でしたか」

「半年ぐらい前から、食道が通りにくうて、何か咽喉《のど》にひっかかるような感じでした」

「瘦《や》せて来ませんでしたか」

「そうですな、二貫目ほど瘦せましたやろか、あ、そうそう、何か体がえらい気怠《けだる》い感じでした」

「特に食物が食道を通る時に、唾《つば》がたくさん出て困りませんでしたか」

「はい、その通りです、しまいには食後に嘔吐《おうと》を催したり、水さえ飲みにくくなりました」

「では、ちょっと着物を脱いでもらいましょう」

看護婦がうしろへ廻って手早く患者の着物を脱がすと、首のところから胃に向って、ゴム管がぶらりとぶら下っていた。その異様な姿に学生たちが、顔を見合わせると、

「これは、頸部につくった食道瘻《ろう》（穴）と胃につくった胃瘻とを繫《つな》いだゴム管で、現在、このゴム管によって食事を摂《と》っている」

と説明し、再び患者の方を向き、

「現在、食事はうまく摂れていますか？」

「はい、最初は、むせるような気がしましたが、二、三日で慣れ、今ではおかゆも食べられるようになりました、ほんとうに先生のおかげで——」

財前に向って頭を下げた。

「じゃあ、牛乳をコップ一杯、飲んでみて下さい」

看護婦が予《あらかじ》め用意していた牛乳を、コップに注《つ》いだ。患者は牛乳の入ったコップを受け取ると、まるで酒でも飲む時のように、きゅっと美味《おい》しそうに一杯あけた。その瞬間、首から腹部に繋がったゴム管の中を、牛乳がごぼごぼと音をたてながら、通過して行くような状態が感じ取られた。

「どうです、うまく入りましたか」

患者は、こくりと大きく頷《うなず》いた。

「では、患者《クランケ》を帰して下さい、どうもご足労をおかけしました、お大事に」

患者に向って会釈《えしやく》し、輸送車に乗った患者が教室を出て行ってしまうと、

「次は、スライドを！」

二人の助手に命じた。黒板の上へスクリーンをおろし、窓を暗幕で掩《おお》い、財前自身が執刀した食道癌手術のスライドが映し出された。財前は、その一つ一つを指しながら、

「先程も説明した通り、死亡率の高い上部食道癌の手術《オペ》を、出来るだけ安全に運ぶために私は三期に分けて手術する方法を工夫した、第一期は腹部を切開し、胃瘻を作り、強制的に食物を与えて、患者《クランケ》の体力を回復させ、第二期は胸部切開術を行なって、癌《クレブス》を全部摘出し、頸部に食道瘻をつくり、さっき見せた患者《クランケ》のように、食道《エソファーグス》と胃《マーゲン》をゴム管で繫いで口から食事摂取が出来るようにする、こうして半年乃至《ないし》一年患《クラ》者《ンケ》の全身状態がよくなるのを待つとともに、癌《クレプス》の再発のないことを確かめてから、食道《エソファーグス》と胃《マーゲン》を吻合《アナストモーゼ》する。この吻合術を行なう場合に、縫合不全を起しやすいが、一度、縫合不全を起すと、膿胸《のうきょう》という重篤《じゅうとく》な合併症を起して、患者に死の転帰を取らしめるという最悪の事態に追い込むことがある。したがって、縫合不全を起すくらいなら、むしろ手術しない方が長生き出来るくらいであるから、この吻合術を行なう場合は、よほどの力倆《りきりょう》がなければならない」

財前の言葉は、自信と覇気《はき》に溢《あふ》れ、スライドに映し出されている財前の見事な吻合術を見詰めている学生たちの間に、感嘆する吐息が洩《も》れた。スライド映写が終り、暗幕が開けられると、学生たちの敬意に満ちた視線が財前に向けられ、そこに自分たちの未来像を描くような熱っぽさが、教室内を埋めた。

「諸君、今、僕が説明したことは決して、机上の方法論ではない、外科医としての修練さえ積めば、将来、諸君だって、必ず、出来ることだ、外科医はそうした優《すぐ》れた力倆と創造性を必要とする分野であるから、君たちも外科医を志すなら、そうした理念を持たねばならない」

そう云《い》い終ると、財前は、白墨をぽんと投げ出すようにおき、

「今日は、これまでだ――」

白衣の裾《すそ》をひらりと翻《ひるがえ》し、大股《おおまた》に教壇から降りた。

学生たちは、まだ財前の充実した講義の昂奮《こうふん》からさめやらぬように、暫《しばら》く座席に坐っていたが、財前は教壇を降りるなり、もう今話した講義内容など頭にないような素っ気なさで、教室を出、助教授室へ足を向けた。

助教授室に入ると、財前は朝から外来診察、午後から回診、それが終るとすぐ講義という、めまぐるしい忙しさであった一日にほっと息をつき、脱ぎ捨てるように白衣を脱いで、古ぼけた椅子に腰をかけると、筋向いの医局から助手が顔を出した。

「先生、先程、医学部長室からお電話があり、講義が終られたら、すぐ医学部長室へ来てほしいというご伝言がありました」

「何？　医学部長室へ来るように――」

財前はとっさに、医学部長室へなど呼び出される限りは、里見から廻されて来たあ

の膵臓癌《すいぞうがん》の患者のことで詰問《きつもん》されるのかもしれないと思った。

「よし、今から早速、伺う」

助手にそう云い、すぐ里見の部屋へ電話をかけた。

「え？　部屋にいない、何処《どこ》へ行ったんだ？　解《わか》らない、じゃあ、仕方がないな」

財前は受話器をおき、逡巡《しゅんじゅん》するように窓の外を見たが、椅子の上に脱ぎ捨てた白衣を着直し、衿《えり》もとをきちっと整えると、急ぎ足で階段を降り、広い中庭を横切って、医学部長室へ向った。

医学部長室に入ると、天井まで届く高い書棚を背にして、机の上の書類に眼を通している鵜飼医学部長の姿が見えた。

「財前でございますが、どうも遅くなりました」

講義中の自信にみちた尊大な態度とはうって変った慇懃《いんぎん》さで頭を下げた。

「うん、ちょっと君に用事があるんだ、まあ、そこへかけ給《たま》え」

むっつりと、回転椅子を廻し、応接用のテーブルに向い合うと、

「財前君、昨日、僕の自宅へ贈り届けて来たあの絵はどういう意味だね」

いきなり、そう切り出した。財前は、ちょっと言葉に迷い、

「はあ、あの絵は、私の舅《ちち》の財前又一が、鵜飼医学部長にさし上げるようにと申しましたもので、たまたま、あの日、画廊で私が教授にお目にかかり、あの絵が大そうお気に入られたようにご覧になっておられましたので、舅に伝えますと、早速、お贈り致すようにといわれました次第です」
「ほう、君の親父さんの財前又一氏といえば、堂島の財前産婦人科医院を経営している人だね、名前は聞いているが、会ったこともないのに、どうしてあんな絵など贈られるのかね」
「実は、舅の方は、かねがね、鵜飼教授のご高名を伺い、医師会の役員をしております関係上、医師会の研究会で、いろいろと教授のご講演や直接のご指導を仰ぎたいと願っておりますそうで、そうした意味からも、今後のお近付きのご挨拶までにというような気持からのもので、もしお気に召しましたら――」
恐縮しきった様子で云うと、
「そうすると、君の親父さんは、医師会の役員として、医師会の医療向上のために、僕に挨拶をしておきたいと云う意味で、他意はないと云うわけかね」
「はあその通りで、別に何の他意もありません」
舅《しゆうと》の又一が、鵜飼と同窓同期である岩田医師会長と懇意の仲で、つい一カ月ほど前に酒席で、鵜飼のことを噂《うわさ》したことは、云わずにおいた。

「そうか、なるほど——」

鵜飼は、老眼鏡をはずして玩《もてあそ》びながら、暫く思案する様子であったが、

「ところで、うちの科から君の方へ廻った試験切開の患者の手術は、どうだったんだ？」

突然、聞いた。財前は、顔を硬《こわ》ばらせかけたが、すぐ平静な表情で、

「はあ、あの患者は、鵜飼教授のご指摘通り、試験切開をしますと、やはり膵臓癌の初期で膵尾部を切除しました、おかげさまでいい勉強をさせて戴きました」

財前は、一気にそう云い切った。膵臓癌疑診をしたのは、里見ではなく、鵜飼教授自身であると思い込んでいるような真剣さで云ってのけた。

「ふうん、そんなに君自身でさえ勉強になる手術なら、どうして、もっと他《ほか》の医局員にも報《しら》せて見学させなかったんだ」

鵜飼は、半信半疑の眼を財前に向けた。

「実は、膵臓癌の手術は始めてだったものですから、試験切開をしてみて、もし膵臓癌でなかったらと思ったり、逆にまたもし膵臓癌だったら、その時の完璧《かんぺき》な執刀の仕方はとか、そんなことで頭が一杯で、その上、先輩諸氏の膵臓癌に関する文献や実際

例などを調べることに気をとられ、医局員の見学のことなどは、すっかり頭になかったわけです、申しわけありません」

「ほう、君ぐらいの外科医になっても、そんなに昂奮してしまうことがあるのかね」

皮肉な口調で云った。

「どちらかと申しますと、あまり昂奮しない方なのですが、他の手術《オペ》と違いまして、めったに出くわさない膵臓癌疑診だったものですから、千載一遇の時とばかり、つい昂奮してしまいまして、しかし、おかげさまでまたとない勉強をさせて戴きました」

重ねて深く頭を下げると、鵜飼は瞬《まばた》きもせず、じっと財前の顔を見詰め、

「で、うまく君が手術出来るような、そんな都合のいい番になったのは、どうしてなんだね」

さり気ない言葉の中に、要《かなめ》を射る鋭さがあった。

「それが、ちょうど、私が外来診察を勤めておりました日に、内科からあの患者のカルテが外科の受付へ廻って来、ひょいと見ますと、試験切開、膵臓癌疑診とありましたので、とっさに僕がやると、飛びついたわけです」

里見のさも持ち出さなかったのは、里見の立場を庇《かば》うためではなく、財前自身のためであった。財前はこの手術を引き受ける時に、純粋な医学的探求心と同時に、膵臓

癌疑診の卓越した診断を下したのは、里見ではなく、患者の初診を受け持った鵜飼教授であると、信じ込んで手術したように見せかけ、このことによって鵜飼に近付き、ことによっては鵜飼との間に微妙な黙契をつくる機会《チャンス》を摑《つか》もうと考えたのであった。そして、その機会をより完全に把握《はあく》するために、染井画伯の絵を贈っておいたのだった。

「じゃあ、君がちょうど外来にいて、君の旺盛《おうせい》な研究心で飛びついた患者が、たまたま僕の診察した患者だったというわけかね」

鵜飼の口もとに、微妙な笑いがうかんだ。鵜飼は、財前の口車に乗せられているように見せかけながら、その実、財前の魂胆を見抜いているのかも知れないという危惧《きぐ》が、財前の胸を一瞬、激しく動揺させたが、ここまで来れば、徹頭徹尾、鵜飼を乗せきることであった。鵜飼のことであるから、うまく乗せさえすれば何食わぬ体《てい》で乗り、鵜飼自身にとっても、不面目であるこの事件を、このまま流してしまう可能性が十分に考えられるのだった。財前は、膝《ひざ》を揃《そろ》え、畏《かしこま》るように頭を下げた。

「では、主任教授の東君も、君が執刀することを承知しているのかね」

鵜飼が云った。

「いえ、それが、東教授は、東京へ出張される当日で、ばたばたしておられましたのでつい――それに、単なる試験切開で終る場合もあり得ると思いまして、格別に、ご連絡致しませんでした」

「そりゃあ、いかんな、君がそうして、ちょいちょい、主任教授をさしおいて、勝手にことを運ぶことは、前から噂として僕の耳に入っていたが、それはいかん、第一、東教授だって、膵臓癌ならやってみたいと思ったかもしれん！」

不機嫌に、ぶつんと切るように云った。財前は、足をすくわれたような衝撃を受けた。

「まあ、いいさ、君だって何も悪気でしたことじゃあないだろうし、ちょうど、今日は東教授が出張中で留守のことだから、今回のことは、ここだけのことにしておこう」

巧妙な締め括《くく》り方であった。これで、万一、鵜飼が最初、胃癌疑診としたものを、里見が膵臓癌疑診にした真相を、財前が知っていたとしても、東教授に何の相談もせず、財前が勝手に膵臓癌の手術をしたことを、鵜飼が東に内密にしておくことによって、相討ちの形になってしまったのだった。

財前は、鵜飼の狡猾《こうかつ》な締め括りに打っちゃりを食わせられ、虚を衝《つ》かれた形であったが、とにもかくにも、あの絵を受け取って貰《もら》えただけで、今日は大成功であると思った。

「いろいろとご配慮戴《いただ》きまして有難うございました、私は、何かと誤解されやすい人間でございますので、今後も何かとよろしくご指導願います」

「うん、その点はよく解ってる、君は、もともと仕事の出来る人なんだから、あとは人徳、人徳の問題だよ、あっはっはっはっ」

天井に響くような声をたてて、そり返るように哄笑《こうしょう》した。

「では、これで失礼します」

椅子《いす》をたって、扉《ドア》に手をかけかけると、

「財前君、あの絵は、戴くことになるか、それとも返すことになるかもしれないが、ともかく今日のところは、一応、預かっておくことにするよ」

顔から、笑いを消して云った。

医学部長室を出ると、財前は自分の教室へは帰らず、まっすぐ第一内科の助教授室へ足を向けた。

扉に不在の札がかかっていたが、中に人の気配がした。ノックをせずに扉を開くと、助手の一人が、里見の机の上の書類を整理していた。

「里見君は、まだ帰って来ないのかね」

助手は驚いたように振り返り、

「あ、財前先生ですか、今、解ったんですが、里見先生は、只今《ただいま》、医学部の図書館の方におられます、そちらへご連絡致しましょうか」

「いや、図書館なら、僕もちょっと用事があるから出かけて行くよ」

と云《い》うなり、すぐ階下へ降り、図書館へ足を急がせた。

六時を過ぎた図書館の中は、夜の灯《あか》りの下で十五、六人の人影がひっそりと机に向っていたが、里見の姿は見えなかった。

閲覧室の片隅に坐《すわ》っている司書に聞くと、書庫の中へ入っているということであった。書庫の中へ入ると、ひやりとした湿気くさい匂《にお》いが鼻をつき、天井までぎっしり、積み上げられた書籍が薄暗い電燈《でんとう》に照らし出されていた。五列目の書架の前まで行くと、額を陰鬱《いんうつ》に俯《うつむ》けるようにして、たったまま、書物を読み耽《ふけ》っている里見の姿が見えた。足音をしのばせて近寄り、背後から里見の肩を叩《たた》いた。

「調べものかね、そんなの助手にでもやらせればいいじゃないか」

「いや、僕自身がやらなくては解らない調べものなんだよ」

「そうか、そんな大事な調べものの邪魔をしてすまないが、是非、話したいことがあるのだよ」

と云い、書庫の中に人影のないのを確かめてから、

「実は、今、君んとこの鵜飼教授に医学部長室へ呼びつけられ、この間の手術《オペ》のことを聞かれたんだよ」

財前は声をひそめ、重大な突発事件を告げるように云った。

「あ、そう、じゃあ、君からちゃんと報告しておいてくれたんだね、そうしてくれると、僕は助かるよ」

里見は、それで用事が終ったように再び書物に眼を移した。

「冗談じゃないよ、ありのままの報告など出来るはずがないじゃないか、医学部長室へ入って行くなり、この間の膵臓癌の手術《オペ》はどうして君がするようになったのかとか、うちの里見から君に廻したのかなどと詰問され、一つ間違えば、君も僕も、吹っ飛ばされそうなほど険悪だったんだ」

畳み込むような早口で云うと、

「なぜ吹っ飛ばされなきゃあならないんだ、あの件については、鵜飼教授は、自分の初診通りでなかったからと云って、怒ったりする方がおかしいじゃないか、僕は教授の初診のあとを引き受けた医者として当然の検査をし、診断をして、試験切開の必要があるから君に廻しただけで、それを格別、問題にしたり、ことさら口外したりなど

していない、君に至っては、僕から廻された患者《クランケ》の手術《オペ》をしただけなのに、どうして君を医学部長室に呼びつけたりなどするのだ、全くおかしいじゃないか、他《ほか》に何か、君を呼ばねばならぬ用事でもあったんじゃないか？」

財前は、一瞬、ぎくりとしたが、

「いや、別に何もないよ、全くあの件に関しての呼出しで、それだけに鵜飼医学部長の険悪さのほどが解るだろう」

絵を贈ったことが、絡《から》んでいることなど曖《おくび》にも出さず、そう云った。

「そうか、それじゃあ、全然、向うが筋違いの立腹をしているわけじゃないか、だから、君が報告しにくければ、僕からありのままを報告しておくよ」

「おい、馬鹿《ばか》なことをするな！」

財前は、思わず、大きくなる声を嚙《か》み殺すと、里見の前にたちはだかった。

「君は幾つになったら大人になるのだ、せっかく僕が、君のために、里見のさも出さず、たまたま僕が外来診察にいる時に内科からあの患者《クランケ》のカルテが廻って来、膵臓癌疑診、試験切開とあったので、貴重な症例だと思い、飛びついて手術《オペ》をやった、しかも、その膵臓癌疑診としたのは、君ではなく、鵜飼教授だと思い込んでやったように話の辻褄《つじつま》をつけて、ことを片付けてあるのに、君はそれを、今からわざわざひっくり返そうとするのか」

怒気を含んだ声で云うと、

「どうして、それがいけないんだ」

里見は、訝《いぶか》しげに云った。

「どうしてって、四十を過ぎた助教授の君に医学部一年生にするような話をしろというのか、大学の医学部内ではたとえ、教授の診断が間違っていても、それに批判を加えたり、訂正することは禁句《タブー》にされているじゃないか、たまたま、教授より助教授の方が優《すぐ》れていることが、公《おおやけ》に知られることすら、ここではいけないのだ、それを今、僕と君とで正面切って、鵜飼教授の診断に訂正を加えるような形を取ってみろ、二人とも地方へ弾《はじ》き出されてしまうじゃないか、正しい診断より、教授の権力の方が強大だというのが、大学の医学部の現実だよ、その現実に或《あ》る程度、妥協しないと、お互いに教授にはなれない」

里見の心を脅《おびや》かすように云うと、

「教授などというものは、なろうと意識してなるものじゃないよ、自分の研究を積み重ねて行くうちに、何時《いつ》の間にか、それが認められ教授に選出されるというものだ、それでなれなきゃあ、仕方がないじゃないか」

「仕方がない――、君はそれでいいだろうが、僕はそんな巻きぞえはご免蒙《こうむ》るよ、ともかく、これ以上、鵜飼教授を刺激して、つまらぬ冷飯など食わされないように、さっき僕が話した通りに運ぶことが君のためにも……」

と云いかけると、里見は言葉を遮《さえぎ》った。

「君は、せっかく優れた実力を持ちながら、学問以外のことに興味を持ち過ぎるよ」

厳しい語調で、突っ撥《ぱ》ねるように云った。財前は、里見の語気に圧《お》されるようであったが、

「それは、僕と君の人生観の違いだよ、僕の人生観については、いずれ日を改めてゆっくり話させて貰うが、要は、君の云うその大切な学問、研究も、とどのつまりは、教授の絶大な権力によって賄《まかな》われているわけじゃないか、文部省予算の一講座年額百五十万円の研究費で一体、何の研究が出来るのだ、せいぜい実験用の兎《うさぎ》の数を増やすことぐらいだよ、足らずば、各科の教授の顔と力によって、製薬会社の委託研究費や診療器具メーカーの寄付など、なんだかんだの名目で、年間五、六百万円ぐらいの金をかき集め、それでやっと研究費を賄っている現状じゃないか、それが地方大学の医学部ともなると、年間の一講座研究費が四、五十万円などという零細なもので、その上、製薬会社の委託研究費などという恩恵に浴されないとなると、研究は出来ないと

いうことだよ、研究が生命だという君が、この際、鵜飼教授につまらぬ楯《たて》をついて、そんなところへ放《ほう》り出されたりしたらどうするのだ」

里見の眼に、ふうっと翳《かげ》りが帯びた。財前は、すかさず、

「ともかく、君は黙して語らずでいてほしい、それだけのことで君は煩《わずら》わしいことに巻き込まれずに、静かに勉強できるし、僕も、うちの東教授に何の相談もせず、鵜飼教授のところから廻って来た手術《オペ》をやったことにはならずにすむのだよ、一つ僕のためだとも思って、そうしてほしいんだよ」

と云うと、里見は暫《しばら》く黙り込んでいたが、

「じゃあ、君の云う通りにしよう、しかし、今度だけだよ、こんな筋の通らない引っ込み方は――」

里見は、不快げに財前五郎から眼を逸《そら》せた。財前は里見とのことはこれで片付いたと、ほっと息をつくとともに、鵜飼に預かりおくと云われた絵の始末が、のしかかるように気になりはじめた。

財前又一は、診察を途中にした消毒くさい手で湯呑茶碗《ゆのみぢゃわん》を口に運びながら、女婿《むすめむこ》の

財前五郎の話を聞いていた。昂奮《こうふん》した口調で鵜飼医学部長に呼びつけられたいきさつをたて続けに喋《しゃべ》り、何時《いつ》もに似合わず、落着きがない。そんな様子を又一はぎょろりと眺め、五郎の話を聞き終ると、

「ふうん、相談というのは、そのことかいな」

夜の診察が始まっている時間に、予《あらかじ》め電話もかけずに、急に女婿がやって来た用件がこの程度のものであったのかと、拍子ぬけするように云った。

「しかし、お舅《とう》さん、膵臓癌《すいぞうがん》疑診という名診断を下したのは鵜飼教授だと思い込んでいる風に見せかけ、教授のおかげで珍しい手術《オペ》をさせて戴きましたと何度も頭を下げたのに、にこりともせず、その上、贈った絵は預かりおくと云われては、どうしていいか、弱っているのですよ」

大袈裟《おおげさ》に弱音を吐いた。なまじの虚勢を張るより、この際、舅《しゅうと》の又一に頼り、協力を得ることであった。又一は、老婢《ろうひ》の出した煎茶《せんちゃ》をごぼりと呑むと、

「預かっとく云うのなら、預からしといたらええやないか、けど、さすがは医学部長になるだけあって、一応預かりおこうなどとは、なかなか含みのあるええ台詞《せりふ》や」

こともなげに云い、てらてらと笑った。

「お舅さん、笑いごとじゃありませんよ、うっかりすると、あの絵を鵜飼医学部長に

預かられ、保留されたことが、逆に僕の命取りになるかもしれないのですよ」

財前五郎は、自分の足もとが崩れそうな不安を感じた。

「ほほう、あんたは見かけによらず、気の小さいところがありますのやな、そんな肝っ玉の小ささで、なんで、また鵜飼さんが介在してるような手術に手を出しはったんや、それをちょっと聞かして貰いたいな」

又一の眼が、ぎょろりと光った。

「その点は、僕も大分、懸念《けねん》し、躊躇《ためら》ったんですが、何といっても膵臓癌というようなめったにない手術《オペ》で、実はこれだけ外科にいて、まだ一度も膵臓癌の手術《オペ》には出くわしていなかったのですよ、それだけにこの手術《オペ》を手がけておいて、適当な時期を見計らって、臨床外科学会での報告資料にしたいと思ったのですよ、つまり、鵜飼教授は恐《こわ》いし、千載一遇の手術はやりたいしで、さんざん考えたあげく、二股《ふたまた》をかけて欲張ったのが、まずいことになって——、しかし、あの膵臓癌の手術《オペ》は、やっぱり外科医として見逃すには惜しいものでしたよ、僕だって、そうそう食道外科ばかりを売りものにしておれませんからね」

「さすがはあんたや、少々の危ない橋を渡っても、またとない手術は強引にやってのけ、ちゃんと学会報告の資料にするわけか、なるほど、それだけの根性がないことには、えらい教授にはなれんな、よっしゃ、あとはわしに任しとき、ちゃんと次の打つ術《て》を考えとく」

「打つ術《て》といいますと？」

怪訝《けげん》そうに聞き返した。

「ほら、岩田、この間、扇屋で引き合わせたあの岩田医師会長に出て貰うことや、ちょうど来月の始めに開くことになってる医師会の定例会に老人医学研究会という名目で、岩田から鵜飼教授を講師として招くことにし、そこでもっともらしく、ご講演願《ねご》うて、そのあと、わしと岩田とで二次会を設け、うじゃらうじゃらの話の末、預かりおくではなく、ちゃんとあの絵を受け取って貰うことにするのや」

「しかし、そんなこちらの思い通りにことが運びますかねぇ」

「さ、そこが、岩田と鵜飼の同期の桜の誼工合《よしみぐあい》によるわけや、鵜飼さんは医学部長になる時、大分、岩田の線による医師会のバックアップがあったそうやから、ここは面《おも》白《ろ》いやりとりになることやろ、わしがこっそり考えてた大学の実力者と、医師会の実力者との出会いは、妙なことから、思うてたより早《はよ》うなりよったな、あっはっはっはっ」

又一は、まるで高見の見物を待つように、愉快そうに和服の膝《ひざ》をゆすり、

「ところで、五郎君、あのもったいぶった学者面《づら》をした東さんは、どうやねん、あんたを次期教授に据えるつもりか、それとも阻《はば》むつもりか、またどっちつかずに迷うてはるのか、その胸先の一寸ぐらいは、もう、そろそろ、あんたにも解《わか》ってるやろ」

「さあ、そこのところが依然として、僕にするつもりなのか、それとも他《ほか》に心づもりがあるのか、さっぱり摑《つか》みようがないのですよ」

そう応《こた》えながら、この最近、東教授がとみに財前に対して話しかけることが少なくなり、当然、助教授に連絡すべきことを、金井講師に連絡している様子などを思いうかべると、東教授の真意がどこにあるのか、測り兼ねた。

「そらいかんな、一番、肝腎《かんじん》なことが運んで無《の》うて、ああや、こうやと心配してみてもしようがあらへん、教授選挙が近付いたら、思わぬ伏兵があったり、番狂わせになることもあるさかい、それを勘定に入れて、今から東さんにも術《て》を打っておくことや」

そう云い、ごぼりとお茶を呑み干すと、

「これで、あんたの話は終ったわけですな、ほんなら、わしはまた診察や、今日は入院患者に三人も分娩《ぶんべん》予定があるから忙しいのや」

と云い、白衣のポケットから手帳を取り出し、

「さっき云うてたその絵はなんぼやったんかいな」

「号八万円の三号で二十四万、それを五分引で二十二万八千円にしておくと云ったのを、二十万にまけさせたんですよ」

と云うと、何を思ったのか、手帳に『絵三号、二十万、鵜飼氏送り』と書き記《しる》してから、腰を上げた。

*

東が出席している『発癌研究の班会議』は、東京の東都大学医学部第三会議室で開かれていた。大規模な学会とは異なり、三十人ほどの発癌研究のグループの会合であったから、会議室のテーブルを囲んでの円卓会議で、そのうしろで、膝の上にノートを広げ、熱心にメモを取っているのは、班員である教授に随《つ》いて来ている大学や研究所の助手たちであった。

東は、先程から『小児の悪性腫瘍《しゅよう》の発生』についての研究報告をしている東都大学の船尾《ふなお》教授の報告を聞いていた。二十年来、『発癌に関する理論的研究』を手がけている東からみれば、別にたいした内容をもっているものとは思えなかったが、他のメンバーたちは、傾聴するように、その報告を聞いていた。

それは、この班会議の班長であり、東都大学の第二外科の主任教授である船尾に対する多分に儀礼的な意味を含めた聞き方であった。班会議は、文部省から支出された研究費によって、大学の臨床、基礎、研究機関の教授たちが、横の連絡を取りながら、共通のテーマを研究する集まりで、班長には、文部省との交渉に実力を持つ政治力のある教授がなり、その実力によって、年間三百万円ぐらいの研究費を握って、各メンバーに配分することになっていた。それだけに、班会議のメンバーたちには、何かにつけて班長である船尾をたて、船尾に憚《はばか》るような雰囲気があった。

しかし、東からみれば、船尾の存在は、微妙な存在であった。自分より十一歳齢下《としした》の船尾は、かつて東都大学で東の兄弟子であった瀬川教授の門下であったが、現在、東都大学の教授であり、班会議の班長をしているから、東としては、一目おかねばならぬ微妙な関係にあった。今までそうした関係を強《し》いて無視するようにして来た東であったが、財前五郎の存在が、退官後の自分を脅やかしそうになってきたこのごろ、船尾に対する処し方を、少しずつ改めねばならぬようであった。

まだ話し続けている船尾の方を見ると、五十一歳にしては、老《ふ》けを感じる落ちついた顔の中で、活動家らしくよく動く眼を光らせ、上半身をやや反りかえらせるようにして話す姿は、国立東都大学の教授としての尊大な自信に満ちている。

「……ご承知のように小児の腹部悪性腫瘍は、成人に比べて、はるかに症例が少なく、しかも、血液や脳、骨などに関係するものが多く、腹部のものは、それらに比べるとずっと少なくなっており、その上、予後も悪いという点から、従来から研究対象として重く取り上げられない傾向がありました、しかし、それだけにまた、小児の腹部悪性腫瘍の研究は、医学的にも社会的にも、重大な問題であるといえるわけで、消化器癌を専門としている私の指導で、十人の教室員たちと小児外科の立場から研究を続けてきましたが、今後は病理とも緊密な連絡をとって、小児期の悪性腫瘍の発生について、より完全な研究報告にしたいと思っております」

と云《い》い終ると、一斉に拍手が湧《わ》いたが、東にはこうした一見、労多くして功少ない『小児の悪性腫瘍の発生』という研究テーマを船尾が取り上げたのも、文部省の心証をよくして、研究費の増額を狙《ねら》うと同時に、新奇を追うマスコミに便乗することを意図しているらしい船尾の抜けめのなさが読み取られるようであった。

しかし、他の教授たちは、船尾のそうした社会的な意義を含めた前向きの研究態度に敬意を表し、三重大学の教授が起《た》ち上った。

「只今《ただいま》の船尾教授の研究報告は、大へん興味深いものでありまして、研究、診療に多忙を極められている船尾教授が、このように地味な研究を続けておられることに感銘致しましたが、私のような小児科医の立場としましては、さらに小児の真性腹部腫瘍と、小児期に多い肝臓、脾臓《ひぞう》などの腫大《しゅだい》を伴う疾患との初期の鑑別法について、臨床的な研究も加えて戴きたいと願う次第です」

質問というより依頼のような形で云い終ると、続いて今日の最後の研究報告者である金沢大学の病理学教室の教授から『ごく稀《まれ》にみる小児の胃癌の剖検例』として、五歳の女児についての研究報告が行なわれた。これにも、一、二の質疑応答があったが、もともと共通のテーマを研究する同志的な集まりの会議であったから、学会でみられるような激しい討論や、反論のための反論というような棘々《とげとげ》しさはなく、終始、和《なご》やかな雰囲気で質疑応答が終った。議長を勤めている横浜大学の教授がたち上り、

「これをもちまして、今回の発癌研究の班会議を閉会致しますが、今回は班員各位のご協力によって、充実した研究会であったことを、厚く感謝致します、なお、引き続いて、五時半から築地《つきじ》の雪亭で懇親会を催しますから、そちらへお集まり戴き、さらに班員各位の親交をあたためたいと思っています」

と閉会の挨拶《あいさつ》をし、二日間にわたった班会議が終了したのだった。ばらばらと席をたち、独りで会議室を出て行く教授や、助手を従えて賑《にぎ》やかに喋りながら出て行く教

授などで、人の流れががやがやとしている中を、東はさり気なく、船尾の方へ近付き、

「じゃあ、築地の懇親会のあと、浜町《はまちょう》の芝《しば》の家《や》で待っていますからね」

今朝、船尾の家へ電話をかけ、約束しておいたことを、もう一度、念を押してから、会議室を出た。


用足しをして三十分ばかり遅れた東が、雪亭の座敷へ入ると、十五畳と十畳の間を通した広間には、もうメンバーの顔が全部、揃《そろ》っていた。床の間の正面の席に班長の船尾教授が坐《すわ》り、その横に東の席が空《あ》けられていた。

「東先生、どうぞ、こちらへ――」

先程、議長を勤めていた横浜大学の教授が、いち早く声をかけた。

「いや、僕は、この辺で結構ですよ、何時《いつ》も面倒な事務は、皆にお任せし放しで、何のお手伝いもせずに呑気《のんき》にしているから、僕より今回の議長を勤められたあなたの方こそ、どうぞ――」

と云い、中ほどの席へ着きかけると、正面に坐っている船尾が、

「まあ、そうおっしゃらず、どうぞ、こちらへ、もっとも、席の順番など別にきめて

おりませんが、東先生は、この席の最年長者でいられますから、ともかく、こちらへ――」

自分の横の席を、さらに広く空けた。

「じゃあ、遅れて来て失敬な話だが、お言葉に甘えさせて戴こう」

東は自分のために空けられた席についてみると、別に席順などきめてないと云っている席が、実によく出来ていることに気付いた。班長である船尾と東の席の次は、旧帝国大学の国立大学、その次は旧単科医科大学の官立大学、新制大学というような順で席が並び、同一大学から二人出席している場合は、卒業年次の早い者が上席に着くという順になっていた。

酒と料理が運ばれて来ると、名古屋大学の生理学教室の教授が、

「こんな豪勢な料亭で、贅沢《ぜいたく》な懇親会を開いて戴いていいのですか、班長の性格によっては、せっかくの研究費の大半を本部費などに使い、肝腎の班会議は、ごくお粗末になっている班もあると聞いてるんですが――」

と船尾に向って云った。清貧に甘んじながら、長い研究生活に耐えて来ているらしい質素で、飾り気のない学者の風貌《ふうぼう》があった。事実、経済的に弱体な班は、班会議の終了後、大学病院の職員食堂で二合入りの酒瓶と折詰の会食で終っていることがある

のだった。名古屋大学の教授は、そうしたことを指して云っているのであったが、船尾は、そのあまりに生真面目《きまじめ》で素朴過ぎる問いに、ややてれるような笑いを見せたが、
「そんな風に云って戴くと、お世話のし甲斐《がい》がありますよ、せっかく、年に二回開催する発癌研究の同志的な会合ですし、それにわざわざ東京へ出かけて来て下さる皆さんのために、班長である私としては、出来るだけの歓待を致したいと思って、方々の協賛を得て、かくなった次第ですから、どうぞ、ゆっくりと腰をすえてご清遊下さい」

暗に、船尾の顔で、大製薬会社あたりの協賛を得ていることをほのめかした。食卓の上には、関西風の贅沢な料理が並び、お銚子《ちょうし》とビールがどんどん運ばれていた。東は目だたぬようにぐるりと一座を見廻した。同じように大学の医学部教授でありながら、基礎医学をやっている教授や、研究所にいる教授たちは、質素な服装で、せっせと丁寧に箸《はし》を動かし、美味《おい》しそうに酒を飲んでいたが、臨床の羽ぶりのよさそうな教授は、東や船尾たちと同じように、場馴《ばな》れた様子であまり箸をつけず、僅《わず》かに酒やビールを口にする程度だった。

酔いがまわりはじめると、誰からともなく、こうした酒の席では、必ずのように出る医学界の人事が、話題になった。

「だいたいだな、さっきからも云ってるように、今度の癌センターの人事は、全くおかしいじゃないか、あんな若僧の助教授を、それも田舎《いなか》にいた奴《やつ》を、中央に呼んで癌センターの附属研究所の部長にするなんて、滑稽《こっけい》極まる人事だ、所長の大岡はどうかしているよ」

大分、酩酊《めいてい》した声で、誰かが憤慨するように云うと、

「あれは、学生時代から、大岡の稚児《ちご》さんだったんだよ、だから大岡が附属研究所長に坐れば、あれが呼び寄せられるのは当り前だよ、どうも男でも、器量のいい方が玉の輿《こし》に乗れそうだよ、あっはっはっ」

その間の事情を知っているらしい一人が、揶揄《やゆ》するように説明すると、どっと卑猥《ひわい》な哄笑《こうしょう》が湧いた。その哄笑が消えると、群馬大学の教授が真面目な顔で、

「ところで話は変りますが、学術会議の会員選挙の時期が近付いて来ると、相当な教授クラスの人がどうして、ああ顔色を変えて奔走し出すのでしょうかね、学術会議の会員になったからって、別にどうってこともなさそうなのに、何でまた、ああ会員になりたがるのか、全く不思議ですな」

と云うと、横浜大学の教授が、

「そりゃあ、学術会議の会員ともなれば、学者としての、いわゆる格付けが出来るし、

それに、文部官僚に圧《お》しがきいて、研究予算の配分が取りやすくなり、医学界における自分の発言権が強くなるからですよ」

と云い、ふと思いついたように、

「船尾先生は、そろそろ、学術会議の会員に立候補なさるつもりじゃありませんか」

少し離れた席にいる船尾に声をかけた。

「いや、今のところ、私自身の研究と病院の診療で手一杯ですから、そこまで手が廻りませんよ、それにうちの大学には、私などよりずっと先輩のお歴々の先生方がたくさんいらっしゃるから、まだまだ私の出る幕ではありませんよ」

船尾は、強く打ち消すように云ったが、東の胸には、船尾が、最近、班会議の班長として必要以上に会議を派手にし、懇親会も贅《ぜい》を尽すのは、学術会議の会員選挙に備えるデモンストレーションのようにも思えた。そして、自分がなろうとして、なれなかった東都大学医学部の教授にぬくぬくとおさまり、まだその上、学術会議の会員にも打って出ようとしているかもしれない船尾の野心を考えると、不意にむらむらと燃え上るような反感と嫉妬《しっと》を覚えた。しかし、この懇親会のあと、船尾と約束している二人だけの談合のことを考えると、激して来る気持を抑《おさ》え、他の教授たちと同じように、船尾の政治力で出来た豪勢な席を、素直に喜んでいるような振《ふり》をしていた。

懇親会が終ると、東はさっと席をたち、先に浜町の芝の家へ行った。女将《おかみ》に食事はすませて来ているからと云い、飲みものと軽いオードブルを注文し、用談がすむまで女中を退《さが》らせておくように云い付けた。

時計を見ると、まだ八時過ぎであったが、朝の九時から午後四時までびっしり班会議に出席し、そのあと懇親会に出、さらに引き続いて、今から船尾と用談をすることは、六十二歳の東にとっては、さすがに疲労を感じ、ほっと大きな息をつくと、廊下に足音が聞えた。

「お客さまがお見えでございます」

女中の案内で、座敷へ入って来た船尾は、床の間の前に設けられている自分の席を見るなり、

「いやあ、私がそんな上席では困りますよ、先程は、班会議の懇親会の席ですから、やむなく班長の席に坐りましたが――」

当惑するように云った。

「いや、いや、こちらが忙しい人をお呼びたてしたのですから、どうぞ――」

東は、愛想よく笑いながら、船尾を上座に据え、運ばれて来た盃《さかずき》でまず、一献をさすと、船尾は恐縮したように盃を受け、

「大先輩の東先生から、わざわざご招待を戴《いただ》いた上、私になどご相談というのは、どんなことでしょうか」

先刻、公《おおやけ》の席にいた時とは異なった姿勢の低さであった。船尾も、自分が師事した前教授と兄弟弟子の間柄にある東に対しては、微妙な思いで対しているようであった。そんな船尾の様子を感じ取りながら、東はわざとゆっくりとした口調で、

「実は、私の後任者のことで、折り入って、相談したいと思いましてね」

「ほう？　後任者――」

「ええ、来年の三月がいよいよ私の停年退官の時期にあたっているので、私のあとを継いで、うちの第一外科を切って廻せるような人物がほしいのですよ」

東は、一気にそう云った。船尾は、怪訝《けげん》そうに東の顔を見、

「おたくには、あの財前君という食道外科で定評のある、腕のたつ助教授がちゃんといるじゃありませんか、うちの教室にいる連中は、東都大学以外は大学じゃないなどと考えているほど、東都大学絶対主義の連中が多いのですが、おたくの財前君には、さすがに意識してますよ、それに、この間の週刊誌のグラビアで、彼の姿をつくづく

と見ましたが、いかにも手八丁、口八丁といったような精力的な体格と風貌で、十分に教室全体を率いて行けそうな人物じゃありませんか、それをどうして、次期教授に据えないのです？」

「さあ、そこなんですよ、確かに仕事はよく出来ますが、手八丁、口八丁でやり過ぎるところがあり、すべてにわたってスタンド・プレーが多くて、そうした点で、教室内のまとまりがうまく行かないので困っているのですよ、そこで、どうでしょう、誰かお心あたりの人材がありませんかね」

「私に心あたりが？　困りましたね、あまり突然なお話で――」

「東都大学の第二外科を背負っている船尾先生のことだから、これならと云える力倆《りきりよう》の揃《そろ》った人物を、三人や四人は、手持ちしておられることでしょう」

東は、はじめて船尾を先生と呼び、慇懃《いんぎん》にじわりと迫るように云った。

「ええ、そりゃあ、心あたりはないことはありませんが、ただ東都大学の系列下の大学ならともかく、浪速大学出身者で固められている当の浪速大学へ、東都大学出身の者を出すことは、まるで、姑《しゆうと》、小姑いじめの多いところへ、一人だけ可愛《かわい》い弟子を婿《むこ》入《い》りさせるようなものですからね、これがちょっと可哀《かわい》そうで――」

と云いながら、船尾は内心では、弟子のことなどより、自分のペースで、話を有利に、そして巧みに運ばねばならないと考えていた。

「なるほど、可愛い弟子につまらぬ苦労をさせたくないというお考えですか、しかし、その点はご心配なく、教室の姑、小姑にいじめられる苦労は、私自身が十六年前にいやというほど経験しましたが、今度、私のあとへ来る人は、既に私が切り拓《ひら》き、地均《じなら》しした地盤へ来るのですから、そんな苦労はありませんよ、それに船尾さん、あなただって、正直なところ、この話は悪くない話でしょう、あなたの時代に、東都大学のあなたの門下生を浪速大学へ送り込んでおくということは、あなた自身のジッツ（ポスト）の拡張になり、それだけ、教授としての船尾さんの勢力が拡大されることじゃないですか」

船尾先生と云《い》っていたのが、いつしか、さん付けに代り、船尾の胸のうちを、見すかすように云った。船尾は平然とした表情で、

「そういう意味では有難いお話だと思いますが、東都大学出身とはいえ、浪速大学で十六年間も教授をして来られた東先生が、どうしてそんな気になられたのか、その点をもう少し伺いたいものですな――」

船尾はなおも慎重に構えた。東からジッツの拡大という恩を売られるかわりに、何か大きなお返しを要求されるかもしれないという危惧《きぐ》があったからである。

「ああ、その点ですか、それは、私だって、自分が停年退官したあと、自分の息がかかって、信頼できる後任者が、あとに残っていないと心淋《こころさび》しいものですからね、財前が信頼出来るといいのですが、最近、いろいろと複雑なことで彼を信頼出来ないとなると、浪速大学出身者の中では彼をさしおいて、他の者を教授にするわけにもゆかないので、そうなると、やはり、自分と同じ出身校で適当な人材があればと、こう思ったわけですよ」

東は、自分の後任者として優《すぐ》れた才能の持主であるよりも、むしろ、自分の退官後も、完全なリモート・コントロールのきく後任者を探し出すために、その協力を船尾に求めているのだった。

「しかし、なかなか難しいご注文ですね、財前君を凌《しの》ぐような腕前の奴というのは、そう簡単にいませんからね、それに浪速大学ともなれば、一応、誰が見ても、納得の行くような人物を持って行かないことには、東先生と私とが、東都大学のジッツの拡大のために、妙な取引をしたと云われると、うるさい問題になりますから――」

船尾が頭を抱えるように云うと、

「だから、数ある私のつき合いの中でも、特にあなたにご相談したわけですよ、これも瀬川先生が生きておられれば、もちろん瀬川先生を通じて、お願いしたわけですが

――」

東は、自分の兄弟子であり、船尾が師事した前教授の名前を持ち出して、否応《いやおう》云わさぬ云いかたをした。船尾は暫《しばら》く黙り込んでいたが、

「じゃあ、責任をもって、適当な人物をお探しし、出来るだけ早い機会にご連絡申し上げましょう、そのかわり、土壇場《どたんば》になってから、どうしても浪速大学出身者の力が強くて、お流れになったというようなことはないようにして戴《いただ》きたい、人事というものは、そうした土壇場が一番難しいものですから――」

船尾は、ぴしりと最後を結んだ。

東政子は、かすかに汗ばんで来る額をローンのハンカチーフで軽くおさえながら、騒《ざわ》めいている部屋の中を見廻した。

本町《ほんまち》のS会館のフラワー・ルームには、浪速大学医学部の教授夫人たちが集まり、くれない会と呼ばれる教授夫人会の春季総会のために、華《はな》やかに彩《いろど》られていた。臨床、基礎の三十人の教授の夫人たちが、年に一度の総会とあって、揃《そろ》って出席し、それぞ

れ華やかに装いを凝らし、賑《にぎ》やかに話し合っている。そんな中で、四、五人、地味なスーツを着、胸もとにつつましい小さなブローチをつけているのは、細菌学や解剖、法医などの地味な研究をしている基礎医学教室の教授夫人たちであった。着飾っている夫人たちが、楽しげに笑いを撒《ま》き散らしているのに比べて、この夫人たちは、一刻も早くこの会から解放されたいと願っているようなつつましい主婦の表情で席についている。

東政子は、そんな会場の様子を眺《なが》めながら、今日の総会でまた、鵜飼医学部長夫人が、この会の幹事に選ばれ、その指名で自分が副幹事に選ばれるであろうことを、軽い快さをもって認めていた。どちらかといえば、学究派で政治力の乏しい夫の東貞蔵は、教授夫人会の副幹事などに選ばれて何になるのだと笑ったが、東政子は、この教授夫人会の勢力分布が、そのまま、医学部の教授たちの勢力分布を物語り、力関係を測るものだという考えを持っているのだった。それであればこそ、東政子から見れば、門閥《もんばつ》、教養、容姿とも自分より遥《はる》かに劣っている鵜飼医学部長夫人などの補佐役を勤めて、二人でくれない会を切って廻してきたのであった。

入口の方に、男のように太い声がしたかと思うと、鵜飼医学部長夫人であった。

「どうも、時間ぎりぎりで失礼致しました、早速、お始め戴きましょう」

小肥《こぶと》りした背の低い体に、舞台衣裳《いしょう》のように大柄な着物を着て、正面の席に着いた。東政子はすらりとした姿勢でその隣に起《た》ち、

「どうもお待たせ申し上げました、只今《ただいま》から、くれない会春季総会を開かせて戴きますが、まず最初にこの会の幹事役の鵜飼医学部長夫人から、開会のご挨拶《あいさつ》と今回の議事についてご説明戴くことに致します」

と云うと、鵜飼医学部長夫人は、魚の鰓《えら》のように張った顎《あご》を仰向けて起ち上り、鄭《てい》重《ちょう》な一礼をしてから、

「本日は、皆さまのご協力とご熱意によりまして、くれない会春季総会を盛大に迎えることが出来ましたことを、まず最初に厚く御礼申し上げます、ご承知のようにこのくれない会は、日夜、患者の生命を預かる尊い激務に励んでおります医学者を夫に持ちます私たちが、妻の立場から少しでも夫の仕事の力になり、また私たちを通して医学部内の和《なご》やかな親睦《しんぼく》をはかりたいと思い、昨年春、たまたま、私の主人が医学部長に選出されましたのと期を同じく致しまして、発足したのでございますが、皆さま方のご尽力によって、隔月に開かれております語学の講習会や、歌舞伎《かぶき》、音楽、絵画などの鑑賞会も、常に盛会を極め、会員各位の教養と親睦に役だっておりますことを幹事役として非常に嬉《うれ》しく存じております、つきましては、昨年度は、この会の発起者

という意味で、皆さまのご指名によりまして、私が幹事を勤めて参りましたが、今年度からは、皆さまの総意を反映して戴くという意味で、改めて幹事は投票による選出、副幹事はその指名によるということにさせて戴きたいと存じますが、如何《いかが》でございますでしょうか」

出席者の意見を聞くような形を取りながら、その語調の中に命じるような調子高さがあったが、誰も異議を唱えず、むしろ拝聴するような静粛さで聞いていた。

「では、どなたからもご異議がないのでございましたら、早速、幹事の選出をお願い致したいと存じます」

鵜飼夫人が云うと、東政子は予《あらかじ》め用意しておいた投票用紙を配った。テーブルの間を贅沢《ぜいたく》な衣裳の裾《すそ》を翻し、縫うようにして、各夫人たちに投票用紙を配る東政子の顔は、とても五十を過ぎているとは信じられぬほど端麗に整い、名門出の才媛《さいえん》である誇りに満ちていた。

投票用紙を配り終ると、テーブルに向った夫人たちの顔が女学生のように真剣な表情になり、鉛筆を握った。三十人の投票であるから、すぐその場で集められ、開票された。正面のテーブルの上に大きな画仙紙《がせんし》が広げられ、東政子が開票し、氏名を読み上げると、東政子の隣に坐《すわ》っている産婦人科の葉山教授夫人が、『正』の字に票数を記入して行った。

誰もが予想していた通り、開票の結果は、鵜飼夫人自身の一票を残して、全票が鵜飼夫人に集まった。東政子は真っ先に拍手し、

「只今の皆さまのご投票によって、くれない会の今年度の幹事は、再び鵜飼医学部長夫人にお願いすることになりました」

と云うと、鵜飼夫人は、ゆっくり椅子《いす》から起ち上った。

「皆さまのご信頼を得て、再び幹事役をお引き受け致しますことになりましたが、二年後に、大阪で開催されます国際医学総会に備えまして、ますます、私たちの教養と親睦を深めて参りたいと存じます、ついては、補佐役をして戴く副幹事の指名でございますが……」

と云い、ちょっと口ごもるように言葉を切ってから、

「則内《のりうち》病院長夫人にお願い致したいと存じます」

といった途端、東政子は、あっと声を上げそうになった。鵜飼夫人が幹事に再選されれば、当然、自分が副幹事に指名されるものと思い込んでいたのに、全く思いもかけない則内病院長夫人が指名されたのであった。自分の耳を疑うように鵜飼夫人の方を見上げると、鵜飼夫人は、東政子の視線を避けるようにまっすぐ眼を正面に向け、

「前副幹事の東夫人と私とのコンビは全く円満かつ円滑《えんかつ》でございましたが、幹事も副幹事も留任というのは、いささか新味に欠けますようでございますし、副幹事は出来るだけ多くの方に持ち廻って戴きたいという意味から、則内夫人にお願いした次第で、東夫人には、この一年間のご努力を、皆さまに代って厚く御礼申し上げます」

言葉巧みに、東政子に向って、丁寧にお辞儀をしたが、東政子の胸には、激しい動揺が起っていた。それは自分自身に対する動揺ではなく、夫の東貞蔵に対する動揺であった。去年、鵜飼夫人の指名によって、東政子が副幹事になった時、（ああやっぱり、鵜飼医学部長と東教授は格別ご懇意の仲で、それでくれない会の幹事と副幹事も、両夫人同士で仲良く——）などと陰口を叩《たた》かれたのであったが、それが今、逆の形になって現われたことに対する動揺であった。来年の停年退官を目前に控えている東貞蔵に対する鵜飼医学部長の冷やかな気持が、鵜飼夫人を通してうかがわれるような気がすると同時に、これまで鵜飼医学部長と不仲を伝えられている附属病院長の則内夫人が、副幹事に指名されたことは、あまりに意外過ぎることであった。国立大学の医学部では、その附属病院の院長よりも、医学部長の方が上席であるには違いなかったが、ことあるごとに医学部長の権力を振う鵜飼のために、則内病院長の存在は全く影の薄い存在になり、それだけに鵜飼医学部長には相当な反感を抱いていると、夫の東貞蔵から聞いているだけに、東政子の驚きは大きかった。

先程まで自信に満ち、明るく輝いていた期待が一挙に崩れ、突然、高い崖《がけ》から突き落されたような衝撃が、東政子の胸に襲いかかって来たが、かろうじて、取り乱しそうになる気持を抑《おさ》え、自分に代って新たに副幹事に指名された則内附属病院長夫人の挨拶を聞き、引き続いて鵜飼夫人が今年度の議題を長々と話す姿を、急に遠くなった流れを見詰めるような空疎《くうそ》な思いで眺めていた。

議事が終り、一時をとっくに過ぎた遅い昼食が運ばれて来ると、そこここで賑やかな勝手なお喋《しゃべ》りがはじまった。

「二年後の国際医学総会のことを考えますと、頭が痛くなりますわ、主人たちが会議をしている間に、私たちで外人の奥さま方を京都見物にご案内したり、歌舞伎へお誘いしたりしなければならないのでございましょう、そうしますと、英語の会話とお衣裳のことで、今からノイローゼになりそうでございますわ」

臨床の教授夫人の一人が、吐息をつくように云うと、

「どう致しまして、おたくさま方では、英語会話のことだけをご心配になればおよろしいでしょうが、私たちの方は、まず着て参りますものから苦労致さねばなりませんので、私などはもう紺のスーツにカーネーションの花でもつけて、それでお許し戴こ

うと主人と話しておりますの」

基礎の教授夫人が云うと同じ基礎で、最近、助教授から教授になったばかりの夫人が、

「ほんとうにさようでございますとも、たくの方でも、教授になると、こんな教授夫人の集まりがあって、その度に衣裳の心配をしなきゃあならないのなら、助教授の時の方がずっと楽だったと申しておりますわ」

相槌《あいづち》を打つように云った。周囲に小さな笑いが起り、さっき、衣裳のことを云い出した臨床の教授夫人が、

「そう、そう、助教授といえば、第一外科の財前助教授は、大へんなご評判でございますわね、先日、私が関係致しております婦人団体の席でも、食道癌《がん》なら浪速大学の財前助教授だと、専《もっぱ》らの評判で、その上、お背が高くて、男性的で大へんなハンサムだそうで、まるで第一外科を一人で背負ってたっていらっしゃるような人気なんですって」

そう云ってしまってから、はっとしたように東政子の方を向き、

「東先生は、お倖《しあわ》せでございますわね、東先生の優れたご指導でりっぱな後継者をお育てになって、さぞかし、ご安心でございましょう」

話を取りつくろうように云うと、東政子は、にこりともせず、

「はい、おかげさまで、皆さまに財前助教授の評判をおたて戴き、東も安心して、退官出来ると申しております」

紋切型の返事をした。気まずい気配が流れかけたが、鵜飼夫人が素早く割り込んで来た。

「ほんとに、ご安心でございますわね、その点、私の方の鵜飼などは、財前助教授のような後継者を育てておりますか、どうか、心配なものでございますわ、その上、財前助教授の奥さまは、お聞きするところによれば、東夫人と同じように英語とフランス語がご堪能《たんのう》で、なかなかの社交家でいらっしゃるそうですから、将来、そんな方がここへ入って来られることは力強うございますわ」

「そう云って戴きますと、重ね重ね、恐縮でございますわ」

東政子は、素っ気なく、そう云ってのけると、もう、いささかの動揺も現わさず、美しい手つきでフォークとナイフをとり、グリルド・チキンのお皿に手をつけたが、他の夫人たちは、まだ世間話を続けていた。

「ほら、この二月に停年退官なすった第三内科の石山教授、あの方はほんとうにお気の毒でございましたわね、ご自分はもちろんのこと、周囲の方々も、当然、鉄道病院

の院長になられるものとばかり思っておりましたら、どなたかが手を廻されて、廻り廻って、運輸大臣の佐藤万治さんの鶴《つる》の一声で、土壇場で駄目になってしまって、それから慌《あわ》てて、大阪市民病院や、研究所などにまで手を廻されたのが、全部駄目で、とうとうあまり有名でもない会社の顧問医ということで、僅《わず》かな捨扶持《すてぶち》を戴いておられるそうでございますわ、在官中に教授にまでなりながら、あんなのを拝見致しますと、私の方も、あと四年で停年退官でございますけれど、とても、安心などしておられませんわ」

臨床の教授夫人の一人が云うと、同じように臨床の教授夫人が、

「全くさようでございますとも、在官中も、退官後も、実力だけではどうにもならない問題が多うございますわね、強力な政治力や、つてを持っておられる教授は、そう実力をお持ちでなくとも、官公立病院の院長や、武丸製薬や平和製薬のような大製薬会社の顧問として、顧問料、月十万円ぐらいお取りになれますのに、ちょっと運が悪かったり、いいつてがないと、あの石山教授のように、思ってもみない、とんでもない目に遭《あ》わされますもの、人ごとじゃありませんわ」

ぞっとするように首を竦《すく》めて、小声で話していたが、フォークを使いながら、研《と》ぎすますように聞き耳をたてている東政子には、その話の内容が聞えていた。運輸大臣、

鶴の一声、鉄道病院、政治力、名もなき会社の捨扶持、そうした一語、一語が政子の胸に針を刺すように突き刺さり、今日まで懸念《けねん》したこともなかった暗い不安が一度にどっと押し寄せて来、発癌研究の班会議になど几帳面《きちようめん》に出席している夫の東貞蔵の将来が、俄《にわ》かに頼りないものに思えて来た。

東佐枝子《さえこ》は、上本町《うえほんまち》一丁目の停留所でバスを降りると、法円坂の公団アパートのある方へ足を向けた。

人影の少ない昼下りの道を、和服の足もとでゆっくり歩きながら、今朝、母の政子の云《い》った言葉を思い出していた。(若いあなたが、そうお家《うち》の中ばかりに引き籠《こも》っていないで、たまにはよそさまのお嬢さま方のように、きれいに着飾って出かけていらっしゃいよ、陰気くさくていけないわ)と眉《まゆ》を顰《ひそ》めるように云い、教授夫人会の集まりが終ったあと、未生流《みしょうりゅう》のお華《はな》の会にいるから、佐枝子もその時間に会場へ顔を出すようにと云ったのだった。最初はそのつもりで家を出たのであったが、家元を取り囲んで、賑《にぎ》やかな笑いとわざとらしい品のいい言葉で、華やかな社交を楽しんでいる夫人たちの姿を思いうかべると、そこへ出かけて行くことが億劫《おっくう》になり、お華の会へは足を向けず、聖和女学院時代の級友《クラスメート》である里見三知代を訪れることにしたのだった。

里見三知代とは、お互いに医学者を父に持っていることと、三知代の実父で、現在、名古屋大学の医学部長をしている羽田融《とおる》が、曾《かつ》て浪速大学医学部の助教授であったことから、在学中から何となく話が通じ合う友人であった。二人とも、どちらかといえば、友達づき合いが少なく、独りでいることが好きな性格であったが、互いに三知代となら、また佐枝子となら、たまに会って話したいというような心の交流があった。

二カ月ほど前に、三知代から近況と、最近読んだ本の中で、ボーヴォワールの『第二の性』が久しぶりに感銘深かったという簡単な便りを受け取って、まだ返事も出していなかったが、その簡単な便りの中からも、読書家らしい三知代の近況と充実した生活がうかがえた。

舗装された道を二百メートルほど西へ行くと同じ形の建物に、同じ大きさの窓とベランダをつけたアパート群が見えた。その一つ一つの建物に無神経な字体で番号が記され、疎《まば》らで貧弱な樹木と乾いた赤土が、それらの建物を取り囲み、殺風景な景色であった。

薄暗い階段を上り、三知代の部屋番号を探し当てると、佐枝子は、扉《ドア》のベルを押した。

「どなたです?」

三知代の声がし、覗《のぞ》き窓が開いた。

「まあ、どなたかと思ったら、佐枝子さん、お珍しいわ」

驚いたように、扉を開けた。狭い土間に履物《はきもの》を脱ぎ、上へあがると、すぐそこが四畳半ほどの台所兼食堂で、次の六畳の部屋が居間になり、アイロンがけをしていたらしく、洗濯《せんたく》ものが部屋の真ん中に広げられていた。

「ご覧のように狭いところですから、不意のお客さまがあると取り片付けに困ってしまうの、その上、わが家の一番陽《ひ》あたりのいいお部屋は、里見の書斎になってしまっているの」

隣の部屋に微笑《ほほえ》みを向けた。南向きの六畳ほどの部屋の壁面には、処《とこ》狭いばかりに書棚が置かれ、天井までぎっしりと医学書が積み上げられていた。その上、さらに置き場のない書籍がリンゴ箱に入れられたまま、部屋の片隅に積まれ、古びた粗末な机が窓際《まどぎわ》に向って置かれていた。そこには、佐枝子の父の東貞蔵の書斎に見られる威圧するようなものものしさも、贅沢《ぜいたく》な書棚や書斎机もなかったが、清貧に甘んじながら、一途《いちず》に学問を続けるつつましい医学者のたたずまいがあった。

「静かないいご生活だわ」

佐枝子は、しみじみとした面もちで云った。

「でも、経済的には大へんなのよ、助教授の五万六千円也《なり》のお給料から、住居費七千円と、里見に必要な月々の書籍費二万円余りを差し引いた残りが家計費だから、毎日、家計簿と睨《にら》みっこで、必死で切り盛りをしているの、幸い昔からあまり経済的に恵まれない学者の家に育ったからやっていけるのね」

質素なセーターを着て、散らかった居間を手早く取り片付け、お茶の用意をする三知代は、夫の学問を最上のものと考え、そのためにはどんな犠牲を払うことも惜しまない、忍耐強い学者の妻の姿勢が出来ていた。

「あなたらしいわ、学生時代から、他《ほか》の方と違った芯《しん》の強いしっかりとしたものを持っていらしたけど、その芯の強さがさらに深いものになったようだわ、それもきっと、研究一筋のご主人との今の生活が充実していらっしゃるからでしょう」

祝福するように云うと、

「有難う、その点は倖せだけど、里見は年中、研究、研究で家に帰って来ても、すぐ書斎に閉じ籠ってしまい、日曜日でも書斎へ入ったきりのことが多いのよ、だから、私たち結婚してから随分経《た》つのに、一緒に何処《どこ》かへ遊びに出かけたことなど、ほんとに数えるほどしかないわ、私はそれでも平気だけど、時々、子供が可哀《かわい》そうになることがあるの、日曜日になると、アパートの人たちが、親子連れで出て行くのを見て、僕もパパと一緒に出かけたいなあって云うから、里見の邪魔にならぬように、私が子供を連れて出かけるのだけど、そんな時は、ちょっと淋《さび》しくて辛《つら》いわ」

「でも、それだけ里見さんがおりっぱだということだわ、うちの父も、あまり出かけない方だけど、そのかわりお客さまが多くて、随分、無駄な時間を費やしているようよ、この間、何かの話の時、里見君のような学究的な後継者がいる鵜飼教授が羨《うらやま》しいなどと、申していましたわ、いずれおりっぱな教授になられることでしょう」

「そう云って戴《いただ》くと嬉《うれ》しいわ、私、里見に嫁《とつ》いで来る時から優《すぐ》れた研究を積み上げて、学者として尊敬される教授になる里見を夢見、また父からもそう云われて嫁いで来ているのですもの、そのためには、私のできる苦労なら、何でもしてあげたいと思っているの、でも教授になると、近頃、くれない会とかいう教授夫人会があって、奥さま方は大へんだそうね、どうしてあんなものができたのかしら、私など、一年に一度、新年のご挨拶《あいさつ》に鵜飼先生のお宅へお伺いするだけでも億劫で、つい里見と二人でぐずぐずして、失礼してしまうことがあるのに――」

三知代らしい固い表情でいった。

「そうね、あなたと、あなたのご主人なら、そんなお気持になるのが当り前だと思うわ、私だって、あんな雰囲気は耐えられそうもないわ」

と頷《うなず》きながら、毎年、東家に新年の挨拶に集まる第一外科の教室員たちの姿を思いうかべた。十畳と八畳の二間続きの座敷に、床の間を背に父の東貞蔵が坐《すわ》り、財前助教授をはじめ、講師、助手、副手たちが教室内の序列に従って席につき、一人一人、父の前へ進み出ては、卑屈なほど恐縮した様子で盃《さかずき》を戴くのだった。夫に随《つ》いて来た妻たちもまた、別の部屋で、母の政子を中心にして、夫の序列に従うように財前杏子《きょうこ》から順番に席に着き、助手夫人は講師夫人に、講師夫人は助教授夫人にと順送りに気を遣《つか》いながら、夫と同じ卑屈な笑いと、心にもないお世辞を母の政子に向けているのだった。そうした人たちに比べると、この里見三知代たちの生き方は、何と虚飾のない純粋な生き方だろうか――。

「お伺いしてよかったわ、おりっぱな生き方をしていらっしゃるあなたを拝見して、久しぶりに楽しかったわ」

そう云い、時計を見た。何時《いつ》の間にか五時を過ぎていた。

「あら、いいじゃないの、今日は好彦《よしひこ》のお誕生日で、里見も早く帰って来ることになっているから、もう少し、ごゆっくりしていらっしゃいよ」

「でも、里見さんとは初対面だし、それにせっかくのお子さんのお誕生日だから、よけいに失礼させて戴くわ」

と云い、腰を浮かせかけると、扉のベルが鳴った。

「あら、ちょうどいい、里見だわ」

三知代は、急いで扉を開けて、夫を迎えた。

「お帰りなさい、お早かったのね、珍しいお客さまがいらしてるのよ、東先生のお嬢さんの東佐枝子さんなの」

そう云い、佐枝子の方を向き、

「主人の里見ですの」

初対面の紹介をした。佐枝子は、座布団《ざぶとん》から膝《ひざ》をずらせ、

「はじめまして、今日は、突然にお邪魔致しております」

鄭重《ていちょう》に頭を下げ、眼を上げた途端、身じろぎするように視線を止めた。青白い顔に油気のない髪が降りかかり、その乱れた髪の下に厳しく澄んだ眼が、深い光を湛《たた》えていた。佐枝子は、その深い清澄《せいちょう》な厳しさに搏《う》たれるように、里見の顔を見詰めた。

「里見です、はじめまして――」

里見は、無骨に頭を下げると、佐枝子の横を通って、書斎へ入った。

「ご免なさいね、誰にだって、ああなのですから――」

三知代は、夫の無愛想さを取りつくろうように云い、

「今日は好彦のお誕生日だから、ちょうど佐枝子さんにもご一緒して戴こうと思いますの、およろしいでしょ」

と声をかけると、

「ああ、それは、結構だな、そうして戴ければ――」

背中を向けたまま、応《こた》えた。

「いいえ、私は、やはり失礼させて戴くわ」

そう云い、佐枝子が席を起《た》ちかけると、

「他人《ひと》とお食事をするのをいやがる里見があぁ云ってますから、今日は、是非ご一緒して下さいな、好彦もきっと喜びますわ、ご近所へ遊びに行っているけれど、もう帰って来る時間よ、お料理は、もうちゃんと出来ていて、温めればいいだけにしているの」

三知代は、いそいそと台所へたった。佐枝子は、見るともなく書斎になっている隣の部屋へ眼を向けた。襖《ふすま》を閉め忘れたのか、それとも来客に対して狭い部屋の中で、襖をたて切ることを遠慮しているのか、開け放たれた敷居の向うに、着替えもせずに窓際の机に向い、大学の研究室にいるようにきちんとした姿勢で本を読んでいる里見

の姿が見えた。台所で妻が食事の用意をしていることも、妻の友人が隣の部屋に坐っていることも忘れ果てているように、身動きもせず読書に没頭している。それは、佐枝子の周囲に見られるような、教授や助教授になることを目的にして学問する人間の姿ではなく、純粋に学問が好きでそれに没頭している人間の素朴で、深い静謐《せいひつ》さが、感じ取られた。そして、それは、父の東貞蔵にも、亡《な》くなった著名な外科医であった祖父の中にも見られなかったものであった。

扉が乱暴に開き、子供の甲高《かんだか》い声が聞えた。

「パパは、もう帰って来た？」

小学校二年生の好彦であった。

「ええ、ちゃんとお帰りになってますよ、それに、今日はママのお友達もいらしたから、賑やかなお誕生日よ、お客さまにご挨拶なさい」

と云うと、好彦は見馴《みな》れない佐枝子の方を覗き見して、素直にぴょこんとお辞儀をし、書斎にいる里見に向って、

「パパ、お帰んなさい！」

嬉しそうにそう云ったきりで、父の書斎へ入って、背中におぶさったり、甘えたりするようなことをしなかった。里見は、頷きながら、ちらっと子供の方を見て、すぐ

また机の上へ視線を返した。

食事の用意が出来上ると、居間に食卓が置かれ、三知代の手料理が並べられた。雛《ひな》鳥《どり》の蒸し焼とスープとサラダだけの食卓であったが、カーネーションの一輪ざしとデコレーション・ケーキが、食卓を美しく彩《いろど》っていた。

食卓についた里見は、はじめて子供の方へ笑顔を向け、

「好彦、お誕生日おめでとう！　これで一つお兄さんになったんだな」

と云い、子供の前に本をおいた。『絵でみるたのしいりかきょうしつ』という子供向きの絵を中心にした理科の本であった。好彦は、雛鳥の足をむしるようにして食べながら、楽しげに本の頁《ページ》を繰り、思いついたことを喋《しゃべ》ったり、解《わか》らないことを聞いたりしたが、その度に里見は、簡潔に答えてやり、横から三知代が優しく解りやすく説明してやっていた。時々、好彦に問い詰められた三知代が、佐枝子に、

「あら、これの説明、こんな工合でよかったかしら？」

応援を求めると、

「うわっ、ママずるいぞ、人に聞いたりなんかして――」

好彦が囃《はや》したてるように云い、三知代と佐枝子は、声をたてて笑ったが、里見は、黙って料理を口に運んでいた。食事がすんで、帰宅の時間を気にするように佐枝子が

席を起ちかけると、

「あなたは、学生時代、理科がお好きだったのですか」

ぽつりと、里見が云った。佐枝子は、はっとして里見を見た。最初の挨拶の時も、食事の間も、殆《ほとん》ど佐枝子と言葉を交わさずにいた里見であるのに、佐枝子の言葉をそんなにも注意深く聞いていてくれていたことに対する愕《おどろ》きが、佐枝子の胸を衝《つ》いたのだった。

「得意ではございませんでしたが、理科は好きでございました、最も客観的な形で、正確にものを知ることが出来ますから――」

佐枝子は控え目に、そう応えて、席を起った。


九時近い芦屋川《あしやがわ》沿いの道は、足もとに細流《せせらぎ》の音が聞え、花を散らした葉桜の並木が淡い街燈《がいとう》の光を受けてほの暗い影を落していた。

佐枝子は独り、家に向って歩きながら、さっき、里見の家で、はじめて里見脩二《しゅうじ》と出会った時の感動を思い返していた。なぜあのように唐突とした強い感動が佐枝子の胸の中に起ったのか、自分でも説明がつかない得体《えたい》の知れぬ感動であった。しかし、あの瞬間に得た感動は、何か佐枝子の人生にとって大きなかかわり合いを持ち、長い間、佐枝子が漠然と探し求めていたもののようであった。

何時《いつ》の間にか、家の前まで来ていた。門燈《もんとう》の明りの中でイギリス風の煉瓦《れんが》と柱型を見せた壁面が、高く聳《そび》えたっていた。佐枝子は、門のベルを鳴らさず、正門の横の切戸を押し、敷石伝いに玄関へ歩きながら、食堂の方を見ると、灯《あか》りが消えていた。

母は、教授夫人会のあと、お華《はな》の会へ出て、夕食をすませてから帰宅することになっていたが、父は東京から名古屋へ寄って、今夜、帰宅することになっているのだった。佐枝子は、父の書斎を覗いてみるために、玄関から二階の書斎へ通じる階段を上りかけると、書斎から母の声が聞えて来た。

「あなたは、鵜飼夫人が、副幹事に私を指名せずに、則内病院長夫人を指名したことを、何の意味もないことだとおっしゃるのですか、あなたのお話によれば、この間まで、鵜飼教授と犬猿《けんえん》の仲であったとおっしゃる則内病院長の夫人が、よりにもよって、鵜飼夫人の補佐役になど、おかしいじゃありませんか、それとも、あなた、鵜飼医学部長と最近、何かあったのではございませんの」

昂《たかぶ》った母の声に、佐枝子は階段の途中でたち止った。

「いや、別に何もないよ、普通だよ、それより、教授夫人会でのことを、一々、医学部内の人事と結びつけて考える方が、神経質過ぎておかしいよ、たいしたことではないじゃないか」

取り合わぬようにしている父の様子がうかがわれた。

「いいえ、たいしたことでございますわ、鵜飼医学部長は、あなたが来年、停年退官だから、そろそろ見切りをつけて、則内病院長に近付こうとしていらっしゃるのかもしれませんわ」

「そうかもしれない、医学部長の次に学長を狙《ねら》っているから、その足固めに犬猿の仲だった則内にまで、そろそろ工作をはじめているのかもしれない、要領のいい男だから」

妻の言葉を、認めるようにいった。

「感心しないで下さい、あなたも、もっと要領よくたち廻って戴かないと、停年退官後は、あの第三内科の石山教授のように名もなき会社の捨扶持《すてぶち》を戴くだけ、なんてことにもなりかねませんわ」

美しい顔に、冷やかな笑いをうかべている権高な母の顔が、佐枝子の眼にうかんだ。

「そんなことまで、教授夫人会で話題にするのか、くだらないことだ、男の世界には、実力だけでは、どうにもならないことだってあるものだ、それを女の尺度で簡単に測るのは、男に対する女の惨酷《ざんこく》さというものだ」

「そんな惨酷さを、女からお受けにならないように、この際、しっかりと政治力をお振いになって戴きたいと申しておりますのですわ、今日だって、また、第一外科はまるで財前助教授が背負ってたっているような噂《うわさ》のされ方を致しましたが、あなたは、財前さんに対してどんなお考えを持っていらっしゃるか知りませんが、私は、ことごとに主任教授を押しのけて表だとうとしている財前助教授になど、私たちの地位を譲りたくございませんわ」

私たちの地位という言葉が、佐枝子の耳を強く打った。夫の地位をわがもの顔に所有する権勢欲の強い妻の顔が、そこに見え、佐枝子は母の政子に対して強い嫌悪《けんお》を感じた。暫《しばら》く書斎の中に沈黙が続き、不意にヒステリックな母の声がした。

「あなた、私は何も、あなたを責めているのじゃないわ、あなたの将来のことを思うと、とても不安で――、それにあなたの停年退官までに、何とか佐枝子をりっぱなところへ片付けたくて、それで、あなたにしっかりして戴きたいの」

俄《にわ》かに涙っぽく訴えた。

「解ったよ、佐枝子の結婚のことは、私だって、お前以上に心配している、教室の後継者のことも、停年退官後のことも、すべて佐枝子のことを考慮に入れて考えている、私だって、お前が考えているほど馬鹿《ばか》正直な学究派じゃないよ、東京の帰りに名古屋へも寄って、私なりの政治力でいろいろと工作をめぐらしているから、心配しなくていいんだよ」

母の機嫌《きげん》を取るように云《い》う父の声が聞えた。階段の途中に起っている佐枝子の顔に怒りに似た色が奔《はし》り、肩を震わせたかと思うと、くるりと踵《きびす》をひるがえし、足音をしのばせて足早に階段を降りた。

# 四章

医師会館の小会議室で、岩田重吉を会長にする医師会の定例理事会が開かれていた。

正面の黒板に報告事項と議題が箇条書に記《しる》され、その前に会長の岩田重吉と副会長の財前《ざいぜん》又一が坐り、十三人の理事がコの字型にテーブルを囲んで、議事を討議していた。濛々《もうもう》と煙草《たばこ》の煙がたちこめ、湯呑茶碗《ゆのみぢゃわん》のお茶がぬるく冷めかけていたが、議題が『新規開業医の規制について』に移ると、俄《にわ》かに活気を取り戻したように座が騒《ざわ》めいた。四項目の議題のうち、この最後の議題が、今日の理事会の最も関心の持たれている議事であった。

議長をしている外科医の森山理事は、活気づいて来た会場の雰囲気を盛り上げるように、

「次は、皆さん方が最も強い関心を集めておられる新規開業医の規制について、この議題の提案者であります副会長の財前先生にご発言を願います」

と云《い》うと、財前又一は、珍しい洋服姿で窮屈そうに起《た》ち上り、

「既にご承知のように、われわれの地区では、この一年間のうちに十二軒もの医院、或《ある》いは個人病院、診療所が出来、丁稚《でっち》医者に過ぎぬような開業医がやたらとはびこり、われわれのようにこの道何十年もの経験と実力を持った医師たちは、少なからぬ被害を蒙《こうむ》っている状態であります、特に非医師による新規開設、つまり医師にあらざる者が出資し、医師国家試験を合格して数年ぐらいにしかならぬような若い医師を雇って開業するに至っては、まるでバーにおける雇われマダムも同然で、出資者の下で酒瓶の代りに、聴診器を持って働く雇われ医師、いや消毒くさい雇われマダムであるといえまっしゃろ」

大阪弁をまじえた財前又一の辛辣《しんらつ》な譬喩《ひゆ》に、そこここから爆笑が起った。又一自身も海坊主《うみぼうず》のような顔で笑ったが、すぐ真面目《まじめ》な表情をし、

「他の職業と違って、尊い人命を預かる医師という職業が、治療上の最終的な責任を取れない非医師でも管理者という名目のもとに、開業し得る現行の医師診療所開設規定は、全く言語道断であります、直ちにわれわれ医師会で医師診療所開設規定の改正を図ると同時に、従来、医師、非医師を問わず、一律に融資している医療金融公庫に、今後、非医師による新規の医院、個人病院、診療所などへは、絶対、融資しないよう

に制度化、或いはその他何らかの方法で、その旨《むね》を規定することを、大阪府医師会から、日本医師会に提案し、医療金融公庫に申し入れることを、緊急議題として提案するわけであります」

と云うと、一斉に、賛成！　賛成！　という声が上った。財前又一は、隣の席で満足そうに手を叩《たた》いている岩田重吉の顔をちらっと見た。岩田医院のすぐ近くに非医師による同じ内科医院が開業したのであったが、会長の岩田自身が提案すると、自己の利益を守るために提案したように取られる懸念《けねん》があったから、岩田に頼まれて財前又一が提案したのだった。財前又一が席に着くと、議長の森山理事が、

「只今《ただいま》の財前副会長のご提案については、全員、ご賛成の様子ですが、なおこれについてご意見のある方はございませんか」

と云うと、北区で一番大きな耳鼻咽喉《いんこう》科医院の斎藤院長が手を挙げて、起ち上った。

「只今のご提案に付随して、最近とみに顕著になっております官公立病院の増設について発言したいと思います、われわれは医療法によって誇大広告を禁じられ、他の職業のように、派手に広告宣伝をするわけには行かないから、患家の信用を得るために夜討ち朝がけの急患に走っているわけですが、こうして営々として積み上げて来た実績と患家を、国費と税金によって設立される官公立病院の増築もしくは、分院の設立

によって、脅《おび》やかされることは、見逃すことの出来ぬ大問題でありますので、これに対しても医師会として何らかの要望書を提出し、制約を加えるべきだと考えるのですが——」

と云うと、拍手が湧《わ》き、今度は会長の岩田重吉が起ち上った。

「財前副会長といい、斎藤理事といい、まことに適切なご発言でありまして、早速、近日中に両提案の規制試案と要望書を作成し、大阪府医師会を通して、日本医師会へ提案し、全国的にも働きかけるようにしたいと思います、同時に、先日、大阪市立医科大学の某教授が大学医師会の席上で、現在の設備と技術の弱体な開業医は、優《すぐ》れた官公立病院の増設によって自然淘汰《とうた》されるであろうというような、とてつもない発言をしているらしいのですが、それがもし事実ならば、この際、医師会として厳重な申入れをし、徹底的に叩かねばならないと思います」

と云うと、座が騒めき、

「異議なし！」

「そんな生意気な教授は、この際、徹底的に圧力をかけるべきだ！」

「医師会をなめている！」

そこここから激しい声が飛んだ。議長の森山理事は、

「只今の大阪市立医科大学の教授の発言については、早速、記録されている発言内容を当医師会に送付して貰《もら》う連絡を取り、次回の理事会で検討することに致します、なお本日は引き続き、三時半から医療研究会が開かれ、浪速《なにわ》大学の鵜飼《うがい》医学部長の特別講演が行なわれます」

時間を気にしながら、手際《てぎわ》よく理事会を終了させた。

二階の講堂には北区医師会の会員が、医療研究会の講演を聴くために集まっていた。何時《いつ》もの研究会の講師とは異なり、国立浪速大学の鵜飼医学部長の講演であったから、熱心に聴き入り、中にはメモを取っている聴講者の姿もあった。区医師会の医療研究会に、国立大学の医学部長クラスが講師に来ることなど、まずないことである上に、演題が最近、注目を集めている『老人病、特に高血圧と肥満について』であることが、聴講者の関心を集めているのであった。一般会員だけではなく、会長の岩田重吉と副会長の財前又一をはじめ、十三名の理事たちも、ずらりと役員席について謹聴するように耳を傾けている。

演壇にたって喋《しゃべ》っている鵜飼医学部長は、そんな熱心な聴講者の姿を満足そうに眺《なが》め、桜色に輝いた顔を、さらに艶々《つやつや》しく光らせながら、言葉を継いだ。

「次に、私が調べましたデータによりますと、肥満の程度が顕著なほど、卒中を起しやすく、たとえば、卒中で倒れた人は標準体重者に比べると、平均して一・五キロから二キロぐらい過剰体重になっています、しかも、ご承知のように肥満によって起りやすい疾病《しっぺい》は、高血圧、脳卒中だけではありません、肥満という状態は、体に過度の負担《ロード》をかけることになるわけですから、心臓、血管などの循環器系統に悪影響を及ぼして、それらの器官に変性病を起すばかりではなく、腰とか下肢《かし》などの体重を支える諸関節にも負担《ロード》をかけることになりますので、そういう意味でも重大な問題をはらみ、肥満は整形外科的な疾患、たとえば変形性関節症のようなものを起しやすい傾向があるのであります、したがって、欧米では、この肥満ということが、わが国と違って、一つの重要な疾病として取り扱われており、特にアメリカでは、重大な代謝病の一つとして考えられ、同じ代謝病である糖尿病と同等、或いはそれ以上の比重をもって考えられております、戦後の日本は、食事、生活様式などが次第に欧米の状態に近付いておりますので、近い将来には、肥満という問題が、医学的にも、社会的にも、重大な関心事になることと思いますので、本日の研究会を機会に、第一線の臨床医家である諸先生方に、肥満という問題を改めてご認識戴《いただ》ければ、老人病を専攻する私としましても、非常な倖《しあわ》せでございます」

鵜飼は、わざと聴講者である開業医を〃臨床医家である諸先生〃と呼び、最後の言葉を〃ございます〃という慇懃《いんぎん》な言葉で結んだ。そうすることが、彼らに好感を呼び起し、自分をより印象付けると同時に、いささかも自分の優越感が損われないからであった。

聴講者から盛んな拍手が湧き、会長の岩田重吉が演壇の下の役員席から起って、

「只今は、老人病の権威者であられる浪速大学の鵜飼医学部長から肥満と高血圧についての臨床学的な誠に興味あるお話を伺い、欧米の統計的なデータや特に、ご自身の調査によられる貴重なデータを挙げてお話し戴き、われわれもその認識を深めることを得ましたことを、会員一同に代って厚く御礼申し上げます」

と謝辞を述べると、もう一度、拍手が沸き、鵜飼医学部長は、会釈《えしやく》をして鷹揚《おうよう》に演壇から降りた。岩田重吉が、すぐ鵜飼の傍《そば》へ寄り、

「いや、どうもお疲れでしょう、まず、ちょっと別室でお憩《やす》み戴いて……」

と云い、別室へ案内した。

安楽椅子《ソファ》の置かれた別室へ入ると、医師会の役員たちは、鵜飼の傍へ寄って一人一人、名刺を出して挨拶《あいさつ》し、今日の講演の謝辞を述べた。鵜飼は、一枚一枚の名刺に丁寧に眼を通して返礼していたが、財前又一が名刺を出し、

「はじめまして、副会長をしとります財前又一です」

と挨拶すると、鵜飼は一瞬、瞬《まばた》きをするような表情をしたが、

「いや、どうも、鵜飼です——」

さり気なく応《こた》えた。財前又一も、さり気ない様子で、

「今日はまた、お忙しいところをご無理戴いて、恐縮致しとります、浪速大学の鵜飼医学部長が、北区医師会で講演されることを聞き伝えて、よその区の医師会から、うちと共催にしてくれと頼み込まれたりなどして全く面目をほどこしました」

鄭重《ていちょう》に頭を下げた。他の役員たちも、

「ほんとに結構なご講演を戴き、会員の集まりも近来にない集まりようで、普通なら自分の専門以外の講演には出席しないのですが、今日はあらゆる専門分野から集まって来て、会員一同は大喜びでした」

理事会の席上で、大阪市立医科大学の教授に居丈高になっていた高圧的な態度とは、打って変った低姿勢で云った。

「皆さん方から、そうご鄭重なお礼を云われますと、かえって恐縮しますよ、臨床的には皆さんの方がベテランだし、ご参考になりましたら幸いです」

鵜飼は、医師会の役員たちに対して適度に社交辞令を混えることを忘れなかった。

「じゃあ、鵜飼教授はお忙しいから、ゆっくりお話させて戴くのはまたの機会として、これは僅少《きんしょう》ですが、当医師会の寸志です」

岩田はそう云い、水引のかかった謝礼袋を、菓子折の上に載せて出した。

「じゃあ、戴いておきましょう」

鵜飼は、受け取りなれているように金包みを無造作にポケットへつっ込み、菓子折を手に抱えかけると、岩田はすぐそれを持ち、

「ちょっと、別席を用意していますから、そちらへご一緒に、お時間は取らせませんよ」

先にたって玄関へ出、鵜飼を乗せた車に、岩田と財前だけが同乗した。岩田が、他の役員たちに、今日は鵜飼教授と同期の自分と、財前副会長だけで慰労する方が、鵜飼教授にとって、気楽で喜ばれるからと、予《あらかじ》め断わっておいたのだった。

新町の『鶴《つる》の家《や》』へ着くと、女将《おかみ》と仲居が出迎え、二間続きの奥座敷に接待の用意がしつらえられ、庭にも打ち水が打たれていた。

床の間の前に鵜飼を迎えると、岩田は改まった様子で、

「おかげで、僕の会長としての株が上りましたよ、それで、副会長の財前又一君と二人で、今夜は、おおいに謝意を表したいという次第です」

と、もっともらしく鵜飼に頭を下げたが、事実は、財前又一が、岩田に頼み込んでしつらえた宴席であった。財前又一も、商人のような腰の低さで、

「ほんとに、鵜飼先生のおかげで、岩田君も、私も全く思いがけぬ面目をほどこしました、その上、女婿《むすめむこ》の財前五郎が、平常、何かとお世話になっとります、当医師会のことと合わせて、厚くお礼を申し上げます」

と云い、仲居が運んで来た銚子《ちょうし》を取って、鵜飼に酌をすると、

「いや、どうも——」

鵜飼は通り一遍の応え方をし、財前五郎が又一の名前で贈った絵については何も云わなかった。やはり、あの絵は、預かりおくの保留であるらしい気配であったが、財前又一は素知らぬ体《てい》で、

「時に鵜飼先生のお趣味は、長唄《ながうた》の方ですやろか」

「趣味？ われわれ国立大学の教授は、いわば、国家公務員ですから、あなた方のように、贅沢《ぜいたく》な趣味など持つ余裕はありませんよ、全く無芸無趣味の野暮なもので、それより、財前さん、あなたの方は、なかなかのご多芸のようですな」

逆に、財前の趣味を聞いた。

「これは、おそれ入りますな、私は下手の横好きで、地唄から小唄、長唄、俳句、お茶と何でも、一通りは齧《かじ》らんと気のすまん方でして――、そうそう、書画骨董《こっとう》も趣味のうちですかな」

と云い、ふと気付いたように、

「先日、お贈りさせて戴きましたあれ、もし、お気に召しませんでしたら、お気に召します方とお取り替えさせて戴きたいと思っとりますので、どうぞ、ご遠慮なくお申しつけを――」

そう云い、また鵜飼の方へ酌をしかけると、

「いや、実は、あれはお返しするつもりでおるのですよ、すぐお返しすると、角がたつので、一応、お預かりしているわけで、財前助教授にも云っといたんですが、ああいうことをして貰《もら》っては困りますな」

鵜飼は、俄《にわ》かに気難しい、尊大な口調で云った。

「いや、いや、そうおっしゃらずにお納め戴きたいですな、私もこの通り老人病が気になる齢《とし》で、何時《いつ》、鵜飼大先生のお世話にならんとも限りません、それに当医師会の役員としても、今後、鵜飼先生のような方には、何かとご助力を仰がねばならんと思

いますので、前々から岩田君を通して、是非、お近付き願いたいと思っとりましたのですが、その機会に恵まれませず、たまたま、先生のお好きそうな絵が画廊にかかっていると、女婿が申しましたので、早速とああいう次第になりましたわけで、どうぞ、お気楽にお納め願います」

下手《したで》に出ながら押しつけるように云《い》うと、

「お気持はよく解《わか》りますが、他《ほか》のものと違ってああいったものを理由もなく受け取ると、妙な誤解を招きますのでね、第一、財前助教授の次期教授の呼び声が高く、教授選挙を前にしている時だけに、非常な誤解を招くわけですよ」

「ほほう、女婿は、そんなに有力候補ですのか、こら、有難い！　岩田君！　喜んでんか」

突然、座敷中に響きわたるような声で云い、ごぼごぼと咽喉《のど》を鳴らすように笑った。鵜飼は、一瞬、呆気《あっけ》に取られたが、岩田は素早く鵜飼の傍へ寄り、

「鵜飼君、今の言葉は、ほんとかね、他ならぬ医学部長の発言だから重大だよ、そんなに財前五郎君が、次期教授の呼び声が高いのなら、いっそ、ついでに君が尻押《けつお》しをして、教授に送り込んでしまって戴きたいな」

金縁眼鏡の下から、細い眼を光らせ、鵜飼の言葉尻《じり》を押さえるように云った。

「いや、専《もっぱ》ら、そういう下馬評だといっているだけで、僕がどうこうと思っているわけじゃないんだ、僕は、はっきりいうとくが、財前助教授に対しては全く白紙なんだよ、それだけにこの際、誤解を招くようなことはしたくないと申し上げているわけだよ」

不機嫌な語調で云った。岩田は、ちょっと言葉に詰ったが、

「ほう、急にそう他人行儀にならなくてもいいじゃないか、君と僕とは、同期の桜で、何ごとも相見互いのツーツーカーカーでやって来た間だし、僕と財前又一君とはまた医師会におけるツーツーカーカーの仲だから、できることなら、財前君の女婿に眼をかけてやってほしいと頼んでるだけだよ、僕は君にものを頼まれた時、そんな他人行儀なものの云い方をしたためしはないはずや」

俄かにぞんざいな、友人づき合いの口のきき方をした。鵜飼の顔が、むうっと気色ばみ、盃《さかずき》を下へおきかけると、財前又一は、慌《あわ》てて手を振った。

「岩田君、鵜飼先生はわれわれと違《ちご》うて、大学の医学部の人事を預かっている方やから、われわれのように簡単にものごとを発言出来んわ、そんな君のような無茶な云い方をしたらあかん」

岩田を窘《たしな》め、鵜飼の方へ向き、

「お近付きのお名刺代りにお贈りさせて戴きました絵をお納め戴いたからといって、どうこうというようなケチな根性は持っとりません、女婿のことにしても、もちろん、運よう教授になれたら、これ以上、めでたい、有難いことはありませんけど、万一、なり損ねても、幸い財前産婦人科がはやっておりますさかい、外科を加えた個人病院にして、それをやらしてもええと思っとりますので、その節にはまた、先生に難しい患者の特診をお願いすることがあるかもしれませんが、一つよろしくお願いします」

腹の中で考えていることとは全く逆で、しかも鵜飼の気を惹《ひ》くような云い方をすると、岩田も、又一の思惑《おもわく》を呑《の》み込んだらしく、

「いや、全く失敬な云い方をしてすまん、ここは一つ、財前君のいう通り、名刺代りに受け取ってやってほしいよ、財前君は、僕と同じように北区医師会の役員であると同時に、大阪府医師会の代議員で、何かことがあると、この海坊主《うみぼうず》のような巨体と金力で、強引に話をまとめる怪力を持っていて、君が心配するような、ケチな考えなんぞ持ってない、それどころか、大阪の財界人の奥さん方には顔ききだから、財前君の名刺は、受け取っておいても悪くないよ」

と云うと、鵜飼は、

「さすがは、医師会の役員方だけあって、圧力のかけ方は見事なものですな、じゃあ、

あれはお言葉通り、財前さんのお名刺代りに戴くことにしましょう」

と云い、あっはっはっと、声を上げて笑った。

「そう云って戴くと有難いですな、こりゃあ、光栄ですわ、あっはっはっはっ」

財前又一も、負けずに大声を出して笑いながら、自分の顔によく似た国立大学医学部長という肩書を持つこのインテリ海坊主は、相当なしたたか者だと、腹を据えた。

＊

午後の二時を過ぎると、第一外科の外来診察も殆《ほとん》ど終りかけ、外来担当医は自分が受け持った患者数だけ診療し終ると、順番に診察台を離れる。

一番奥の診察室にいる財前五郎は、朝から三十人ほどの患者を診察していた。助教授診察日の水曜日と金曜日になると、財前五郎の診察を目指して集まる患者が増え、十一時の診察受付の締切時間までに、五十人以上の患者数になってしまうから、この頃では財前の初診患者は、十時に受付を締め切ることにしている。それでも一日に四十人近い患者はどうしても診《み》なければならなかった。汗ばんだ顔で、机の上に積み重ねられているカルテを見、

「今日は何人だ」

「はい、三十二人目が終ったところです」

うしろに起《た》っているインターンが応えた。

「そうか、じゃあ、今日はこれまでだ」

「はあ、しかし、患者がまだ六人残っているのですが——」

インターンが看護婦の方を見て、困ったように云うと、

「次の診察日に来て貰《もら》え、それでいけなければ、手の空《あ》いている誰かに廻すように」

と云い、まだ二人残っている外来担当医の方を眼で指し、さっと席を起った。

診察室を出かけて、財前五郎は、思い出したようにくるりと踵《きびす》を返して、もとの席へ戻った。五日前に、特別診察した患者のエックス線写真を診ておくことを思い出したのだった。診察台の上を片付けている看護婦に、

「五日前に診たあの、僕の患者《クランケ》の清水敬造さんのエックス線写真、もう出来ているはずだから、それとカルテを持って来てくれ給《たま》え」

〃僕の患者《クランケ》〃という表現は、特診患者のことであったから、看護婦は手早く整理棚からその患者のカルテを引き出し、エックス線写真を添えて持って来た。カルテは改めて繰るまでもなく、財前が診察し、エックス線の透視所見で、胃に潰瘍《かいよう》の存在が確認

されていたが、念のためにエックス線撮影をしておいたのだった。

机の上にあるエックス線写真観察器に点灯し、留金にフィルムをかけると、背後に人の気配がした。

「えらく頑張っているね、何だね、そのフィルムは——」

東《あずま》教授の声であった。

「はあ、手術《オペ》をやらねばならない患者《クランケ》だもんですから——」

椅子《いす》から起ち上って応えると、東も背を屈《かが》めてフィルムを覗《のぞ》き込んだ。

「なるほど、胃の小彎《しょうわん》側に大きな潰瘍《ニッシエ》があるね、典型的な消化性潰瘍だな」

「はあ、半年も前から食後、心窩《しんか》部《ぶ》に痛みを訴え、便の潜血反応も断続的に出ています、それに胃液の総酸度も、遊離塩酸度も非常に高く、胃鏡検査も潰瘍を確認しています」

胃潰瘍の診断を下すのに必要な胃液検査、糞便《ふんべん》潜血反応、胃鏡検査、エックス線検査をすべて行なっていることを説明するようにカルテと検査票を示すと、東は、当然のことのように軽く頷《うなず》き、ちらっとカルテに眼を向けた途端、東の視線が止まった。

「何か、不備な点がありますのでしょうか」

「いや別に、カルテ、諸検査とも君らしくりっぱだよ」

そう云いながら、東は、患者の名前が、大阪の財界実力者である清水敬造で、当然、教授である自分に診察を頼んで来るべきはずのものが、助教授の財前のもとに行っていることに、大きなこだわりを感じたのだった。それほどまでに、財前の名声が高くなっているのかと思うと、東は、思わず、顔に出そうになる動揺を抑《おさ》え、

「それで、君は、この患者《クランケ》に、どういう手術《オペ》をやるつもりかね」

平静を装い、教授らしい口のきき方をした。

「この患者《クランケ》の潰瘍は、周辺がやや硬化して来ている上に、その部分が大きく、癌《がん》に転化しないまでも、治りにくい症状ですから、胃切除《マーゲンレゼクチオーン》術をやるつもりですが――」

「そんなことは当り前じゃないか、このフィルムを見れば、誰だって胃切除術が適当だぐらいは解るよ、僕の云うのは、胃切除術の中の、どういう術式でやるかを、君に聞いているんだよ」

「ビルロート氏法の第一法でやるつもりですが……」

東の唇の端に、皮肉な笑いがうかんだ。

「ほう、君ともあろう新鋭の外科医が、ああいう古典的《クラシック》な手術《オペ》をやるのかね」

と云い、東はエックス線写真観察器にかかっている四つ切のフィルムに手を伸ばした。留金からフィルムをはずそうとしたが、留金が古くなっているせいか、うまくは

ずれない。苛《いら》だつように手荒な手つきで、フィルムを一旦《いったん》、押しもどして強く手もとへ引っ張ると、フィルムが弓なりに反りかえって、ぱさりとはずれた。東はそれをひったくるように取ると、窓際《まどぎわ》へ持って行って、陽《ひ》の光にすかすように、何度も角度を変えてフィルムの映像を見た。そうした東の姿に、最初は、教授と助教授の何でもない会話とばかり思い込んでいた診察室に居残っている若い医局員たちも、さすがに普通でない気配を感じ取り、耳をそばだてていた。東はそんな様子を十分に意識しながら、窓際からゆっくり机の傍《そば》に帰り、起っている財前の前の椅子にかけ、ポケットから葉巻を出してくわえ、

「で、君のいう胃切除術は、当然、広範囲胃切除術になるんだろうね」

「はあ、そのつもりでおりますが――」

「それなら、なおさらじゃないか、ビルロート氏第一法の最大の欠点は、胃を広範囲に切除した場合、吻合《ふんごう》が困難になって、縫合不全を起す危険があるということなんだよ、君だって術後の合併症である縫合不全の恐しさを知らないわけじゃないだろう、こんな教科書に出ているような解りきったことで、患者《クランケ》が腹膜炎の症状でも起したら、君自身の評価よりも何よりも、東外科の権威の失墜になるんだから、しっかりしてくれ給えよ」

〃東外科の権威〃という語を、不自然なほど強めた。遠巻きに知って知らぬ振《ふり》をしている医局員たちも、その語調の強さにびっくりしたように振り向き、財前も、その語調に驚きながら、

「いや、これは言葉が足りませず、失礼致しました、私がビルロート氏法の第一法と申し上げましたのは、基本はこの方法で行くという意味で、つまりビルロート氏第一法の変法である、いわゆる小山氏切除術でやるという意味で、どうも言葉不足で、ほんとうに失礼致しました」

詫《わ》びるように頭を下げた。

「なるほど、君の尊敬する千葉大学の小山教授の術式でやろうというわけだね、しかし、君、彼は学者じゃないよ、あれは職人に過ぎないんだよ」

頭から軽侮し、無視するように云った。財前は、一瞬、言葉に詰ったが、

「私のような若輩には、小山先生が学者か、それとも職人かというようなことは解りませんが、ともかく小山氏変法でやりますと、まず完全に縫合不全を防ぐことが出来ます、私も、今までに成功例を幾つか経験していますが、胃を切除したあとで、胃の断端《だんたん》に近い胃の後壁を、膵臓《すいぞう》の頭部に縫合して固定するわけですから、吻合部の緊張を除くことが出来ます、したがって縫合不全も防げますし、また……」

と云いかけると、

「君、言葉を慎み給え、君からそんな講義を聞かなくても、学会誌に目を通しておれば、そんなことは、誰でも解る！」

東は、苛だった大きな声で云った。そして、助教授を相手に大声を出してしまった自分の不手際《ふてぎわ》とばつの悪さをまぎらわせるようにエックス線写真観察器に、さっきのフィルムをかけて、灯《あか》りを意味もなく点滅させた。造影剤《バリウム》を飲ませて撮《と》ったエックス線撮影のフィルムに、灯りが点《つ》いたり、消えたりする度に、黒い影の部分と、造影剤《バリウム》によって出来た白い像とが、白黒の微妙な明暗を映し出し、それを見る東と財前の心の中の微妙な明暗をまざまざと映し出しているようであった。財前は何時《いつ》になく険悪な東の気配に、このままおとなしく引き退《さが》った方が賢明だと思ったが、診察室の片隅に居残って、二人の意見の対立を聞いている医局員たちの姿に気付くと、慇懃《いんぎん》なもの腰で、

「では、教授でございましたら、どの術式でおやりになるのでしょうか」

「僕かね」

東は足を組み直し、葉巻の煙を大きく吐くと、

「僕なら、当然、ビルロート氏の第二法でやるね、胃を切除したあとで、胃の断端と

十二指腸の断端を縫合して閉鎖し、胃と空腸との間に胃空腸吻合をやるあの術式だよ」

当然のように云った。

「お言葉を返すようで失礼ですが、その方法は、食物が、直接、空腸に入るようになりますので、第一法のように食物が十二指腸を通過する場合と違って、消化ことに、脂肪の吸収が悪くなると聞いていますが……」

東の機嫌を損わぬように、聞いていますがという間接的な表現を使った。

「しかし、君、第一法のように術後に縫合不全のほか、吻合部狭窄《きょうさく》を起す恐れがあるよりは、まだ、ましだろう」

東は、あしらうように云った。

「はあ、ですが……」

財前は、ちょっと口ごもり、

「教授のおっしゃるような術後の合併症は、第一法が発表された頃には、いろいろとあったようですが、現在では、術式も、種々、改良されておりますし、合併症の点では、第一法も第二法も、そう違いはないのではないでしょうか」

「ほほう、すると君は、僕のいう第二法の長所を認めることは、認めているんだね、君にも、なかなか謙虚なところがあるのだな」

財前の咽喉《のど》もとを、押さえるようにいった。

「もちろん、教授のおっしゃる第二法の長所はよく認めております、しかし、申し上げにくいことですが、同時に、その短所もあるように思います、たとえば、術後に吻合部の潰瘍が第一法に比べると、多いとも聞いております、その点、第一法は手術《オペ》の時間が、短時間に行なえますし、それで最近では、生理的な、つまり自然的な吻合法として、第一法を行なう人が多くなっている現状ですが――」

と云うと、東の顔が、不意に財前の方へ向き直り、

「君は何時も手術《オペ》を短時間に終ることを、まるで自慢のようにしているが、われわれ医学者は何メートルを何分で泳いだり、走ったりする記録をつくる運動選手じゃないのだ、そんな芸当を意識したり、自慢したりして、マスコミに騒がれるのは、学者の取る態度じゃない、いやしくも、旧帝国大学である浪速大学の助教授のすることじゃないよ」

斬《き》って捨てるように云い、仕立おろしの真っ白な診察衣の皺《しわ》を気にするように裾《すそ》を手で払うと、妙に落ち着き払ったポーズで、診察室を出て行った。

東教授は、階段を上り、二階の教授室へ入ると、白衣を脱いで回転椅子《いす》にかけ、今あった外来診察室での出来事を思い返した。

胃切除術というたいした手術《オペ》でもない術式そのものについては、ああまで徹底的にやる必要はなかったが、財前の手術に対する態度が、東自身と根本的に相容《い》れなかったことと、日頃の財前に対する不快感があああした形を取って表われてしまったのだった。それにしても、財前のあの頭の回転の早さと用心深さは何だろうか――。教授の機嫌を損わず、しかも言葉尻《じり》を捉《とら》えられないように一つ一つの意見に、何々だと聞いていますがという慇懃な間接的表現を取りながら、自分の云《い》うべき論点は強引にちゃんと云ってのけている。その要領のよさとそつのなさは、東のように医学者の名門に、苦労らしい苦労もせずに育って来た者には到底、真似《まね》の出来ないもので、苦労して下積みからのし上り、土足で権威の世界へ踏み込んで来る者のふてぶてしい逞《たく》しさであった。

その逞しさとそつのなさで、今まで第一外科の五十人に余る大世帯《おおじょたい》の切り盛りと、研究費の捻出《ねんしゅつ》から薬品会社や医療器具会社との折衝まで、すべて助教授の財前五郎が一手に引き受け、東は雑事に煩《わずら》わされなかったことは事実であったが、今は、その財前の逞しさとそつのなさが、逆に退官前の東を脅《おび》やかしかねない様子になっている。

さっき、財前の前にあったカルテに記《しる》されていた清水敬造のような大阪の財界の実力者が、自分が退官しない今から、主任教授をさしおいて助教授である財前の患者になるほど、対外的に財前が有名になりつつあるのだった。まだ停年退官後の行き先が確実に決まっていない段階で、助教授の財前の方が有名になることは、何かにつけて工合が悪かった。特に現在、或《あ》る一つの明確な目標をもって、退官後のポストを画策している東にとっては、その退《ひ》き際《ぎわ》を華《はな》やかにする意味もあって、財前の存在が自分以上に大きくクローズ・アップされることは、自分の不利に繫《つな》がることであった。

そうした最中《さなか》だけに、たまたま他の医局員たちもいる前で、術式について財前を叱《しっ》責《せき》したことは、巧まざるタイミングのよさであった。教授と助教授のトラブルというものは、どんな些《さ》細《さい》なことでも、不思議な伝播力《でんぱりょく》をもって、半日のうちに学内に広がるものであったから、他の教授たちの耳にも早晩、伝わるに違いなく、それは次期教授と噂《うわさ》されている財前にとっては不利な印象であった。

そう思うと、東はぷかりと葉巻の煙を吐き、窓の外へ眼を向けた。六月半ばの初夏の陽ざしが、堂島川に照りつけ、銀色の川面《かわも》から光の矢を反射させていた。眩《まぶ》げに眼を細め、新館増築現場の方へ視線を向けると、黄色いヘルメットをかぶった大木組の作業員たちが夏服姿で碁盤の目のように組まれた高い足場の間を忙しくたち働いている。ついこの間まで、五階建ての鉄骨に鉄筋が巻かれ、コンクリートの打込みが始まったばかりなのに、それがもう七分通り進行して、堂々とした建物の外観を形造り始めていた。

あの新館が竣工《しゅんこう》するのは、この九月、そうなれば、東が主宰する第一外科は、南側一階の快適な場所を占めることが出来、鵜飼医学部長の第一内科とともに、名実ともに浪速大学附属病院を代表する医局になれるのだった。しかし、それも、僅《わず》かな間で、自分の停年退官を迎えねばならないとすると、一体、何のために鵜飼と一緒になって、新館建築のために、東奔西走したのだろうかと思ったが、それは退官後の行き先のことを考えての上のことであった。

コツコツと、扉《ドア》をノックする音がした。東は、窓の外へ向けていた視線を、気難しげに扉の方へ向け、

「入り給え」

と応《こた》えると、事務員が扉を開け、郵便物を机の上に置き、一礼して出て行った。机の上に置かれた郵便物は、何時《いつ》ものように医事新聞や医学専門誌、製薬会社や医療器具会社のパンフレット類などであった。東はぱらぱらと事務的に眼を通していたが、はっと手を止めた。東都大学の船尾教授からの分厚な封書があったのだった。

急いで封を切ると、船尾外科用箋《ようせん》と印刷された便箋《びんせん》に簡単な挨拶《あいさつ》の言葉をしたためたあと、すぐ用件に入っていた。

その際、ご依頼を受けました東教授の後任候補者の人選の件は、非常に延引致しておりましたが、何分《なにぶん》、何時ものようなケースと異なりますので、当方も、慎重な上にも慎重に運び、学歴、職歴、研究歴などに加えて、当人の性格、教室の統率力など人物考査の面からも人選致しました結果、別紙同封の如《ごと》く、現新潟大学教授亀井慶一君と、現金沢大学教授菊川昇君の二名を推薦致します。詳しくは両者の履歴書と推薦状をご高覧の上、ご判断戴《いただ》きたいと思います。

東はすぐ、二人の履歴書に眼を通した。生年月日、本籍、現住所をしたためたあとに学歴、職歴を記載している点は、普通の履歴書と同じであったが、そのうしろに所属学会と学位受領の年月日、学位請求論文、提出校などが記されているところが、他の履歴書と異なるところであった。

学歴と職歴は、両者よく似たもので、どちらも地方の名門中学校から旧制第一高等学校理科へ入学、さらに東都大学医学部へ進学し、卒業後、教室に残って副手、助手、講師を経て、ともに昭和三十二年に東都大学医学部講師から、地方国立大学医学部の教授に就任している四十三歳の少壮教授であった。

学位の項に眼を通すと、亀井慶一が昭和二十六年三月、菊川昇は昭和二十五年十月に、それぞれ『高年齢肺結核患者に対する肺切除術の適応についての考察』『重症心不全を合併した後天性心疾患の外科的療法についての研究』というユニークなテーマで母校の東都大学で学位を獲得していた。

しかし、何よりも大事なことは、これらの自筆の履歴書とは別に、船尾自身の手で記されている両者の研究歴についての推薦状であった。東は、机の上に身を乗り出すようにしてその推薦状を広げた。

研究歴についての両者の評価を次のようにご報告申し上げます。

まず、新潟大学医学部亀井慶一教授は、ご承知のように胸部外科において定評を得ており、肺切除術、特に肺葉切除術について優《すぐ》れた手技を示しております。最近は、肺膿瘍《のうよう》、肺壊疽《えそ》など、つまり肺化膿症《かのうしよう》の問題に関心を持ち、この疾患の外科的治療としての肺切除術においては日本胸部疾患学会の中堅的な存在になっておりま す。先頃、呼吸器内科の専門家たちと協力してまとめた『肺化膿症の統計的観察とその症例についての報告』は、今後、肺化膿症が重要な呼吸器疾患の一つとなることが予想されている折だけに、その報告は反響を呼び、伝統と権威あるO新聞社の学術奨励金を受賞したほどであります。

一方、金沢大学医学部、菊川昇教授は、心臓冠不全の外科的療法を専門にしております。冠不全の手術法には、心臓内癒着《ゆちゃく》作製術、内胸動脈移植術など、数種類の術式がありますが、菊川昇教授は、その中でも冠動脈内膜切除術では、その手技において他に比肩《ひけん》する者がないほどの熟達の士であり、しかも最近は、両側内胸動脈切断術において、手技的な新工夫を凝らし、相当な効果をあげております。しかも、その視野は国際的な広がりを持ち、かつてアメリカの心臓外科学界の一部が、心筋《しんきん》梗塞《こうそく》の血行再生手術を実行した折、日本において、これに答えたのはただ一人菊川昇教授だけで、当時、国際外科学会日本部会の総会で、特別講演の形で報告されたその遠隔成績の知見は、学界の注目を浴びたものであります。

以上のように両者は、学識、手技ともに優れ、容易に優劣がつけられず、しかも、両者とも外科学者として、技術的な能力と同時に、解剖学、生理学などの基礎的な面の学識も合わせ持ち、稀《まれ》にみる学究の徒といえましょう。

と結ばれていた。これでは、推薦者の船尾教授が云うように全く甲乙のつけられない実力伯仲の二人であった。それだけに船尾の苦心がうかがえた。一人は、東と同じ肺外科の練達の士を選び、一人は、外科学の中でも最も時代の脚光を浴びている心臓外科の練達の士を推している。これなら、どちらを選んでも、前者は東の後任者として、東と同じ専攻分野の者、後者は腹部外科よりも現在、さらにクローズアップされている心臓外科の得難い専門家だからということで、財前五郎を抑《おさ》えて、次期教授に推し得る大義名分がたち、周囲の納得も得られやすい仕組になっている。東の顔に安堵《あんど》の色がうかび、あとは二人のうちどちらにするかという問題であった。東はシガー・ケースから新しい葉巻を取り出し、火を点けると、研究歴についての推薦文のうしろにしたためられている両者の人物観察という項に眼を向けた。

両者の人物評は、一言にしていえば、新潟大学の亀井慶一教授は、積極的で行動性に富み、学会開催などの時は、自身の研究発表に力を注ぐと同時に、開催方《がた》の諸設備、運営についても骨惜しみなく力をかし、人の面倒もよく見るので、教室の統率力という点では優れていますが、それだけに少しあくの強いのが欠点といえましょう。その点、金沢大学の菊川昇教授のほうは、内攻的で社交性が乏しく、周囲との協調性には欠けますが、一つのものごとに対する忍耐強さと誠実さは、ちょっと他に類をみないほどであります。以上のように人物的には一長一短というところで、ご不満の点もあるかと思いますが、浪速大学の第一外科の後任教授として、現在、私が責任をもって推薦し得るのは、この二人以外にないということは、はっきり申し上げられます。なお、ことが決定するまで人事の機密を守る点については、両者ともに厳に申しつけてありますから、この点については何卒《なにとぞ》ご懸念《けねん》なくお考え下さい。

まずは書面をもって、ご依頼の件についてご報告を申し上げる次第です。なお菊川教授は、この二週間前に妻君を亡《な》くし、子供もなく男鰥夫《やもめ》になったので、生来の内攻的な性格に加えて、やや陰気になっているかもしれないことをお含み下さい。

としたためられてあった。東は、それを読み終えながら、なぜか、最後に書き添えられている二週間前に妻君を亡くし、男鰥夫云々《うんぬん》と記された数行に視線が行くのを感じた。

机の上の電話のベルが鳴った。受話器を取ると、

「東君、僕だ、鵜飼だよ」

鵜飼医学部長の太い声が聞えた。

「急な話だけど、今夜一つつき合って貰《もら》いたいんだよ、実は文部次官の原氏が今朝、来阪して、今、大阪府庁にいるんだが、あの人には病院の新館増築のことでいろいろとお世話になっているから、一席設けたいと思って、府庁へ電話をすると、今夜は教育委員長などの招待で宴会があり、明日の午後の飛行機でまた東京へ帰ることになっているから、今夜の招待の宴会のあとならばということなんだよ、それで、そのあと南のバーででも、ちょっとご挨拶を申し上げたいというと、じゃあ、東教授も是非一緒にといわれたから、何とか都合をつけて貰いたいんだよ」

文部次官の原と、東とは同県の兵庫県の出身で、しかも原の方が大分、後輩であったが同じ東都大学出身という関係から、今度の浪速大学附属病院の新館建設の文部省関係の陳情や事務手続を円滑《えんかつ》に運んでくれた相手であった。原が来阪していて、時間があるのなら鵜飼と一緒ではなく、原と二人きりで会いたいことがあったが、そうとは云えず、

「相手が原次官なら致し方ありませんね、ご一緒しましょう」

「それは、有難い、急だから東君の都合を心配したんだけど、それは好都合だ、で、原氏にはその宴席へ迎えの車を廻すことになっているから、僕たちは八時にシローで

落ち合うことにしよう」

　鵜飼が電話を切りかけると、東は、

「もしお暇だったら、早目に出かけることにしませんか、久しぶりにあなたと話したいし、八時までの時間つぶしに、ゆっくり飲もうじゃありませんか」

　鵜飼は、ちょっと迷うような気配であったが、

「じゃあ、僕はちょっと寄るところがあるから、七時にシローへ行きますよ」

　と云い、電話を切った。


　東は病院の前に駐車しているタクシーを拾って御堂筋《みどうすじ》を南に向って走らせ、清水町の角を二丁ほど東に入ったバー・シローの前で車を降りた。

　扉《ドア》を押して、奥のボックスの方へ行きかけると、うしろから鵜飼の声がした。

「やあ、ちょうどよかった、急にひっぱり出してすまんね、原氏が同窓の誼《よしみ》というのか、頻《しき》りに東教授も一緒にと云うので、つい強引なことになって、ところでその前にゆっくり二人でというのは、何か折り入った話でも――」

「いや、別に、八時まで、あなたも、もしお暇ならと思っただけなんですよ」

「ああ、そんなわけですか、そりゃどうも——」

鵜飼は、何かほっとしたような表情で、奥のテーブルに坐《すわ》ると、

「実はね、東君、君から原次官に新館増築の追加予算一千五百万円の件の陳情を匂《にお》わせておいてほしいのだよ、この間の学内の新館増築委員会で、話が出たように今のままでは、医療設備が貧弱になってしまうから、ここは一番、追加予算を取らねば、どうにもならないのだよ」

鵜飼はぬけ目なく、頼みごとを東に押しつけた。東の胸に、この間の教授夫人会で、妻の政子に代って則内《のりうち》病院長夫人が、鵜飼医学部長夫人の指名によって副幹事になったことが思い出された。

「その役なら、僕より、むしろ病院長の則内教授のほうが適役じゃあないですか」

皮肉を籠《こ》めた云《い》い方をすると、

「東君、急にそんな水臭いことを云ってくれては困るよ、新館増築は、君と僕とのカップルで造りあげたようなものなのに、今になってそんな——、第一、そんなことを云い出しては、われわれ二人に対して格別の力をかしてくれた原次官に悪いよ、まあ、もう一押し、我儘《わがまま》な亭主を持ったと諦《あきら》めて貰うことですな、あっはっはっはっ」

煙に巻くような笑い方をし、

「そうそう、我儘な亭主といえば、今日は、平常めったに感情を表に出さぬ英国紳士型の東君が、珍しく、外来で雷を落したという話じゃないですか、しかも、女房役の財前助教授に——」

と云った。東は、やはり半日も経《た》たぬうちに自分と財前とのトラブルが学内に伝わったのかと思いながら、

「ほう？　そんなことがもう伝わっているのですか、実は、財前助教授の考えている術式に未熟な点があったので、注意しただけのことですよ、最近、思い上ったところがあって、何か起らなければと懸念していた矢先に、たまたま、術式の誤りを見つけたので、今日は格別に厳しく叱責《しっせき》したんですよ」

「ふうん？　手術の巧《うま》い財前君がね」

東には隠しているが、膵臓癌《すいぞうがん》の一件で、財前の優れた力倆《りきりょう》を知っている鵜飼は信じられぬような顔をした。

「ええ、そうなんですよ、僕も今までは一応、信頼していたのだけど、今日は、ぐらつきましたね、術式の妥当性よりも手術《オペ》の時間を縮めることに、非常な興味を持ち過ぎて困りますよ、それでは、学者ではなく職人、いや絶えず人の評判と、マスコミを意識している芸人に過ぎない、ああいうのは僕の後任者としてはどうも——」

「じゃあ、彼を切ってしまうつもりなんですかな」

東は、船尾から届いた二通の推薦状のことが口に出かかったが、

「いや、まだそこまではっきりした考えは、持っていないけれど、前にあなたが、財前が不満なら、不満で君自身がはっきりして、他《ほか》から後任者を連れてくればいいと、アドバイスして下すったから、僕も今までのいきさつや人情はぬきにして、浪速大学第一外科の尊厳を傷つけないような後任者を考えたいと思っているのですよ」

「なるほど、東君らしいりっぱな考えですよ、けれど、財前君を切るのは想像以上に難しい雰囲気が、今の学内にあるということを腹に入れておくべきですな」

妙に底力のある声で云った。ついこの間まで、全く無関心というよりも、東に同調気味であった鵜飼であるのにと、奇異なものを感じた時、マダムに案内されて来る原次官の姿が見えた。鵜飼と東は起《た》ち上って、原を迎えた。

「ようこそ、お待ちしてましたよ」

「いや、どうもお待たせしました、お久しぶりですね」

原は、鵜飼と東の間に坐った。五十四歳にしては髭《ひげ》の剃《そ》りあとが青々とし、まだ四十五、六歳にしか見えず、身だしなみも整い、いかにもきれる高級官僚といった隙《すき》のなさを身につけていた。前の宴席で相当、飲んで来たらしく、酒臭い息を吐いていた

が、顔には酔いを殆《ほとん》ど出さず、運ばれて来たウイスキー・グラスを手に取ると、

「どうですか、新館増築の方は、着々と進んでいますか」

「おかげで、予定通りこの九月には完成というところまで漕《こ》ぎつけています、ほんとうにその節には、いろいろとご無理ばかり申し上げました」

平常の鵜飼には見られぬ慇懃《いんぎん》さで、礼をのべた。

「いや、いや、それは鵜飼さんと東さんの政治力によるものですよ、こんな問題は、医学部の事務長などが、いくら躍起になっても歯がたちませんよ、何処《どと》の大学だって、政府予算で新館増築をやりたがってますからね、その中で浪速大学医学部の附属病院が、二億五千万円の予算を取って新館増設をやられたのは、お二人の裏面工作が見事に功を奏したからですよ」

原が二人の功績のように云うと、

「それというのも、原次官が、文部省と大蔵省の認可を取るために、その筋への橋渡しをうまくやって下さったからですよ、何といっても、そうした筋への運動が利《き》かないことには、いくら僕と東君が奔走しても、手も足も出ませんよ」

鵜飼は、重ねて礼を云った。原はグラスをテーブルの上に置き、

「それは、東さんにお頼まれしたからですよ、郷土の先輩であり、大学の大先輩であ

る東さんに頭を下げてお頼まれすると、いやとは云えませんからね」

ことさらに東をたてるように云った。

「いや、原さんのように云われると、僕は、全く御礼の言葉が失《な》くなってしまいますよ」

東は、自分より八年も後輩の原をさん付けで呼んだ。鵜飼も相槌《あいづち》を打ち、

「そうですよ、そんなに云って戴《いただ》くと東君は恐縮してしまいますよ、ほんとに今回は、全く原次官のお力添えの賜《たまもの》でして、新館増築落成記念式には、誰をさしおいても、まっ先に原次官にご来賓戴きたいものです」

「もちろん、私もその日を楽しみにしていますが、他にどんなメンバーが列席される予定なんです？」

他の顔ぶれを気にするように聞いた。

「さあ、そこなんですが、東君も私もそのことで頭を悩ましているのですが、荒川文部大臣にも出席してもらえないでしょうか」

「さあ、大臣は、何分、お忙しい方だから、そのためにだけわざわざ来阪されるということはまず、不可能でしょう」

「そこを何とか、原次官からお願いして戴きたいわけで、お時間は取らせませんよ」

鵜飼は、言葉を重ねた。

「いや、それは無理ですよ、わたしたち次官クラスでもそう自由には出かけられませんから――、まあ、しかしその頃、大臣が関西地方に出かけられる予定は無きにしもあらずですから、落成記念式をその日に合わせられたら如何《いかが》です？　そういう条件なら、私も大臣にお取次ぎ出来ると思うのです」

慇懃な言葉の中に、官僚らしい思い上りと恩着せがましさがあった。東は思わず、不快になり、

「いくらなんでも、そのために、落成記念日を、大臣の日程に合わせるというのは、どうも――」

言葉を渋らせかけると、鵜飼は東の言葉を遮《さえぎ》った。

「原次官のおっしゃるように、落成記念式の日は、大臣の日程に合わせることにしましょう、落成式が少しぐらい遅れても早くなっても、どうってことはありませんから、少々の日のずれより、荒川文部大臣と原次官がお揃《そろ》いでご来賓戴いた方が、よっぽど有意義ですからね、あっはっはっはっ」

傍《そば》に坐っているマダムがびっくりして膝《ひざ》を浮かせるほど、大声で愉快そうに笑い、

「ところで、浪速大学附属病院の新館が完成しますと、文字通り各科、全国一の最新

医療設備をもった病院ということになるのですが、実は、今のところ医療設備の点で、今一息の完璧《かんぺき》さが欲しいのですよ、ねえ、東君――」

巧みに東の方へ話の水を向けた。東は、当惑した表情をしたが、原の方へ膝を寄せ、

「実は、それで私も困っているのですが、つい、四、五日前の学内の新館増設委員会の結果、現在の予算の枠内では、年来の願望である、胃、心臓、両腎《じん》などの大器官でも一度に、ほとんど全面に収められる九インチの電子増倍管《イメージ・インテンシファイヤー》などが、どうしても購入出来なくなるので、この際、千五百万円の追加予算が、是非、必要ということになるわけです、それで……」

と云いかけると、原次官は、

「東さんのおっしゃることはよく解《わか》りますが、そうそう、第一級品ばかり望まれてはきりがありませんから、それは、また追い追い、追加して行かれたら如何です」

さっと体をかわされ、東は言葉の継ぎ穂を失った。

「ですが、そこのところを原次官のお力で――」

鵜飼は、東の言葉を取って、さらに強引に云いかけたが、不機嫌な原の様子を見、

「いや、今日は、この辺に致しておきましょう、こちらが招待しておきながら、とんだ失礼を――、新館のことになると、私も、東君も、つい自分自身のこと以上にむき

になってしまう悪い癖がありましてね、あっはっはっはっ」

鵜飼は、また大声を上げて笑った。原は、三杯目のウイスキーを口に運びながら、

「全く新館のこととなるとお二人は似合いの夫婦で、眼の色を変えられますね、ところで東さん、この間からご依頼を受けているあの件ですが――」

東は、狼狽《ろうばい》し、慌《あわ》てて眼で制したが、酩酊《めいてい》している原には、それが通じなかった。

「実は、厚生省の公衆衛生局長をしている僕の友人にずっと働きかけ、彼も骨惜しみなくやってくれたのですが、何分、国立関西病院は歴代、内科医の院長という不文律のようなものがあって、その上、ちょうど東さんと同じ時期に、大阪市立医科大学第二内科の角川教授も退官されるのですが、この人が東さんより先に国立関西病院を狙《ねら》い、厚生省関係の局長クラスを大部分押さえて、既に相当な効果をあげてしまっている現状なんですよ」

「ああ、そうですか、じゃあ、そのことはまたの時にでも――」

東はその話を切り上げるように云ったが、原は、さらに言葉を継ぎ、

「ですが、もう一つの来春、完成の運びで新設中の近畿労災病院の方は、うまく行ってますよ、あの方は、医系議員を通してやっているのです、つまり、医師出身で、医師会を地盤にして出ている医系議員は、驚くほど鉄道病院や逓信病院、労災病院など

の最高人事に実力を持っているのですよ、実は僕も、今度のことではじめて解ったのですが、下手な大臣などに頼むより、この医系議員に頼んだ方が、専門的な頼み方のコツを知っていて、確実なんですよ、で、もと東京都医師会の役員から衆議院議員になっている池沢氏、あの人に頼んでいるのですよ、相当いいところまで話が運んでいるのですが、彼の実家は戦後、ナイロン、ビニロンの合成繊維で急激に大きくのし上った日東レーヨンですから、幸い東さんは、大阪の財界人にお顔が広いからこの線でもう一押し、だめ押しをして戴くとさらに強いのですが――」

いかにも、荒川大臣を助けて、日教組と闘《たたか》って来た辣腕家《らつわんか》らしいきれを見せたものの云い方であった。東は、鵜飼の手前、応《こた》えるべき言葉に迷っていると、横合いから鵜飼が、口を挟んだ。

「さすがは、東君ですな、退官後の行き先を、慎重に二通りにもかけて、ちゃんと運動しておられたんですか、それにしても、東君は人が悪いよ、この間、ここで二人で飲んだ時、まだ何処へ行くかきめてないと云いながら、あんたもなかなかの狸《たぬき》ですな」

妙な感心の仕方をすると、原は驚いたように、

「ほう、鵜飼さんは、何もご存知なかったのですか、僕はまた、何もかも知っていら

っしゃるのだとばかり思っていましたよ」

原にしてみれば、鵜飼と東の仲であるから、当然、知っているものと思い込んでいる様子であった。

「それが、東君は何も云ってくれないのですよ、私だって東君から頼まれれば、犬馬の労をいとわないところですが、原次官が奔走しておられるのなら、やはり、私などの出る幕じゃありませんよ」

鵜飼は調子よく云ったが、鵜飼が東にしてくれそうなことといえば、新館増設の功を謝して、退官時に名誉教授に推してくれることぐらいのことであるのを、東はよく知っていた。鵜飼にしてみれば、東都大学出身の外様《とざま》大名である東が、今まで学内の主流におられたのは、自分と組んでいるおかげだから、その程度の犒《ねぎら》いでいいという腹であるらしかった。そんな鵜飼に対して、東は、いいようのない不満を覚えたが、顔には出さず、

「まあ、こうしたことは、とかく、呼び声ばかり高くても、土壇場《どたんば》でどう崩れるとも解らないものですから、鵜飼さんにも話さなかったのですよ、この二月退官した第三内科の石山教授のように、鉄道病院の院長に殆どきまっていながら、土壇場で運輸大臣の鶴《つる》の一声で駄目になり、名もなき会社の顧問医になり下った実例が、ちゃんとあ

りますからね」

用心深く云うと、原はようやく酒気に染まった顔で、

「僕がお引き受けしている限り、そんな下手なことには致しませんよ、僕だって、またそのうち、東さんにご無理を云って、お世話になる時がありますから、おおいにやりますよ」

「そうすると、原さんは、やはり、いよいよ政界入りをなさるおつもりで……」

鵜飼が色めきだつように聞いた。

「何処からそんなことを聞かれたんです？　ただ佐藤万治さんの春山会からどうだというお勧めを受けただけで、私はまだ何もきめてないのですよ」

言葉を濁したが、東は、既に原が政界入りを決意し、そのために新館増設の裏面工作に力を貸し、その上さらに自分の退官後の行き先に奔走してくれ、その代り、彼が衆議院選挙に出る時、関西における東の患者や医者関係の地盤を利用しようとしている腹づもりを読み取っていた。鵜飼は、新館増設を次期学長選への実績に利用し、東自身は、その功績によって間違いなく名誉教授になり、その肩書によって、よりよい条件で退官後の行き先を得ようともくろんでいる。いわば、三人三様、互いに自分の利得のために画策し、そのために新館増設に力を尽しているのであった。

東は、悪酔いになった体を車の背にもたせかけながら、新大阪ホテルまで原を送って行ったその別れ際《ぎわ》の言葉を思い返していた。——東さん、池沢議員には私の方でしかるべくやりますから、あの人の実兄の日東レーヨンの社長、ちょっと気難しい人ですが、奥さんがなかなかの社交家で、何かにつけての頼みごとは、みんな奥さんの方へまず行くらしいですから、その方からも一つうまくやっておいて下さいよ、いや、これは万一という場合のことで、是が非でもというわけでもありませんが、これが駄目なら、この術《て》でという風に何通りにもの術を考えおくのが、われわれの習性のようなものでしてねぇ——と云《い》い、エレベーターの中へ消えて行った原の姿が、東の胸に残っていた。

何もかも、人と人との繫《つな》がりによって動き、それが実力よりも大きな働きをする不条理な世の中だと、不快になりながらも、なお原に頼らねばならぬかと思うと、東は今さらながら、国立大学の教授といっても、現職であってこその教授で、停年退官を迎える教授の力の無さを感じた。なまじ医学者であり、国立大学の教授であるために、そこらの商社の役員のように傍系会社へ自分を売りに廻るわけにもゆかず、そうかといって黙っていても向うから頼んで来るような二流の地方大学の学長や、地方都市の市民病院長になるぐらいなら、いささかの恒産があるのを幸いに、悠々自適する方がましだとも考えた。

何時《いつ》の間にか、車は芦屋川沿《あしやがわ》いに山手に向って走っていた。あたりに樹木の茂みが深くなり、芦屋川の細流《せせらぎ》から、初夏の夜風が車の中まで吹き込んで来た。家の前に車が停《と》まると、東はきちんと背広をなおし、ネクタイの歪《ゆが》みを整えて、ベルを押した。何時ものように女中が門を開いたが、玄関に入ると、珍しく妻の政子が出迎えていた。

「お帰りなさいまし、大分、召し上っていらっしゃいますのね」

眉《まゆ》を顰《ひそ》めるように云った。

「水をもって来ておくれ――」

東はカバンを持ったまま、玄関横の広い応接間に入って、安楽椅子《いす》にもたれ、運ばれて来た冷水で咽喉《のど》を潤《うるお》すと、

「日東レーヨンの池沢社長夫人を知っているかい」

突然、そう聞いた。

「ええ、存じ上げていますけど、だしぬけに一体、どうなさったのですか？」

「実は、今夜、お前もよく知っている文部次官の原さんを、鵜飼さんと私とで、接待

したわけだけど、その席で――」

と云い、自分の退官後の行き先を原に頼んでいたいきさつを、はじめて政子に話した。政子は、俄《にわ》かに生き生きとした眼で夫の話に耳を傾け、紬《つむぎ》の着物の胸もとを、きゅっと突き上げるようにして聞き終ると、

「まあ、そうでしたの、何もしていらっしゃらないとばかり思っておりましたあなたも、することはちゃんとしていらっしゃったのね、池沢夫人は、原さんのおっしゃる通り、大へんな社交家で、春秋に一回ずつ、御影《みかげ》の山手の宏壮《こうそう》なお宅で、パーティをお開きになるのですけれど、私たち未生流《みしょう》のお華《はな》の会の者はもちろんのこと、お茶、お習字、お謡《うたい》の会から有名な俳優さんまで、広いご交際範囲の方をお招きになりますわ、その席で、皆、お遊びしたり、時々は、池沢社長夫人に何かお頼みごとをしていらっしゃる方もおありですわ、ともかく、ご主人の池沢社長が人一倍、お気難しくて無愛想な方だけに、あの奥さまの社交ぶりが、よけい目だつのじゃないかしら」

「で、お前は、割とお親しい方なのかい」

「そりゃあ、未生流のお華の会でご一緒に役員をしていますし、この間の会の時も、私たち役員だけで、家元を囲んでお夕食を共にしたりなどして、池沢夫人とはよくおつき合いをしていますわ」

「そうすると、お前もなかなかの社交家ということだな、じゃあ、さっき話したような必要が起った時には、よろしく頼んでもらうことにするよ」

何時もの東に似合わぬ妻の機嫌を取るような云い方をした。政子は、そんな夫の姿を微妙な視線で受け止め、

「ええ、よろしゅうございますわ、でも、できたら、そんなことなしにうまく行って戴くに越したことございませんわね」

勝気らしい、きりっとした表情で云った。

「もちろん、私だって、そう思っている」

東は、威厳を取り戻すように云い、

「ところで、東都大学の船尾教授に、私の後任者として適当な人物の推薦を頼んでおいたところ、今日、その返事が来たのだよ」

「まあ、あなた、その方もちゃんとしてらしたの」

東は横に置いたカバンから分厚な封書を取り出し、

「いいよ、中を見てごらん——」

と云い、妻に手渡した。政子は、すぐ封書の中を開いた。読み進んで行くにつれ、政子の顔にありありと関心を持つ気配が見られ、最後まで読み終ると、

「お二人とも、学歴、研究歴ともに、ずいぶんとおりっぱな方ですこと、このお二人なら、どちらをお選びになっても、財前助教授を外へ押しやった理由がちゃんとたち、あなたが妙な私情でことを運んだというような印象を、招かなくてもすみますわ」

政子は、真っ先にそれを云った。

「うん、その点はいいんだが、実力伯仲しているその二人のうち、一人を選ぶとなると、これは非常に難しいことだね、実に……」

東が決めかねるように云うと、

「何も、そんなにお迷いになる必要はございませんわ」

ぴしりと云った。

「どうして、迷う必要がない？」

東が聞き返すと、

「あなた、なぜ、そんなにご自分のお気持を胡麻化《ごまか》そうとなさるのです、正直に佐枝《さえ》子《こ》のことも考えて、将来、東外科の後継者であると同時に、東家の後継者にもなり得る人の方をお採りになればおよろしいではございませんか、佐枝子だって、もう齢《とし》です、二度目の方でも幸い子供がなく、医学者としてりっぱな学識を持った方なら、別にかまわないと思います、あなたも、ご自分の気持を隠したり、妙に正義漢ぶったりなさらず、ここは正直にお二人の研究歴よりも、一方の方が最近、妻を亡《な》くし、子供もなく男鰥夫《やもめ》になったとしたためられているその最後の数行でことをお決めになれば、およろしいじゃありませんか」

政子の声に、何か憑《つ》かれたような異様な熱っぽさがあった。

「しかし、こと重大な国立大学の教授の人事を、そんな小さな私事《わたくしごと》によって決めるなどとは……」

躊躇《ためら》うように云った。

「じゃあ、なぜ、私にわざわざ、船尾教授からの推薦状など、お見せになったのです？　私にお見せになったそのことで、あなたのお気持はもうはっきりしていらっしゃるはずじゃありませんか、そのくせ、あなたは、ご自分の心の中に思っていらっしゃる言葉を私に云わせ、私のせいにして、ご自分の良心の呵責《かしやく》を少なくしようと思っていらっしゃるだけですわ、だったら、それでも結構ですわ、私がお勧めする通りにお決めになれば——」

東は暫《しばら》く黙り込んでいたが、やがて妻の言葉に頷《うなず》きながら、人事なんてものは、所《しよ》詮《せん》、こんなつまらぬ些《さ》細《さい》なことで決まるものなんだ、何もこの場合だけじゃない、他の多くの場合だって、大なり小なり、こうした要素を持っている、人間が人間の能力を査定し、一人の人間の生涯をきめる人事そのものが、突き詰めてみれば必ずしも妥当ではない、惨酷《ざんこく》な、そして滑稽《こっけい》な人間喜劇なんだ——、自分の心に向って弁解するように云うと、東は、残っているコップの水を、ぐうっと一気に飲み干した。

# 五章

夕方の五時を過ぎると、医局は俄《にわ》かに騒《ざわ》めきはじめる。外来の診察や入院患者の回診をすませたり、研究室から出て来た医局員たちが次々と引き上げて来、煙草《たばこ》をふかしたり、お茶を飲んだり、帰り支度をはじめたり、一日の仕事を終えた解放感で、医局員たちが一番、寛《くつろ》ぐ楽しい時間であった。

十坪ほどの部屋の真ん中に、職員食堂の大食卓のような大きなテーブルがあり、その上に食べちらかしのライス・カレーの皿や丼鉢《どんぶりばち》、薬罐《やかん》、湯呑《ゆのみ》などが散乱し、裂地《きれじ》が擦《す》り切れそうになっている古びた椅子《いす》がテーブルを囲み、壁面には黒板とロッカーが処《ところ》狭しとばかり並び、ロッカーは廊下にまではみ出している。そんな医局であったから五十人余りの医局員が入ると、立錐《りっすい》の余地もなくなるのであったが、幸い、外来、回診、研究と三班にわかれて全員が一堂に集まることなどめったになかったから、何とか間に合い、その上、雑然と寛いでいる中にも、自《おのず》からの秩序があり、真ん中のテーブルを陣取って、足を投げ出すようにして煙草をふかしているのは入局七、八年以上の古参助手で、その周《まわ》りにいるのが入局三、四年以上、入口のあたりに起《た》ったたままたまっているのは入局したばかりの医局員たちであった。

「佃《つくだ》先生、いらっしゃいますか、財前《ざいぜん》助教授がお呼びです――」

入口の方で、若い医局員の一人が告げると、

「おお、いるぞ！」

真ん中のテーブルを陣取っているグループから、声に似合わぬ華奢《きゃしゃ》な体つきをした佃が起ち上った。医局員の中で最古参の筆頭助手で、医局内の雑務を統《す》べる医局長を勤めている佃助手であったから、医局員たちから便利な存在であると同時に、うるさい存在として見られていた。佃が医局を出て行くと、医局員たちはまたがやがやと喋《しゃべ》りはじめた。話すことといえば、その日の外来や病室での出来事や、新入《しんいり》看護婦の容《よう》貌《ぼう》の品定めなど、昼間の緊張感をほぐすような肩の凝らぬ話ばかりであった。

「おーい！　誰か手伝いに来てくれ！」

廊下を隔てた筋向いの助教授室から、佃の声がした。入口のあたりにたまっている若い医局員たちが二、三人助教授室の方へ走って行ったかと思うと、一ダース入りのビール箱をせっせと医局へ運び込んで来た。

「なんだ、なんだ、何のパーティが始まるのだ、五箱もあるぜ」

医局員たちが騒ぎたてた。

「皆、財前助教授からのさし入れだ、おおいに飲めということだ」

佃がそう云《い》うと、どっと歓声が上り、

「一体、どういう風の吹き廻しだ」

「ビールを飲ませておいて、明日、緊急臨床研究会を招集して、ぎゅうぎゅう搾《しぼ》られるんじゃないかな、それなら、うっかり酔えないぜ」

口々に勝手なことを云いながら、木箱からビールを出し、生ぬるいまま、かまわず飲む者もいれば、若い医局員に氷を貰《もら》って来させ、コップの中へ氷を入れてまでして、冷やして飲む者もいる。佃は、真ん中のテーブルに肘《ひじ》をついて、ぐいと一気に呑み干し、

「特診患者からのお中元だそうだが、家へ持って帰るのも一苦労だから、皆で飲んでくれと云われたんだよ」

と云うと、佃の隣に坐《すわ》って煙草をふかしている古参助手で、病棟係を勤めている安西が、

「へぇぇ、殊勝な心がけだね、それに比べると教授たちの欲の皮の厚いこと、一昨日《おととい》、

東《あずま》教授は、事務の女の子に手伝わせて、ビールからウイスキー、日本酒、その他もろもろの中元の品を車に運ばせているのを見たが、あんなに沢山、シーズン毎《ごと》に貰ってどうするんだろう、他人《ひと》ごとながら気になるよ」

と云うと、同じ古参助手の山田が、

「鵜飼《うがい》医学部長の家へ行った内科の奴《やつ》の話では、お中元、歳暮《せいぼ》の品が山と積み上げられ、百貨店で売っているものは全部揃《そろ》っているということだよ、無いのは、棺桶《かんおけ》と霊柩車《れいきゅうしゃ》ぐらいのものだろうということさ、こればかりは、いくら商魂逞《たくま》しい百貨店でも、まだ売ってないからな」

どっと無遠慮な笑いが湧《わ》き、医局の一隅から、

「ビールをせしめた佃医局長に対して乾杯！」

と云う声があがった。佃は、

「光栄ある医局長を勤めさせて戴《いただ》き、ダンケ、ダンケシェーン」

と応《こた》え、二、三杯たて続けに乾杯すると、あとは若い医局員たちの無礼講にまかせ、古参助手の安西と山田を誘って、窓際《まどぎわ》の風通しのいい一角へ席を移し、

「この間から懸案の、滝村名誉教授の喜寿の祝賀会の打合わせをやってしまおうじゃないか、さっき、財前助教授に呼ばれたのも、そのことだったんだよ」

と切り出した。滝村名誉教授は、東教授の前の教授であったから、佃たちは直接の教えは受けていなかったが、第一外科出身の名誉教授で、日本外科学界の大御所的存在であったから、第一外科が率先して喜寿の祝賀会の世話をしなければならなかった。病棟係の安西助手は、溜息《ためいき》をつき、

「この間、東都大学の第一外科の名誉教授の古希の会が、帝国ホテルの孔雀《くじゃく》の間で開かれ、政財界はもとより芸能人、相撲取りまで出席して超デラックスだったということだから、対抗上、こちらもうんと派手にやらなければならないわけだが、われわれは、うちの教室出身の名誉教授だということだけで、歴代の名誉教授の喜寿や古希の会までやらされていては、一年中、金集めに走り廻っていなければならないわけだな、学会の金集めと違って、こんな金集めは、医局長とは名ばかり、医局雑務係の佃君や、古参助手の僕たちにばかりお鉢《はち》が廻って来るから、いやになっちまうよ」

不満を吐き出すように云った。

「今さらこぼしてみてもはじまらんじゃないか、それより、まず金集めが問題で、募金の趣意書の発起人筆頭者を誰にするかということだ」

佃が云うと、安西は即座に、

「この際、鵜飼医学部長を発起人の筆頭に持って来るべきだと思う、そうすれば、金

の集まり方が、桁違《けたちが》いに多くなるんじゃないか」

「それはそうだが、第一外科の名誉教授の喜寿の会だから、やはり、今までの慣例通り、教室の現主宰者である東教授をトップに持って来るべきだと思うね」

佃が迷うように云うと、古参助手の山田は、

「しかし、金集めという点では、鵜飼医学部長の名前を発起人筆頭に担《かつ》ぎ出した方が圧倒的だから、東教授の面子《メンツ》がつぶれないような担ぎ出し方を考えることだな」

佃と安西の意見を折衷するように云い、名案を考え出すために、若い医局員たちの騒ぎをよそに三人が黙ってビールを口に運んでいると、

「どうしたんだ、もう決まったかね」

不意に、財前助教授の声がした。慌《あわ》てて腰を浮かせると、グレーの麻の背広を着た財前助教授が、カバンを提げて起っていた。

「これは失礼致しました、お見えになったのを知らなかったものですから――」

佃が、椅子をすすめかけると、

「いや、僕はすぐ帰るからいいよ、それより、滝村名誉教授の喜寿の祝賀会、どうなった？」

「ええ、それが、発起人の筆頭者をどなたにするかと、迷っているところなんです」

と云い、鵜飼医学部長にすべきか、東教授にすべきか、決め兼ねていることを話すと、財前は、
「なるほど、難しいところだな、しかし、滝村名誉教授ほどの日本外科学界の大御所で、しかも日本学士院会員でもあり、文化勲章を受章されたような大先生の祝賀会ともなれば、直接の門下生はもちろんのこと、孫弟子、曾孫《ひまご》弟子に至る門下生をはじめ、各界の名士を招《よ》んで、かなりスケールの大きなものにしなければならないから、何よりも募金関係がしっかりしていないと駄目だな」
まずそれを云うと、佃は心配そうに、
「会場は新大阪ホテルの大広間、お招びするのは約三百人として、どれくらいの費用を見積ればよろしいでしょうか」
「そうだな、こういう場合、会費制というのが慣例だから、一人二千円の会費を取るとしても、実際は、参会者への記念品その他でその倍の四千円はかかると見なければならない、そうすると、補足額一人につき二千円の三百人分で六十万円、その他、喜寿のお祝いの記念品として、最低五十万円ぐらいのものは差し上げねばならないから、ざっと百二、三十万円の足が出、その分は発起人筆頭者の顔で財界や薬品会社の寄付を仰がねばならんということだろう、そうなると、幸い、鵜飼医学部長は、助手時代

に、教室こそ違っていたが、滝村先生から随分、眼をかけられておられたということだから、それを名分にして鵜飼医学部長を募金趣意書の発起人筆頭者に持って行くのも一案だね、しかし、これはあくまで単なる僕の参考意見で、要は君たちの決定に任せるよ、決まったら報告してくれ給《たま》え、じゃあ、僕は先に失敬する――」

と云うなり、財前は、さっと佃たちの傍《そば》を離れた。入口の方にかたまっていた若い医局員たちが、慌てて道を開けた。財前は、鷹揚《おうよう》に頷《うなず》き、廊下へ出ると、医学界の大ボスで、今なお医学界に隠然たる力を持っている滝村名誉教授の喜寿の祝賀会の発起人筆頭者に鵜飼医学部長を持ってくれれば、東教授の面子はつぶれるだろうが、鵜飼医学部長はおおいに気をよくするに違いなく、これも次期教授選への眼に見えぬ布石の一つだと、計算した。

道頓堀《どうとんぼり》川に面したバー・アラジンの中は、適度にきいた冷房と、程よい混み方で、快適な雰囲気に包まれていた。経営者のマダムが、大阪財界人の中でも著名な製鉄会社の社長の持ちものであったから、選《よ》りすぐった客筋が集まり、お茶屋の宴席の帰りに一、二時間ほど遊んで、さっと帰る連中が多く、悪ふざけや下卑た遊びをする酔客の姿などは見受けられない。

ケイ子は、そんな店の中で、女子医大中退のインテリ・ホステスというもの珍しさと、もの怖《お》じしないさっぱりとした性格が、気難しい社長連の気分に合い、何かといえばケイ子が名指しされていたから、出勤常ならぬ我儘《わがまま》をしながら、店の中で特別扱いを受け、いやな客の席へは招ばれても、行かなかった。今日も、証券会社の席から何度も呼ばれていたが、財前五郎の相手をして振向きもせずに通していた。

ボーイがオードヴルを運んで来ると、ケイ子はアパートにいる時とは別人のようなまめまめしさで、財前の好みのものを小皿に取り分け、

「先生、おビールの方？　それとも、ハイボールに致しましょうか」

二人の間を知られぬように先生と改まった呼び方をした。

「うん、ハイボールがいいねェ」

財前も他人行儀な応《こた》え方をし、ボーイが行ってしまうと、

「今晩、医局長をしている筆頭助手をここへ呼んでいるから、それが現われたら、うまく席をはずしてくれ、他《ほか》の女の子も近付かんようにしてほしいんだ」

滝村名誉教授の喜寿の会にこと寄せて佃を助教授室に呼んだ時、その打合わせが終ったら、すぐここへ来るようにと云っておいたのであった。

「解《わか》ってるわよ、今まで学内の上部工作にばかり眼を向けていたあんたが、いよいよ自分の足もとの医局内工作に手をつけ出したというのは、それだけことが緊迫して来たわけね、面白いわ」

ドレスの胸もとを露《あら》わにしたケイ子は、教授選の前哨戦を楽しむように云った。

「面白い？　冗談じゃないよ、当人にとっては、必死だ」

二杯目のハイボールを空《あ》けかけると、扉《ドア》を押して入って来る佃の姿が見えた。

「先生、どうも遅くなりました、打合わせが長びきましたものですから――」

「こんなところで挨拶《あいさつ》はぬきだよ、まあ、坐り給え」

愛想よく迎えると、ケイ子は、佃の注文を聞き、ボーイにそれを運ばせ、不自然でなく、すうっと席をたった。佃は、ハイボールを一口だけ、口にすると、

「先生、今日は、何か特別のお話でも――」

気懸《きが》かりそうに云った。

「いいや、別に――、ただ君が何時《いつ》も、教室のために骨惜しみなくよくやってくれて、僕の抱えている雑用のそのまた下働きのようなことを、快く処理してくれてるから、その慰労の意味で呼んだだけだよ」

「しかし、ほかならぬ財前先生が、私一人だけを、お名指しでお呼出しになりますに

は、学内では話せないようなお話が、あるように思えるのですが——」

佃らしい才気走った聞き方をした。それが、財前の思うツボであった。

「なるほど、君らしく鋭い勘だね、そう云われると、日頃、何もかも腹蔵なく話している君に隠しだてすることもあるまい、まあ、今日はゆっくり飲みながら、話そうじゃないか」

「先生からそんな風に云って戴きますと、光栄です、何なりと私でお役にたつことなら、仰《おお》せつけ下さい」

「いや、そう勢い込まれるほどのことでもないんだよ」

わざと、さり気なく受け止め、

「君たちは、この頃の医局の雰囲気をどう見ているかね」

「どう思っているかとおっしゃいますと……」

才気走った佃の顔が、俄かに用心深くなった。

「つまり、東教授は、この頃、僕を妙に、意識的に疎外《そがい》しようとしているような気配を感じるのだが、これは僕の被害妄想《もうそう》だろうか、第三者である君たちの客観的な意見を聞きたいのだよ」

佃は返事に迷うように、ちょっと黙り込み、

「そういえば、そうだといえる気配が確かにありますね、この頃のように僕たちのいる前でもというより、僕たちがいることを意識して、財前先生を叱責《しっせき》されますと、やはり、感情的な何ものかが介在しているという風に受け取れます、正直なところ、僕たちは、この頃、教授と助教授のおられるところには居合わさないように苦心しているのです」

「そうか、そうすると、やっぱり君たちも僕と同じように妙な気配を感じ取っていたんだね、この調子で行くと、東教授は僕を後継者にしない、つまり、僕を何処《どこ》かへ飛ばしてしまうかもしれないよ」

「えっ、財前先生を飛ばす？」

佃は、自分の耳を疑うように云った。

「うん、そうとも考えられる、だから、君も僕に何時までも、くっ付いていると、飛んだ目にあうよ」

「先生、そんな——、次期教授が財前先生でないなど……、まさかよその大学から連れて来るなどとは……」

「そうさ、移入教授という、あの術《て》だよ」

財前が、ずばりと云ってのけると、狼狽《ろうばい》していた佃の顔が突然、戦闘的な険しさに変った。

「なるほど、東都大学から来た東教授の考え出しそうなことですね、しかし、私たちは、そんなよそ者の教授を移入することなど、断固反対です、適切な後任者がいないのならともかく、財前先生という本学出身の食道外科の権威がおられながら、そんなことは、医局員が団結して絶対、許しませんよ」

佃は激しい語調で云い、テーブルを叩《たた》いた。

「まあ、そう昂奮《こうふん》せずに落ち着くことだ、東教授が、外からの移入教授をもくろんでいるらしいということは、これは僕の推測の段階で、まだはっきりと確証を摑《つか》んでいない、しかし、もしそうだったら、僕のこれまでの辛抱と努力は何だと思う、それは君にだって解るだろう、君だって、僕のために今日まで尽して来て、僕が急に病棟係の次席助手の安西に君を飛び越して講師を約束したらどんな気がする？　佃君、人事って、そんなものじゃあないよ、ねぇ、どこかにちゃんとした序列と人情がなくてはね」

暗に、財前が教授になれば間違いなく佃を講師に格上げすることを匂《にお》わせるように云うと、佃の眼に感激の色がうかんだ。

「先生、医局員をまとめる医局長という私の立場を最大限に利用して、先生が次期教授になられるように急遽《きゅうきょ》、医局内の統一をします」

「いや、そんなことをして貰っては、第一、もし君に迷惑のかかるようなことがあってはいけないから――」

止めかけると、佃はさらに昂奮し、

「いえ、もちろん、極秘工作で東教授が次期教授に誰を推しているかという確証を摑み、その上で下手な揚げ足をとられぬように、うまくやりますから、ご心配はいりません、ともかく私にお任せ下さい」

佃は、もう財前の手綱がきかぬほど走り出していた。

「有難う、そこまで云《い》ってくれるのなら、医局内の統一は君に任せるよ」

と応《こた》えながら、財前は、この出世欲の強い才気走った男に小出しに欲しがるものを与え、うまく操って行けば医局内工作は巧《うま》くやってのけられると思った。

佃は、午後の外来診察が終ると、昨夜、財前助教授としたたか飲んだ二日酔いの頭を軽く振り、病院の中庭へ出た。

夏の太陽が芝生《しばふ》に照りつけ、花壇の花も萎《な》えていたが、木陰にたつと、堂島川から吹き渡って来る風が意外なほど涼しかった。佃は、昨夜の財前助教授との話をもう一度、思い返した。

あの時、アルコールの勢いも手伝って、お任せ下さいなどと大見得をきって引き取ってしまったのだったが、正気になって、平静に考えてみると、それがどんなに難しいことであるかが、今さらのように解って来た。東教授が在職中である現在、財前助教授のために、うっかり下手な行動を取れば、忽《たちま》ち東教授の鶴《つる》の一声で地方の病院へ追いやられてしまうことは眼に見えている。ことを急いで軽々しい行動を取れば、自分に不利な結果を招くだけであった。しかし、財前助教授から名指しで信頼され、将来のジッツ（ポスト）も、それとなく約束されている今、その信頼に応えて動くことが、自分にとってまたとないチャンスで、このチャンスを逃さずに巧みに利用することであった。不利な結果を招かずに、しかも、この際、自分のチャンスを逃さないようにするためには、誰か医局内工作に力のある人間を、自分の方へ抱き込むことだ、そう考えると、佃の脳裡《のうり》に、二人の講師の顔がうかんだ。

筆頭講師の南と、次席講師の金井であった。南は、財前助教授より三つ齢下《としした》の四十歳の筆頭講師であったが、大学の研究室が好きだから、何時《いつ》までも残っているといったような地味な学究肌で、今さら野心もなく、ただ、こつこつと研究を続けているといったタイプの人物であったが、問題は、次席講師の金井の方であった。南筆頭講師より二つ齢下で三十八歳、専門は東教授と同じ肺外科で、学問的業績もあり、メスも切れ、学問的に東教授の直系と見られている。その上、佃の前に医局長を勤め、若い医局員の面倒をよく見たから、医局員たちにも信望がある。講師であるから、教授の椅子《いす》を狙《ねら》う立場ではないが、もし、この金井が、東教授に随《つ》いて、財前助教授の敵に廻るようなことがあれば、ことが難しくなるのであった。

そう思うと、佃はまず、この医局内統一の重要な鍵《かぎ》を握ると思われる金井講師の気持を探ることが、先決問題だと考えた。佃は、すぐ三階の中央手術室の方へ足を向けた。今日の午後は、金井講師の手術日に当っていたからであった。

三階の階段を上り、中央手術室の前まで行くと、内側から扉《ドア》が開き、手術を終った患者が輸送車に乗せられて運び出されて来た。まだ麻酔から醒《さ》めていない若い女の患者は、蒼白《あおじろ》んだ顔で眼を閉じていたが、手術が成功であったことは輸送車に随き添っている看護婦の表情で読み取れた。

「金井先生は、どちらにいらっしゃるのだ？」

看護婦に聞くと、

「手術を終られましたので、今、手術室の風呂《バス》に入っておられますが、何かご用事でしたらお伝えして来ます」

「いや、別に急ぐ用でもないからいいよ」

佃は、くるりと踵《きびす》を返して、手術室と反対の病棟の方へゆっくり足を向けながら、湯槽《ゆぶね》に浸《つか》っている金井講師の姿を思いうかべた。瘦《や》せた背の高い体を湯槽につけ、手術中の汗と撥《は》ねかえった血を流しながら、手術がうまく行った快い解放感を味わっているのであろうと思うと、その風呂《ふろ》上りの快い解放感を利用して話しかけることだと考えた。病棟の中程まで行って、またくるりと踵を返し、手術室の近くまで引っ返して来ると、手術室の扉が開き、金井講師の姿が見えた。

「ああ、金井先生、手術《オペ》だったんですか」

偶然、ぱったり出会ったように云うと、

「うん、胸廓《きようかく》成形で、五本肋骨《ろつこつ》を除《と》ったんだが、うまく行ったよ」

アンダーシャツとすててこの上に、白衣を羽織っただけの寛《くつろ》いだ姿で応え、

「佃君はどうしたんだ、こんなところで意気の上らん顔をして――」

「ええ、ちょっと考えごとをしていまして――、実は例の滝村名誉教授の喜寿の会の準備のことで頭を抱え込んでいるんですよ、あんな大御所の祝賀会ともなれば、何か

ら、どうして手をつけたらいいのか、さっぱり解らず、医局長なんてえらい荷を負わされて、はじめは簡単に引き受けましたものの、こんなに苦労するとは思いませんでしたよ」

滝村名誉教授の喜寿の会にこと寄せて、話のきっかけを作った。

「ほう、日頃の君らしくもないじゃないか、君にそんな弱気なところがあるとは思わなかったよ」

「ところが全く弱ってしまって、前任医局長の先生のお智恵《ちえ》を、お借りしたいところなんですよ」

困りきった口調で云うと、金井はやっと本気に受け取り、

「そうか、じゃあ、相談に乗ってやることにしようか、俺《おれ》も長い間、医局長をして、医局の雑用や催しものなどにはさんざん泣かされて来たし、ちょうど、俺が医局長になりたての時、滝村名誉教授の文化勲章の受章記念パーティがあったから、その時のことを参考に話してやろう、それに今日は手術《オペ》もうまく行ったし、今晩は一つやろうじゃないか、俺の知っているところなんだが、梅田新道の近くでうまいものを食わすところがあるんだ」

「いや、それはいけませんよ、僕の方からご相談をお願いするのですから、今晩は僕

の方で――」

「それはいかん、後輩に奢《おご》らすなど俺の気持がすまんよ、まあ、俺に任せておけ」

慌《あわ》てて、佃がそう云うと、

金井らしい骨っぽさで云った。

佃はさっきから、金井講師の話す滝村名誉教授の文化勲章受章記念パーティの時の話を聞きながら、どうすれば、うまく医局内工作のことを持ち出せるか、そのことばかりを考えていた。

金井は、ビールの量を増すにつれ、会場設営から会費、寄付金の集め方の苦労までこまごまと話して聞かせ、

「まあ、そんな工合だから、俺がやった時から五年経《た》っているから、それだけ物価が高くなっていると見て、一切を運べばいいんだよ、それと、こんなことは、一応、責任を持ってきちんとやらねばならんが、それ以上、神経質になることはないさ、また、困ったことがあったら、俺に聞けばいいんだ」

佃を力付けるように云った。

「そう云って戴《いただ》きますと、助かります、何分《なにぶん》、財前助教授にご相談しようとしましても、それは君たちで決めて、あとで報告してくれ給《たま》え、それによって東教授に報告するとおっしゃるばかりですから——」

不自然でなく、さらりと財前の名前を出した。

「そりゃあそうだろう、財前助教授ともなれば、いくら教授の女房役とはいえ、もはや学外では、押しも押されもせぬ食道外科の大家だから、こんなことにまで神経を使っておれないだろうよ」

「その押しも押されもせぬ食道外科の財前助教授のことですが、最近、東教授と非常に不仲で、ひょっとすると、東教授の退官後は、よそから次期教授が迎えられるかもしれないという妙な噂《うわさ》が流れているとかじゃないですか」

「佃君、ほんとかね、そりゃあ——」

金井は、思わず、ビールのコップを置き、驚くように聞き返した。

「真偽のほどは解らないのですが、ともかく、どこからともなく、そうした噂が流れていることは事実です」

「事実ですって、一体、どこから、そんな噂が流れ出たんだ?」

「さあ、そこのところは噂ですから、突き止めようがありませんが、それこそ、第一外科の中で最も東教授に近く、東派とも云われている金井先生が、その辺のことを詳しくご存知かと思っていました」

素知らぬ体《てい》で、探りを入れるように云った。

「馬鹿《ばか》なことを云って貰《もら》っては困る、僕は東教授に学問的な指導は受けているが、別に東派でも何でもない、第一、東教授はああした人だから、研究指導を受けていても、特に胸を開いて話される人じゃあないから、派閥《はばつ》など組めるはずがないよ」

怒ったように応えるところを見ると、ほんとうに東教授から何の相談も受けていない様子であったが、

「でも、先生、こんな妙な噂が流れるからには、やはり、それらしい何かがあるんじゃないでしょうか、もちろん、僕たちのような下っぱには次期教授のことなど直接には関係ありませんが、万一、よその大学から教授が入って来られるようなことがあれば、指導方針や研究テーマが忽ち変更になって、これまで勉強して来たことが無駄になったり、まごついてしまいかねませんから、その点が気になるわけですよ」

大袈裟《おおげさ》に不安な顔をすると、金井講師も、ふと吊《つ》り込まれるように、

「そういえば、ちょっと気になることが、無いことも無いが……」

「気になることと云いますと？」

「いや、それがそうだというのではないが、最近、頻《しき》りに東都大学の船尾《ふなお》教授と封書のやり取りをしておられるらしい様子で、近々、京都で開催される日本癌《がん》学会でも、船尾教授と会われる約束になっている」

「じゃあ、やっぱり――」

佃が昂《たかぶ》った声で云うと、

「いや、今も云ったように、それが人事に関するものだとは断じられないが、もし、東教授が、移入教授を考えておられるとすれば、何となく、東都大学系からという気だけはするな」

「じゃあ、先生は、万一、東都大学系から次期教授が来るようなことがあれば、平静でいらっしゃれますか」

「君、まだ、東教授がどう考えておられるかも解《わか》らないのに、そんなことを考えたり、答えたりする必要はないじゃないか」

金井は、佃の性急さを窘《たしな》めるように云った。

「ですが、次期教授の呼び声の高い助教授が、ストレートに教授に昇格するとは、必ずしもきまっていませんからね、つい最近では、あの第三内科の教授の場合だって、そうじゃありませんか、呼び声の高かった本学出身の助教授が駄目で、京都の洛北《らくほく》大学系から来たじゃありませんか」

佃が事実を突きつけるように云うと、

「なるほど、そういえば、近頃の浪速《なにわ》大学には、他の大学から有名教授を迎える傾向が無きにしもあらずだな、しかも、よく見ると、学内の者より、それほど勝《すぐ》れているとも思えない例も、しばしばあるようだ、とかく手近にいる者は、欠点が眼につくものだから、つい損をしてしまうようだが、本学出身のわれわれが他の大学の者より劣るなどとは思えないよ、特に財前助教授は、とかくの批判はあるが、日本の外科学界のレベルから見て、勝れたユニークな存在の人だよ、だから、今さら移入教授を迎える必要など考えられないじゃないか」

金井講師らしい筋道の通った正論であった。

「先生もほんとうにそうお考えですか、それで安心しました、僕たち医局員は、この際、財前助教授が教授になり、金井講師が助教授になられることが、教室のために一番よいことだと思っていますよ」

勢い込むように云うと、

「いや、俺など、まだ助教授なんて柄じゃないよ、第一、助教授なら、筆頭講師の南先生の方が順序だし、適任だろう」

と云いながらも、金井の眼に佃の言葉を肯定する笑いが奔《はし》るのを、佃は見逃さなかった。そして、金井が財前教授の実現に反対でないことを知ると同時に、金井自身も、財前教授の実現によって、エスカレーター式に助教授になりたいという腹もありそうなことが読み取れた。金井にさらにビールを注《つ》ぎ、

「先生が何といわれても、やはり次の第一外科は、財前教授と金井助教授というのが誰がみても、最も正常にして理想の形ですよ、ですから、この際、先生も、財前教授実現に一肌脱いで下さい、先生が一肌脱いで下されば、もう力強いものですから――」

と云いかけると、不意に金井の顔から笑いが消えた。

「佃君、それが今日の君のほんとうの目的なのかね」

佃は狼狽《ろうばい》しかけたが、

「いやですよ、それが今日の目的かなどとは――、ただ何となく、妙な噂話からこんなところまで話が発展し、つい昂奮《こうふん》のあまり、先生のご協力をお願いしてしまったわけですよ」

協力を乞《こ》うように頭を下げると、

「君からではなく、財前助教授からお頼まれするわけかね」

開き直るように云《い》った。佃は言葉に詰った。金井は暫《しばら》く射るような視線を佃に当てていたが、ふと視線をはずすと、

「まあ、いいさ、俺は君に頼まれたのでも、誰に頼まれたのでもない、俺は俺流の考えで、財前助教授が次期教授に応《ふさ》わしいと、云っているだけのことさ、君はせいぜい暴走せんことだな」

金井らしい骨っぽい云い方であると同時に、万一、東教授と財前助教授との間に、妙なトラブルが表面化しても、そこへ巻き込まれないための慎重な含みがあった。

「さあ、そろそろ、ここを引き揚げて、次は、それこそ君の顔のきくバーへでも寄ろうじゃないか」

と云うと、金井は酔いの廻った足もとで、起《た》ち上った。

二軒目のバーでさらに飲み、佃が金井と阪急駅前で別れた時はもう十時を過ぎていたが、すぐ構内にある公衆電話から、財前助教授の家へ電話をかけた。

「もし、もし、財前先生のお宅でございますか、こちらは佃と申しますが――」

と云うと、夫人らしい甘い華《はな》やかな応答があり、すぐ財前助教授と替った。

「あ、先生ですか、実は、今夜、金井講師と飲みながら、おおいに懇談致しまして――」

「なに、金井君と？　大丈夫かね」

咎《とが》めるような声がしたが、すぐ佃が金井との話の内容を要領よく話すと、

「なるほど、金井らしい言葉だな、彼はそういう一つの構えをつくった上でないと、何によらず納得しない質《たち》の男だから、その彼がそういう風に云ったのなら、それは成功だったよ、よくやってくれた」

犒《ねぎら》いの言葉をかけた。

「ところが、先生、ちょっと気になることがあるのです、というのは、金井講師から聞いたのですが、東教授と、東都大学の船尾教授とが、近頃、よく手紙のやり取りをされ、近々、開かれる日本癌学会でも、京都でお会いになる約束をしておられるそうです」

「なに？　東都大学の船尾教授と東教授が……」

と云うと、愛想よく受け応《こた》えしていた財前助教授の声が、不意に途切れた。

＊

日曜日の夜のせいか、六甲山ホテルのダイニング・ルームは、晩餐客《ばんさんきゃく》で賑《にぎ》わってい

た。ダイニング・ルームの窓の下には黯《くろ》い影になった山並が続き、山裾《やますそ》に帯のように細長く広がった神戸の街の灯が、宝石をちりばめたような美しさで輝いていた。沖には外国船が入っているのか、眩《まばゆ》いばかりの光が真っ暗な海の一点を照らし出していた。

窓際の見晴らしのいいテーブルに、東《あずま》教授夫妻は日東レーヨンの池沢社長夫妻と、向い合っていた。夏塩沢の着物に絽綴《ろつづれ》の帯を締めた東政子は、オードヴルが運ばれて来ると、まず、池沢夫妻の方へ勧め、

「今夜は、ほんとに、倖《しあわ》せな機会でございました、こんな機会でもなければ、池沢さまと東とが、お顔つなぎさせて戴くような機会はございませんもの、一昨日、ホテルへ参りましたら、池沢さまが、山荘の方へお見えになっていらっしゃると、フロントの方で伺ったものですから、早速、お電話をさし上げましたら、好都合にお目にかかれまして――」

感謝するように云うと、池沢夫人は、

「私たちもこんな機会に東先生に、お目にかかれまして幸いでございますわ、それに何時《いつ》もは忙しく致しております池沢も、ちょうど静養中で暇に致しております時でございますし、こうしてご一緒させて戴いて楽しゅうございますわ」

と云ったが、事実は、東政子と池沢夫人が、打ち合わせてつくった晩餐会であった。

東政子が、池沢社長と夫との顔つなぎを池沢夫人に依頼すると、暇をもて余していたような池沢夫人は、息づくような表情で、（主人は社交嫌《ぎら》いですけれど、八月に入って六甲の山荘にいる時、あなた方ご夫妻も六甲山ホテルに滞在なすって、どちらからともなく晩餐を共にする形を取るのが一番自然でよさそうですわ）と云ったのだった。したがって、池沢夫人と東夫妻は、この晩餐会の持つ目的と意味を呑《の》み込んでいたが、池沢社長だけは、ほんとうの目的を知らず、女房のつき合いで、相手が浪速大学の東教授なら断わるわけにもいかないだろうといったような形で出て来ていた。しかし、仕事を離れた避暑地での晩餐会という気軽さからか、社交嫌いと云われている池沢にしては、帷子《かたびら》を着流し、寛《くつろ》いだ表情で、

「どうです、東先生、もうお一ついかがです？」

と、ビールを勧めた。

「いや、私はもうたくさんです、あまりいけない方ですから――」

と云い、酒よりも煙草《たばこ》の方が好きな東は、上衣のポケットから葉巻を出して、くわえた。

「おや、東先生は煙草党ですか、喫煙は肺癌と関係があり、酒より害があるということじゃないですか」

「一応、そう云われていますが、しかし、肺癌と喫煙の問題は、正直なところ、今後相当な年月が経ってみないことには確実な結論が出ませんし、紙巻煙草よりは葉巻の方が、つまり湿った煙草より乾いた煙草の方がいいという説もありますので、私は昔から葉巻をやっているわけです」

「なるほど、さすがに専門家らしいご養生の仕方ですな、ところで、今、話に出ました肺癌のことですが、うちの化学研究室の人間でアメリカへも留学させた有望な研究員が肺癌にかかり、偶然、その前にも肺癌で倒れた奴《やつ》がいるのですが、これは化学繊維の研究に携わっていることと、何か関連があるものでしょうかね、せっかく金をかけた有望な研究員に倒れられると、われわれのような日進月歩の化学繊維メーカーにとっては非常な損失なんですよ」

六十歳には見えない引き締った若々しい顔で、経営者らしい話題を出した。東は、ちょっと思案するように葉巻をくゆらせ、

「そうですねぇ、化学繊維工業と肺癌を結びつけるようなデータや、報告は、私はまだ見ていませんが、産業が発達するにつれて、いろいろな職業癌の問題も追究されて行くわけです」

「職業癌？ ほう、これは面白い言葉ですな、職業病という言葉はよく耳にします

が」

池沢は、東の話に興味を示した。

「いや、医学的には別にこと新しい言葉ではありません、製鉄や石油精製などによって排気するガスが原因で起る肺癌や、化学薬品による皮膚癌、放射線による白血病など、その職業に携わることによって発生する癌を職業癌というわけですが、たまたま、私の研究が発癌理論の研究だものですから、以前から職業癌に対しては少なからぬ興味を持っているわけです」

そう説明しながら、東は自分の退官後のことを、この話題と結びつけて、うまく自然に切り出すことを考えていた。

「なるほど、われわれが一般に職業病といっている中に、職業癌といわれる最も怖《おそろ》しい疾病《しっぺい》があるわけですな、これはいいお話を伺いました、われわれは、職業病ということには、ひどく神経質なんです、長期欠勤しても或《あ》る程度の給料を払い、見舞金を出し、その上、組合の力が年々強くなって来ると、経営者もなかなか楽ではありませんよ」

苦笑するように云うと、東は、

「池沢さんのような心ある経営者の方が、職業病になみなみならぬ関心を持っておられることを伺って、私もさらに日本の産業発展のために、退官後の余生を職業癌の研究に向けようという意欲を強めました」

特に、退官後の余生という語感を強めるように云った。

「そりゃ、私どもにとって願ってもないことです、そういう面の研究費なら、われわれ関西経営者連合会などでご便宜を計らってさしあげたいぐらいですが、東先生は、もうご退官を迎えられるお齢《とし》ですか」

齢より若く見える身ぎれいな東に、池沢は意外そうな視線を向けた。

「ええ、来年の春に停年退官です――」

「しかし、東先生ほどの方なら、何処《どこ》へでもお望みの椅子《いす》がおありでしょうが、どちらにお決めになっておられるのです」

「それが、私たちの世界にも、いろいろと複雑で難しい割り振りがありまして、それに教授が退官する度に、新しい病院が建つというわけでもありませんので、池沢さんのご令弟の池沢正憲代議士に、お力添え戴《いただ》いているわけです」

「ほう、愚弟が、東先生のお世話を――、それは奇遇ですな」

愕《おどろ》くように池沢が云うと、池沢夫人は、その辺のいきさつを充分に承知しながら、

「まあ、不思議なご縁でございますこと、それで東京の池沢の方とは、ちゃんとお話

がなっておりますのでございましょうか」

東が次の言葉を、切り出しやすいように云った。

「いえ、池沢代議士とはまだ直接、お話する機会を得ていないのですが、実は、私の退官後については、前々から来年四月に開院予定の近畿《きんき》労災病院の院長にという声があり、私と同窓の文部次官の原氏が動いてくれているのですが、先日、その原氏が来阪した時、九分通り大丈夫だがもう一押し、鉄道病院や労災病院の人事に顔のきく池沢代議士にお願いする方が固いからということで、原文部次官から池沢代議士にお力添えをお願いしている次第です、それで一度、ご令兄の池沢社長にもご挨拶《あいさつ》をと思っておりました矢先で、こんな席で失礼ですが、何かの折、ご令弟の池沢代議士にお口添え戴ければ幸いです」

東は葉巻をもみ消し、卑屈なほど慇懃《いんぎん》に頭を下げた。

「あら、そんなにご鄭重《ていちょう》なご挨拶など——、あなた、早速、明日にでも東京へお電話してさし上げたらいかが？　東先生のような方が、ご退官後も関西にいらして、近畿労災病院の院長先生にいらして下さいましたら、私どもの方も、何かと心丈夫じゃあございませんか」

夫を促す池沢夫人の表情は、金と時間をもて余し、こんな時にだけ、やっと生甲斐《いきがい》を見出《みいだ》して楽しむような熱っぽさがあった。

「そうして戴きますと、ほんとうに嬉《うれ》しゅうございますわ、ご承知のように東は研究一途《いちず》で、退官後のことは、どちらかといえば人さまにお任せしているような次第で、自分でどうっていう人ではございませんから、ご令弟にお電話などして戴きますと、どんなに力強いことでございましょう、ねぇ、あなた――」

賑わいたつように云った。

「そりゃあ、そうして戴けると、この上ないことです――」

何時も医局員や患者など自分に従属する者しか相手にしていない東は、馴《な》れない頭の下げ方をした。

「実際にお役にたつか、どうか解《わか》りませんが、ともかく東京の方へ明日にでも電話致しておきましょう」

池沢は、人にものを頼まれつけている財界人らしく、事務的に片付けた。

「これは、どうも恐縮です、早速とお引き受け頂き――」

ぎこちなく、重ねて東が礼を云いかけると、

「ようござんすの、池沢はこうしたお口きき役は、しょっちゅう、お引き受け致しておりますし、この程度のことでございましたら、ほんとに何でもないことでございま

すのよ」

池沢夫人は、孔雀《くじゃく》の羽を広げるような傲《おご》りと華やかな笑いを見せ、俄《にわ》かに楽しそうに喋《しゃべ》りはじめた。

東は昨夜の晩餐会の疲れが残った体で、診察をすませて教授室へ帰って来ると、事務員が運んで来た冷たい麦茶で咽喉《のど》を潤《うるお》し、一息ついてから、第二外科の今津教授に電話した。

「もし、もし、東ですが、今、手があいていますか」

「ええ、あいておりますが、何か――」

受話器の向うに、今津教授の声が聞えた。

「新館に設ける中央手術室の設計計画の最終案を早くまとめてほしいと、事務局から云って来ているので、この間からあなたに検討をお願いしておいた器械設備のことについて、相談したいわけなんだけど、何なら僕がそっちへ……」

と云いかけると、

「とんでもない、私がすぐそちらへお伺いしますよ」

「そうですか、じゃあ、ご足労をかけますよ」

受話器をおくと、東は、今津の方から自分の部屋へやって来るのが、至極、当り前のようにゆったり足を組んで、葉巻をくわえた。今津は、第二外科の教授であったが、六年前の教授選挙の時、東の強力な後押しで、危うく学外からの移入教授を阻止し、助教授から教授に格上げになったのであった。それだけに今もって、東に非常な恩義を感じ、一般に大学病院の第一外科と第二外科というのは、互いに競争意識が激しく、仲の悪いのが通例であったが、東が主宰する第一外科と、今津が主宰する第二外科は、この通例を破って非常に協力的であった。

扉《ドア》をノックして、今津教授が入って来た。五十四歳にしては髪の薄い額の下に、温厚な笑いを見せ、

「二、三日、休暇をとっておられたそうですが、六甲はいかがでした」

東は、昨夜のことを思い出し、卑屈な苦い思いが甦《よみがえ》って来たが、

「まあ、疲れやすめになりましたよ」

と云い、応接用のテーブルに今津と向い合うと、今津は書類袋から計画書と青写真を出し、

「中央手術室に設備するもののうち、まだ決定していないのが、最新の麻酔装置と人

工心肺装置なんです、この間、このメーカーの技術担当主任を呼んで、もう一度、詳しい説明をさせ、価格についても聞いてみたのです」
と云いながら、器械の説明書と見積書を示すと、東はそれに一通り眼を通し、
「最新の麻酔装置はこのAⅦ型がやはり欲しいですね、これだと今までのものと違って、安定した麻酔深度が得られるし、これに決めようじゃありませんか」
「しかし、われわれ外科に割り当てられた予算の枠《わく》内では、ちょっと無理なような気がします、何しろ、最新の麻酔装置が二百万円、人工心肺装置が七百三十万円ですから――」
と云うと、東は暫《しばら》く考え込み、
「いいじゃありませんか、浪速大学病院を背負っている外科なんだから、よその科にはいささか辛抱して貰《もら》っても、外科の設備はうんとよくすることにしましょう」
「そうして戴くと大助かりです、これだけの設備が出来ますと、日本で最も新しい外科設備をもっている大学病院ということになります、これも東先生のご尽力のおかげです」
今津が感謝の表情を向けると、
「私も苦労が大きかっただけに、完成が待ち遠しいですよ、それにしても、もう少し

私も若かったら、この新しい設備の中で思う存分、腕を振えるのにと、その点が残念で、あなたがつくづくと羨《うらやま》しい」

「いやですね、東先生ともあろう方が、そんな淋《さび》しいことをおっしゃっては――」

「いや、本気ですよ、月日の経つのは早いもので、あなたが教授になってから、もう六年も経つわけですね」

眼鏡をはずし、ポケットから麻のハンカチを出して拭《ぬぐ》うと、今津は、俄かに改まった姿勢で、

「あの時は、全く東先生のお世話になりました、私が今日《こんにち》あるは先生のおかげです」

恐縮するように云《い》った。東はそれを云わせたかったのだった。そのくせ、そんな気《け》振《ぶり》は見せず、

「何時《いつ》までも、そう礼をおっしゃられると、僕の方が恐縮だな、それより、僕は、あなたが第二外科の教授になったことを、今もって喜んでいますよ、あなたが第二外科の教授になってからは、実によくうちの科に協力して下すって、これは他の大学には見られぬ美徳ですよねぇ、この点、あなたには特に礼を云わなくては――」

何時にない懇《ねんごろ》な口調で云った。

「それは、東先生の見事なリードがあればこそですよ」

と応《こた》えながら、今津は、何時の間にか、肝腎《かんじん》の中央手術室の設備計画のことから話が逸《そ》れ、東のほんとうの用件が別のところにあるらしいことに気付いた。東は、眼だけはテーブルの上の設備計画書に向けながら、

「あなたのように何時までも変らず、謙虚でいる人を見るにつけ、第一外科の今後を心配するわけです」

「今後のことと云いますと？」

「僕の後任者のことですよ」

「東先生の後任者、それなら、財前助教授というちゃんとした後任者がいるじゃありませんか」

今津が訝《いぶか》しげに云うと、

「あなたはうちの財前がほんとうに私の後任として適当だと思っていらっしゃるのですかね、財前がこの第一外科を預かることになれば、先輩のあなたをたてて、今までのような第一外科と第二外科との協調が維持出来ますかね、もし、うまく行かなければ、あなたに申しわけないと、僕はそこまで考えているのですよ」

「しかし、そこまで考えられなくても……」

今津がそう云いかけると、東はその口を封じるように、

「僕としてはそこまで心配しなければならない責任がある、財前は、僕の下において仕込んだ甲斐があって、確かにメスを持たせれば腕だけは抜群だが、人間的にはあの通り功名心が強く、僕自身の恥を云うようだが、腕は仕込めたが、人間的にまで仕込めなかったということですよ、それだけに退官をひかえて、そこのところが僕の一番の痛恨事なんです」

わざと重く考え込むような声で云った。

「そこまで責任をもってお考えになるとは、やはり東先生です、しかし、実際問題として、財前君以外に、あとを継げるような適任者がいるでしょうか」

「さあ、そこなんですよ、私個人の感情からいえば、長い間私の下で苦労した助教授が教授になってくれることが本望だが、浪速大学医学部の将来と使命を考えると、つまらん私情で安易な人事を決めるようなことは、私の良心が許さない、ここはやっぱり、大局的な視野にたって、どこからみても一流の人物でなければならんと思うのだが、どう思う？　何かあなたにもいい考えがあれば教えて戴きたいんですよ」

東は相談を持ちかけるように云った。今津は、その言葉の裏に、東が次期教授として既に財前を排除してしまっている気持を読み取った。しかし、それなら誰を推そうと云うのか、測りかねた。

「そうまでおっしゃる先生のお気持には、返す返す頭が下る思いですが、私などにいい考えがあるはずもありません、しかし、今度は私の方が先生のお力にならせて戴く番ですから、私の出来ることなら、何なりと腹蔵のないところをおっしゃって下さい」

と云うと、東ははじめて表情を柔らげ、

「そう云って下さると有難い、実は僕にこういう気持を起させたのは、最近の財前の何事につけ、自分本位なやり方に医局から、とかくの批判が出て来たことと、たまたま、東都大学の第二外科の船尾教授から、もしよかったらと、後任を推薦して来たのが、きっかけなんですよ」

東は、巧みな云い廻しをした。

「ほう、東都大学の船尾教授から――」

今津が驚くように云うと、

「僕が東都大学出身だから、そこから呼ぼうというような狭い了見ではなく、船尾教授は、あの通り日本外科学界の実力者で、広いところから人材を集めることが出来る立場にいるし、僕とは昔から知り合っている仲だから、船尾君が推薦して来る人物なら、ほぼ間違いがないと思っているわけです」

「で、一体、誰です」

「金沢大学の菊川昇教授なんだよ」

東は、娘の佐枝子《さえこ》のことを考え、船尾が推薦して来た二人の候補者のうち、菊川の方と定《き》めてしまっていたから、もう一人の新潟大学の亀井の名前は、口に出さなかった。

「ああ、金沢大学の菊川さんですか、あの人なら私も知っています、学会で顔を合わせたことがありますが、学問的業績もあるし、その上、なかなかりっぱな人柄じゃありませんか」

今津は、財前と正反対に、陰気なほど寡黙《かもく》で控え目な菊川昇の姿を思い出し、あの菊川となら、今度は自分が逆に第一外科を圧《おさ》えることが出来、しかも一方、船尾の推薦する人物をバックアップすることによって、日本外科学界の実力者である船尾に近付くチャンスを攫《つか》み、将来、自分が外科学界で地歩を占めて行く足がかりになると考えた。

「先生のお気持はよく解りました、そういうお心づもりを含んで、私として出来る限り菊川氏推薦の方向へ持って参りましょう」

東への恩義をたてるように云った。

翌日、第二外科の今津教授は、時間を気にするように外来診察を終えると、背後《うしろ》に控えている婦長に、

「乳癌《にゆうがん》疑診の夏川喜久子の病理の検査が出るのは、何時頃《いつごろ》だね」

今津の視診と触診による所見では、乳癌と判断されたが、念のため試験切片による病理組織検査を行なっているのだった。

「先生から直接依頼された特別検査ですから、三時には結果が出るそうで、宮田先生が聞きに行かれることになっています」

婦長が、助手の名前を云うと、

「いや、私が行く、ほかにもちょっと、病理の方に用があるから――」

そう云い、今津は時計を見た。まだ二時半を過ぎたばかりであったが、外来診察室を出て、病院と医学部の間にある広い中庭を横切って、医学部の病理学教室へ足を向けた。

一日に何百人という患者が出入りし、医者と看護婦が慌《あわただ》しく動き廻っている病院と

は異なり、医学部の基礎の教室が並んでいる建物の中は、ひっそりと静まりかえり、廊下を歩く足音さえ憚《はばか》られるほどであった。

病理の大河内教授の部屋の前まで行くと、扉《とびら》に『只今《ただいま》、入室許可』というプレートが掲げられていた。その裏には『只今、研究中につき入室禁止』という文字が書かれ、その方が掲っている時は、よほどの緊急の用件でない限り、面会出来ないことになっているのだった。いかにも気難し屋の基礎の著名教授という感じが、扉のプレートにまで現われている。

今津は、控えめに扉をノックし、応答を聞いてから、音をたてぬように扉を開いた。同じ医学部でも、六年前に教授になったばかりの今津と、鵜飼医学部長の前に、医学部長を勤めたことのある大河内教授とは、対等のもの腰で対することは出来ない。

大河内教授は、今津の姿を見ると、老眼鏡をはずしながら、

「誰かと思ったら、今津君か、まあかけ給《たま》え」

痩《や》せて背が高く、鶴《つる》のような痩軀《そうく》と尖《とが》った鷲鼻《わしばな》を持つ大河内教授の風貌《ふうぼう》は、見るからに気難しげな上に、学士院恩賜《おんし》賞受賞の貫禄《かんろく》が加わり、容易に人を近づけない風格を備えていた。今津は、勧められた椅子《いす》に背を屈《かが》めるようにして坐《すわ》り、

「何時も、病理検査や学位論文の審査などでうちの教室のものが、いろいろとお世話

になっています、今日はまた乳癌疑診の組織検査をお願いして恐縮です、その結果がもう出ているようでしたら、直接、大河内先生のご意見を伺いたいと思って参ったわけです」

「ああ、そんなことかね、それなら君がわざわざ来なくても、誰か寄こせば、うちの者がよく説明するのに――」

インターフォンを押して、研究室を呼び出した。

「第二外科の今津教授から頼まれた組織検査の結果は、もう出ているかね、出ていたらすぐ報告に来るように」

と云うと、隣接した研究室の扉が開き、白衣を着た助手が検査票を持って教授室へ入って来た。直立の姿勢のまま、机の上に検査票を置くと、大河内は、老眼鏡をかけて検査票を見、よしと頷《うなず》くと、助手は部屋を退《さが》って行った。

「この患者は、乳癌《マンマクレブス》じゃないよ」

「えっ、乳癌ではない――」

今津は、思わず、聞き返した。

「うん、乳癌じゃない、形質細胞乳腺炎《にゅうせんえん》という珍しい疾患だ」

「しかし、臨床所見では全く乳癌の症状を示していました、乳房内に鶏卵大の硬い腫《しゅ》瘤《りゅう》に触れ、腫瘤の境界は不明確、皮膚と癒着《ゆちゃく》していましたが、胸筋との癒着がなくて、腫瘤部皮膚に軽度の浮腫《ふしゅ》があり、リビート着色もあって、乳頭は陥没しますが、血液その他の分泌《ぶんぴつ》がなく、臨床所見は、乳癌と診断し、念のために組織検査と思ったのですが――」

と云い、首をかしげた。

「そうだろう、この形質細胞乳腺炎と乳癌との鑑別は、病理組織学的には比較的容易だが、臨床的には乳癌の症状と酷似しているから非常に難しい、しかし、形質細胞乳腺炎は、癌と根本的に異なり、化学的刺激、つまり乳腺分泌物の蓄瘤《ちくりゅう》及び分解物産物の吸収によって起る炎症だから、乳癌のように悪性のものではないと云える」

「そうすると、腫瘤剔除《てきじょ》だけでいいわけですね」

今津が、確かめるように云うと、

「しかし、学者によっては癌化する可能性があるという説もあるから、病理組織学的検査で癌を証明した時は、乳房切断兼腋窩廓清術《えきかかくせいじゅつ》を行なわなければならないが、この患者の場合は、癌反応が認められないからその必要はないだろう」

確信を持った応え方をし、検査結果を詳細に記入した票を今津に渡した。

「いろいろとご教示戴《いただ》き有難うございました、おかげで乳癌と誤診して、一人の女性の乳房を失《な》くしてしまわずにすみました、患者もどんなに喜びますことか――」

改めて頭を下げると、

「いや、それは君の慎重さが誤診を招くことを防いだのだ、臨床医はそれでなくてはいかん、慎重の上にも慎重を重ね、病理検査を丹念に積み重ねておれば、まず誤診は起らないものだ、僕の口ぐせだが、医学というものは、病理から出て病理に帰すものだよ、ところがついベテランともなれば、馴《な》れてしまって自分の経験と勘に頼り、基礎的な病理検査を略してしまうことがある、そんな時、とんでもない誤診が起るのだな、その点、やはり、今津君は噂《うわさ》に違《たが》わず、慎重派だな、外科医というと、とかく自分の腕を過信して、すぐ切りたがるものだが、さすがに東君や、君クラスになると、実に慎重で堅実で、見ていて安心出来るよ」

「私など、まだまだお褒《ほ》め戴くほどではありませんが、東教授は全く何事につけても慎重な方で、第一外科にああいう人物がおられることは絶えず、私の励みになっていましたが、東教授が退官されてしまうと、全く心もとなくなります」

今津は、巧みに東のことに話題を向けた。電話と検査票だけでもこと足りる病理検査の結果を、今津自身が足を運んで、わざわざ聞きに来たのは、東のことを話すきっかけを作るためであった。大河内は、そんな今津の腹のうちなど知らず、

「そういえば、東君も、いよいよあと半年余りで停年退官だが、退官後、何処《どこ》へ行くことになるのかね」

少し気になるように聞いた。

「さあ、はっきりしたことは知らないのですが、東都大学の同窓である原文部次官に行き先を頼んでおられるそうですから、しかるべきところへ落ち着かれるのではないでしょうか」

東から聞いた話を、さし障《さわ》りのない程度にだけ話した。

「ほう、東君にそんな才覚があったのかね、それにしても、東君が退官してしまうと、今度は君が第一外科もリードして行くように、おおいに頑張って貰《もら》わなきゃあならんね」

と云い、大河内がポケットから煙草《たばこ》を取り出すと、今津は手早くライターで火を点《つ》け、

「とんでもありません、東教授の後任に抜群の人を迎え、逆にリードして貰いたいと思っているぐらいです」

大河内は、今津が火を点けてくれた煙草を、美味《うま》そうにぷかりとふかし、

「東君は、財前助教授を推すつもりだろうな」

「さあ、どうですか、そこまでは聞いておりませんが、東先生には、ほとほと感心致しますよ、ご自分の退官後の行き先より、後任のことをご心配になり、私情を排して、学識、人物ともに第一級の人物をと云っておられるのです」

「ほう、私情を排して、第一級の人物を——、そうすると、財前助教授を教授に押し上らせないつもりかね」

「そこなんですよ、東教授の人柄としては、長い間、女房役で苦労をかけた助教授を昇格させたいのはやまやまなんでしょうが、財前君には何かと批判がありますので、迷っておられる様子なんですが、大河内先生はどうお思いでいらっしゃいますか」

大河内の気持を探るように云った。

「うん、そうだな、財前君と里見君はこの教室の出身だが、財前君は学位を取るなり、さっさと臨床へ行ってしまい、里見君は十年も病理に残っていて、何か考えるところがあったらしく、臨床へ移ったんだ、その頃から財前は人一倍要領のいい手八丁口八丁の奴《やつ》だったが、外科医として腕のたつ奴ではあるな」

「ところがその腕を恃《たの》みにして、近頃、ややもすれば思い上った態度があるそうですね、これは或《あ》る新聞の医学記者から聞いた話なんですが、その新聞で医学相談欄を設けることになり、消化器外科の担当者に財前君をと交渉すると、他の担当者は誰々かと尋ね、関西では、同じ浪速大学の第三内科の築岡教授だと云《い》うと、財前君の云うことがふるっているじゃありませんか、築岡教授はそれほどネームバリューも、能力もある教授じゃないから、他《ほか》の人とかえたらどうかと云ったらしいですよ」

「ふうん、他の執筆者の人選にまで口を挟《さしはさ》むとは、何時の間にそんな大きな口をきけるようになったのかね」

明らかに不快な顔をした。

「そんなところがあるので、東教授も二の足を踏んでおられるのですが、第二外科の教授として、教授選考委員を勤めなければならぬ私も、実のところ頭を悩ましているようなわけです」

「なるほど、そういう不遜《ふそん》なところがあると、ちょっと二の足を踏みたくなるだろうな、よし、正当な人事のためなら、私も相談に乗らないこともない」

「先生にそう云って戴きますと、安心致しました、ではその節には改めて、ご相談に参りますから、よろしくお願い致します」

一挙に東が推している金沢大学の菊川昇の名前を出そうとしたが、今日のところは財前を排除することを匂《にお》わせるだけで引き退った方が、事前運動として効果的であると考え、今津はそれだけで大河内の部屋を出た。

# 六　章

九月に入ると、新館完成を間近に控えて、新館へ移る準備に忙殺され、医学部は慌《あわただ》しい気配に包まれた。

第一外科の入口に掲げる新しいプレートを揃《そろ》えたり、診察器具やカルテの整理棚を、新しいものに取り替えたりする準備に追われ、一方、十月中旬に催される滝村名誉教授の喜寿の会の準備も整えなければならず、それらの差配一切をしなければならない財前《ざいぜん》助教授は、特に多忙を極めていた。

九時から二つの手術を終え、二時を過ぎた遅い昼食を助教授室で手早くすませると、財前五郎は、今朝、佃《つくだ》から預かったばかりの滝村名誉教授の喜寿の会の募金趣意書と発起人名簿、会場設営、式次第などをまとめた最終案を机の上に広げた。財前の意を含み、金井講師とも相談して作った案だけあって、財前が眼を通す必要がないほど名簿の作成から経費の算出まで、綿密に検討されていたが、教授選挙の下工作に力を集中しなければならない大切な時期に、名誉教授の喜寿の会の準備責任などを負わされている苦々しさを舌打ちし、一通り書類に眼を通してしまうと、大儀そうに腰をあげ、教授室へ足を運んだ。

東《あずま》教授は、机に向って何かしたためていたが、財前の姿を見ると、

「何か急ぎの用かね」

「実は、滝村名誉教授の喜寿の会の案がやっとまとまりましたので、ご面倒ですが、お眼通し戴《いただ》きたいと思いまして――」

机の上に書類を置くと、東は募金趣意書から順番に眼を通して行った。見終ると、

「財前君、この祝賀会の主催は、医学部かね」

険しい表情とは反対に、妙に静かな声で云《い》った。

「いえ、この趣意書にもありますように、主催は、どこまでも滝村名誉教授のご出身教室であるこの第一外科ですが――」

「ほう、主催はやっぱりうちの教室だというのかね、それじゃあおかしいじゃないか、この発起人名簿の筆頭発起人は私ではなく、鵜飼《うがい》医学部長になっているじゃないか」

「そのことでしたら、実は先生のご意見を伺おうと思っていたのですが、この度の滝村名誉教授の喜寿の会は、学会などと違って、全く個人的なお祝いの会で、しかも滝

村先生はお賑《にぎ》やかなことがお好きだと承っていますので、かなり派手にしなければならないと思います、そうなりますと、勢い金集めの面でつまらぬ処《ところ》へつまらぬ頭の下げ方もしなくてはならなくなって参ります、そんなことを先生にお煩《わずら》わせするのもどうかと思い、たまたま鵜飼医学部長は、そうしたことをあまり苦になさらないようですので、いっそのこと鵜飼医学部長に筆頭発起人をお引き受け戴いた方が何かと好都合に存じまして――」

財前は慇懃《いんぎん》なもの腰で、こんなことは先生のような学究肌の教授がなさるべき性質のものではないという意味を籠《こ》めた云い方をすると、東の顔に皮肉な薄笑いがうかんだ。

「なるほど、さすがに私と長く連れ添った女房役だけあって、私の気持をよく配慮してくれたというわけだね、その上、この頃は、私の気持だけでなく、あちらこちらにもよく気が届くじゃあないか、この筆頭発起人に関する君の配慮は、私に対する配慮とともに鵜飼医学部長に対する配慮が非常によく行き届いていて全く感心するよ、おそらく鵜飼医学部長は、口では何かと云いながらも、内心はおおいに気をよくし、あの里見助教授を呼びつけて、財前君を見習い給《たま》えとぐらい云うだろう」

一言、一言に、じっとりと湿ったいや味があった。

「それから財前君、この発起人が二百名という数字は、どこから出した数字だね」

「これも、前もってご相談申し上げればよかったのですが、実はいろいろと細かく医局長の佃君に経費の計算をさせると、百五十万円ばかりの赤字が出ますので、そんな赤字を出さないために発起人の数を多くしたのです、と云いますのは、発起人以外の出席者の会費は一人二千円ですが、発起人は出欠にかかわらず、一口五千円の維持会費を出すということになっておりますので、五千円の二百人分で、百万円という金額が、そこで確実に調達できますから、鵜飼医学部長を筆頭発起人に据えて、発起人の枠をうんと広げ、こうした個人的なお祝いの会まで第一外科の名前で、製薬会社や医療器具会社から寄付を貰《もら》うということは避けたいと考えたわけです」

「しかし、こう二百名もの発起人の名前を並べると、見るからに金集めのための並び大名という印象が露骨だから、あしの出る分は何とかすることにして、せめて百名ぐらいにしぼった方がいい、早速、そうし給え」

命じるように云った。

「実は、この二百人の発起人を依頼する方には、少しでも早い方がいいと思いまして、依頼状を佃君に送らせてしまったのですが……」

「それじゃあ、財前君、筆頭発起人のことも、何もかも、ご相談をと口では云いながら、その実、相談でなく、すべて事後承諾という形じゃないか、今、もし、私が筆頭発起人になると云ったら、君はどうするかね」

ぐいと、財前の胸に踏み込むように云った。財前は、とっさに返事に窮し、

「幸い発起人の依頼状を送っただけで、発起人以外の三百名程の方へのご案内状は、まだですから、その時、筆頭発起人として鵜飼医学部長と先生のお名前を並べるようにさせて戴き……」

と云いかけると、

「止《よ》してくれ給え！　君はどうして、ものごとをそう勝手に裁量し、取り仕切るのだ、何の相談もなく、勝手に筆頭発起人を定《き》め、私が異論をたてると、では先生も、と云われて、うんと云えるかね、君のそうしたところが一番不快なんだ、今までも、そうした点を改めるように、何度も注意したはずだのに、一向に改まらないのだな、君は私が退官したあと、教授になるはずの人間じゃないか、しかし、そんな人柄では、いくら私が推しても、方々からいろんな批判を受けるよ、教授といえば、メスを持って腕がたつだけではなれないんだ、識見、人物ともに整わないことにはね」

東の声がとげとげしい居丈高さを帯びた。財前はむっとなりかける気持を抑《おさ》え、

「先生のご指摘の点につきましては、常々、心がけているつもりですが——」

「一向に心していないねぇ」

弾《はじ》き返すように云い、

「私の退官の日が近付くにつれ、去って行く者のことより、次に誰が教授になるかということが興味の的になる、それは人情として当然のことだ、それだけに君はいわば、台風の眼のような存在で、変な画策をしたり、こそこそと動いたりすれば、誤解や反感を招き悪い結果になりかねないから、くれぐれも自重することだね、ところで、この頃、医局内が妙に落ち着かない気配だが、私の後任問題で、つまらぬ噂《うわさ》でも出ているのかね」

財前は、虚を衝《つ》かれるような狼狽《ろうばい》を覚えたが、顔には出さず、

「先生も、そのような気配をお感じになりますか、私も何となくそうした雰囲気を感じ、佃君にその旨《むね》を戒めておいたのですが、何といいましても常時五十人以上もの医局員がおりますと、ことを為《ため》にする奴《やつ》や、ことを好む者がいるらしく、事実、妙な噂を飛ばしているのです」

「妙な噂?」

「実は、学外からの移入教授が来るかもしれないという噂です」

「ほう、学外からの移入教授――」

東の眼に動揺の色がうかんだが、すぐ平静な表情を取り戻し、

「誰かねぇ、そんな唐突な、根も葉もないことを口にするのは——、しかし、君はまさか、私が長年の女房役に一言の断わりもなく、そんなことをする人間と思うかねぇ」

不気味なほど落ち着き払った声で云った。財前も、曾《かつ》てないほどの慇懃さで、

「そう云って戴いて、はじめて安心致しました、正直なところ、その噂を耳にしました時は、さすがにこのまま引き退《さが》れないという気持が致しました」

「このまま引き退れないというと——」

「教授に昇格出来てこその助教授であると、そう思っております」

「じゃあ、万一、私が君を推そうにも推せないような突発的な支障が起ったら、どうするかね」

「まさか、そんなことはございませんでしょう、しかし、万一、そんな時には、泣き寝入りをしないような方策を考えますでしょう」

かちりと引金を引くように双方の言葉がぶつかった。それは形のない、音のない引金であったが、双方が対《むか》い合い、正面きって相手の胸に照準したような、冷たく武装された言葉だった。

大学病院の正面玄関を出ると、財前五郎は、そこに駐車しているタクシーを拾い、上本町《うえほんまち》六丁目の鍋島《なべしま》外科病院へ車を走らせた。

今あった東教授との火花を散らし合うような言葉のやり取りを思い返すと、このま真っすぐにケイ子のいるアパートか、バーへ出かけ、そこで思う存分、飲み呷《あお》りたかったが、鍋島外科病院から直腸癌の手術を頼まれているのであった。

鍋島外科病院の院長である鍋島貫治は、財前より十年先輩の第一外科出身の外科医で、市会議員の肩書を持ち、その方の役職も忙しく飛び廻らなければならなかったから、難しい手術の時は、何時《いつ》も財前に手術を依頼して来ていたのであった。財前にとっては割のいいアルバイトというよりも、鍋島のように浪速《なにわ》大学医学部の同窓会の顔役である先輩から、手術の応援を頼まれれば、学会とか、病院での手術が詰っていない限り、断わらずに引き受けることが、次期教授を狙《ねら》う者の政治性だと考えていた。

上本町六丁目の交叉点《こうさてん》を北へ折れ、電車道沿いから一丁程入ると、三階建て鉄筋コンクリートの鍋島外科病院が見えた。ベッド数百二十の個人病院としては大規模な構えであった。玄関に車が停《と》まると、財前は受付を通さず、勝手を知った院長室へ入って行った。

鍋島は、財前の姿を見ると、

「やあ、何時も、世話をかけてすまん」

笑顔を見せて、財前を迎えた。何処《どこ》かへ出かけるつもりなのか、診察衣を着ずに、派手なストライプのダブルを、りゅうと着込み、口髭《くちひげ》を生やした鍋島貫治は、どうみても五十過ぎの脂《あぶら》ぎった実業家というタイプであった。

鍋島は、財前の前に手術を行なう患者のカルテとレントゲン写真を並べ、せかせかとした口調で、患者の全身状態と諸検査の結果を説明した。財前は、五日前に診察をすませている患者のレントゲン写真をもう一度エックス線写真観察器にかけて詳細に見、

「直腸に癌の所見が明らかですが、この部分の姑息《こそく》な切除だけでは駄目ですから癌腫《がんしゅ》より十分に離れた高位において切り、周囲の淋巴腺《りんぱせん》を徹底的に廓清《かくせい》し、人工肛門《こうもん》を作りますから、この間、云ったように助手三人で手術《オペ》の用意をして下さい」

手際《てぎわ》よくそう指図すると、鍋島は、

「うちの病院は財前君のおかげで癌専門の外科病院のような評判を取り、大繁昌《だいはんじょう》やけど、財前君もいよいよ教授の椅子《いす》が近付いて来たというところやろ、この頃、とみに

貫禄《かんろく》づいて来たからな」

と云い、財前の広い肩をぽんと叩《たた》いた。

「冗談じゃありませんよ、それどころか、うっかりしていると、思いがけない相手に教授の椅子を持って行かれそうなんですよ」

「何やて？　君が危ない？　そんな阿呆《あほ》なことはない、そら何かの思い過しというものやろ」

「そうなら、有難いのですが、最近何かにつけ、東教授とうまく行かないんですよ」

と云い、財前は、さっき教授室であった出来事を話した。鍋島は突き出た下腹をゆすりながら、うんうんと大きく頷《うなず》いていたが、聞き終ると、

「そうか――、そうすると、君の被害妄想《もうそう》ではなく、君自身の眼と勘で確かめた結果、学外からの移入教授の公算が大というわけなんやな」

鍋島は太い濁《だ》み声で、確かめるように云った。

「そうなんですよ、最初、僕も半信半疑だったんですが、今日、自分の眼ではっきりと東教授の顔色を見て、これは確かだと思い、僕もよっぽど東教授に嫌《きら》われたものだと、がっくり来てしまいましたよ、ここへ手術《オペ》に来るのも、案外、先が短いかもしれません、外から教授が入ると、僕は和歌山大学か、奈良大学あたりへ教授として出さ

れてしまいますからね」

財前が、自嘲《じちょう》するような笑いを見せると、

「そんな弱音を吐いたら、あかん、斜陽になりかけている科なら、学外から有能で名の知れていそうなのを連れて来るという術《て》もあるけど、東外科か財前外科かといわれるほどの君がおるというのに、東さんは一体、誰を連れて来る気か、目ぼしはついてるのんか」

「それが全然、東都大学系から連れて来る気らしいということぐらいで、誰であるかまでは解《わか》らないですよ」

「何？　東都大学系――、そうすると、二代も続いて東都大学にやられるというわけか、そんなことは断じて許せん、わしだけやない、第一外科出身で他の大学へ行っている者も、開業している者も、東都大学出身の教授が二代も続くなど全く聞き捨てならん、だいたい東都大学などというのは、国立大学の中でも権力主義の権化《ごんげ》のようなところで、浪速大学のような在野精神に満ちているところとは、根本的に相容《い》れぬものがある」

鍋島は昂奮《こうふん》し、次第に演説口調になって来た。鍋島にとっては、東都大学は社会党ほど嫌いであると同時に、他大学からの移入教授が来ると、自分の病院で手術が難しい患者を、いざという時に担《かつ》ぎ込みにくくなり、常時百二、三十人余りの入院患者が順番を待っている浪速大学附属病院のベッドを確保しにくくなるのであった。これは鍋島のように個人病院の院長であると同時に、市会議員として選挙民に頼まれごとの多い立場の人間には、大きな打撃であった。そして、そこがまた財前の方からいえば、つけ目であるのだった。

「財前君、弱音など吐いてる時やない、東都大学から移入教授がやって来そうだと聞いては、よけいのこと、その対抗馬には、あんたをおいて他《ほか》に人がない、こうなると、あんた個人の問題ではなく、われわれ浪速大学医学部同窓会の重大な問題でもあるわけや、こんな重大なことは、もっと早うに相談してくれんと困る、教授選というのは、われわれ市会議員と同じで、選挙がはじまってからでは間に合わん、それまでに下工作と票がためが大事やけど、医局内工作の方はどうなってるのや」

「その点については、先月から筆頭助手で医局長の佃にあたらせ、彼の言によれば、一番難物だと思っていた金井講師も抱き込んで、医局内工作はお任せ下さいというところまで漕《こ》ぎつけています」

「なるほど、さすがはあんたや、弱音を吐きながらも、ちゃんと打つ術《て》は打ってるというわけやな、よっしゃ、そんなら、わしも早速、同窓会のボスどもを集めて、学外から強力な援護をする、それと同時に、何といっても票を握ってるのは、現役の教授連やさかい、この辺りにもうまく働きかけて、票がためをやらんといかん」

鍋島はさらに勢い付いて喋《しゃべ》り、喋りながら紅茶茶碗《ぢゃわん》をわし摑《づか》みにして、がぶがぶ呑《の》み、濡《ぬ》れた口髭を胸ポケットの色もののハンカチーフで拭《ぬぐ》うと、不意に声を細め、

「ところで財前君、それには金がいるぜ、あんたにはようはやってる財前産婦人科医院がついてるから、まず、おいといは無いと思うけど、ひょっとすると、わしの市会議員の選挙より高《たこ》うつくことになるかも知れん」

露骨に金のことを口に出した。財前は、さすがに返事を躊躇《ためら》いかけると、

「そんなお上品にもったいぶってたら、絶対、勝てんわ、教授選であろうが、何であろうが、選挙と名のつくものは、所詮《しょせん》、みんな金に結びついてる、日本医師会の選挙がそうやないか、立候補者の人物、見識より各都道府県の医師会のボスと結びついてる資金繰りの強い奴の方が勝つのにきまってる」

「しかし、いやしくも国立大学の教授選挙の場合は――」

「いやしくも何やと云《い》いはるのや、学士院会員や学術会議の会員になるのにも、金が動いてないとは云えんご時世や、そんなもったいぶらんと、あんたと東さんの場合は、金の面ではどっちの方が上か、そこのところを聞きたいもんですな」

次第に熱っぽさを加えて来る鍋島に、財前はやや圧《お》され気味になりながら、

「東先生の家は昔からの名門で、その上、夫人の実家《さと》も相当な資産家らしいですからね」

気懸《きが》かりそうに云うと、

「まあ、その辺のところはわしに任しときぃ、医者で市会議員のわしのことや、この頃はメスの切れより、選挙の方が本職みたいになって来てるからな、ともかく、あんたは医局内工作を受け持ち、あんたのお舅《とう》さんは北区医師会長の岩田さんと懇《ねんご》ろらしいから、この線で鵜飼医学部長を抱き込む、しかし、なんぼ鵜飼さん一人を抱き込んでも、臨床、基礎合わせて三十一人の教授の票が最後を決するのやから、ここはわしがさっき話したように、これという教授を順番に打診し、危なそうなところには金を動かす、市会議員選挙と違《ちご》うて、選挙違反に問われる心配がないから、結構な話やないか、あっはっはっはっ」

まるで自分自身が立候補するように、愉快そうに笑った。財前は、毒気にあてられるような思いがし、

「じゃあ、その方は鍋島院長にお任せして、僕はうまい手術《オペ》をすることですな」

と云い、看護婦に手術衣を持って来させると、ついさっきまでの財前五郎とは別人

のような厳しい表情で、上衣を脱ぎ、手術衣に着替えた。

手術を終えて、鍋島外科病院を出ると、財前五郎は体の芯《しん》から流れ出るような疲労を感じ、座席の背にぐったりと体をもたせかけた。朝から大学病院で胆石と十二指腸潰瘍《かいよう》の手術をやり、一日に三つの手術をした緊張の連続と、さっき鍋島貫治から聞いた教授選挙というものの凄《すさま》じさが、何時《いつ》もより財前の神経を疲れさせているようであった。

——財前君、金がいるぜぇ、ことによったら市議選以上にな、けど選挙違反のない選挙やから結構な話やないか、あっはっは——、濁み声をあげて笑った鍋島貫治の脂ぎった顔と声が思い返され、今まで頭の中で考えていた教授選挙の実態が鍋島貫治の言葉を通して、次第に生々しい現実感をもって財前に迫って来るようであった。医局長の佃などを相手にして医局内工作を策しているのとは異なった凄じいかけひきと、具体的な政治性を持った話であった。鍋島貫治に教授選のことを相談し、鍋島が引き受けてしまったからには、もはやその凄じさが具体的な形を取って動き出すのであった。財前は、息をつくように窓の外に眼を向けると、車は上本町一丁目を過ぎ、法円坂の近くに来ていた。

財前は、里見脩二《しゅうじ》のアパートがこの近くであることを思い出した。鍋島外科病院へ手術に行った帰り、いつもこの辺りを通り過していたが、今日はふと、里見の住んでいる公団アパートへ寄ってみたいと思った。部屋番号は知らなかったが、管理人室で聞けば解るはずであった。

「君、すまんが法円坂の住宅公団アパートへ行ってほしいんだ」

運転手にそう云うと、車は鉄筋コンクリートのアパートが建ち並んでいる団地の方へ入っていった。

八時を過ぎたばかりであったが、その辺一帯は殆《ほとん》ど人通りがなく、森閑と静まりかえり、四階建ての建物が両側から掩《おお》いかぶさるように地面に黯《くろ》い影を落していた。財前は、一番手前の建物の前で車を降り、管理人室と記された部屋を探し当てて、里見の部屋を聞いた。

「里見？　里見さんと云いますと――」

中年の男が、厚い名簿を繰りかけた。

「浪速大学病院のお医者さんですよ」

と云うと、やっと思いついたらしく、

「あの先生なら東棟四階の三二号室です」

同じ並びの奥の方を指した。財前は指された棟の薄暗い階段を上ってゆき、里見の部屋を見つけて、ベルを押した。内から女の声がし、扉が細目に開かれた。

「里見君はもう帰っておられますか、第一外科の財前という者ですが――」

と云うと、愕《おどろ》いたように、

「在宅致しておりますが、少々、お待ち下さいまし」

と応《こた》え、和服を着た里見が顔を出した。

「どうしたんだ、君が僕のところへやって来るなんて――、まあ、上れよ」

ぶっきら棒に云い、財前を招じ入れた。入ったところの次の間の六畳に、小学校一、二年生ぐらいの男の子が机に向ったまま、里見に似た澄んだ眼で財前の方を見、里見の妻は慌《あわ》てて部屋の片隅を取り片附け、

「里見が何かとお世話になっていることと存じます、むさ苦しゅうございますが、どうぞ、ごゆっくり――」

言葉少なで折目正しい挨拶《あいさつ》であった。華やかな甘さをふり撒《ま》く自分の妻の杏子《きょうこ》とは全く正反対のいかにも学者の妻らしい慎しさと聡明《そうめい》さを身につけていた。

「いや、突然、お邪魔したんですから、どうぞ、おかまいなく」

如才なくそう云い、そこに坐《すわ》りかけると、

「そっちは子供が勉強しているから、狭いがこっちへ入ってくれ」

書斎にあてている部屋へ、財前を呼んだ。南向きの広々とした十畳の書斎を持つ財前からみれば、まるで書籍を積み上げた穴ぐらのような狭苦しさであったが、そこには五万六、七千円程の助教授の給料だけで、特診も出張手術もやらず、学者としての清貧に甘んじている生活があった。そんな部屋を見廻しながら、財前の胸に、ふと畳の破れたみすぼらしい下宿に住み、駅前食堂で空腹を満たしていた頃の自分の生活と、郷里《くに》もとで独りつましく暮している母の姿が重なり合うように思いうかんだが、それは一瞬のことで、里見と対《むか》い合って坐ると、もう何時もの財前にかえっていた。

「上本町六丁目の鍋島外科病院の院長が、うちの教室の先輩だものだから手術《オペ》を頼まれて行った帰りに、ちょうどここを通りがかったもんだから、寄ってみたくなったんだよ、邪魔じゃなかったかな」

「うん、ちょっと調べものをしていたんだが、いいよ、で、手術《オペ》は何だったんだい」

「直腸癌《がん》の手術《オペ》だが、たいしたことないよ」

「しかし、直腸癌の手術《オペ》は、癌腫の発生部位や転移の有無によって、術式がかなり違うそうだが、どんな方式でやったんだ」

里見らしく、すぐ手術の術式を聞いた。

「別にどうってことはないよ、直腸を切除して、癌腫を除くのではなく、腹部切開をしてから、会陰部《えいんぶ》も切開して、腹部と会陰部の上下両方から癌腫を切除する腹会陰合併術だよ」

素っ気なく応えた。

「なるほど、直腸癌の根治手術では、その腹会陰合併術というのが、直腸切除術に比べて、ずっと理想的なものらしいね、現在、行なわれている直腸癌の手術《オペ》というのは、殆んどその術式でやるのだろう」

「うん、まあね」

「で、君の臨床経験からいって、この術式でやった場合の遠隔成績はどの程度なんだ？」

「まあ、悪くないよ」

財前は、気のない返事をした。

「メスの切れる君らしくもなく、えらく無関心な云い方だな、今日は、どうかしているんじゃないか」

里見は訝《いぶか》しげな表情をしたが、財前にとっては、手術の術式の話より、今、自分の胸につかえていることを里見に話し、少しでも気分の転換をはかりたかったのだった。里見なら人に口外などする心配がなく、この際、最も平静な態度でものを聞いてくれる相手であった。財前は煙草《たばこ》に火を点《つ》けると、

「疲れているんだよ、ひどく――、東教授の後任問題で、この間からいろんなことがあって心身ともに落ち着く暇もないぐらいなんだ」

疲れた重い口調で云った。

「次期教授の問題で、どうして君がそんなに疲れなくちゃあならないんだ、そんなことは東教授と、教授会に任せておけばいいじゃないか」

「任せておけば、僕は、助教授までなりながら、教授になり損ねるかもしれないんだぜ、君だからありのままを話すが、つい半年前までは確かに僕が、次期教授の本命だと自他ともに許していたよ、ところが、この二、三カ月前から東教授の心境に何か変化が起ったらしく、東教授の僕に対する態度には微妙な気配が漂い、僕の次期教授は俄《にわ》かにあやしくなって来たのだ、肝腎《かんじん》の東教授が推してくれないとなると、僕としては非常に不利になるから、これにたち向うために学内工作はもちろん、同窓会関係の学外工作をしっかりやらなくてはならない、そんなことで僕は疲れてるんだ――」

「いやだな、そういう話は、一人の教授の停年退官が定《き》まり、後任の教授選挙の日が

近付くと、その教室は人事の噂《うわさ》ばかりをして、仕事が手につかなくなるとは聞いていたが、他《ほか》の者の場合ならともかく、君ほどの実力のある者が、どうしてそんなくだらないことに巻き込まれるのだ」

「実力？　教授選挙が実力だけで片付くものなら、僕だってこんなにエネルギーを費やさねばならぬ事前運動などやらないよ、選挙というものは、どんな選挙でも、情実と金がつきものだからね」

投げやるように云った。里見の顔にみるみる不快な色がうかび、

「そんな云い方は止《よ》せよ、選挙という形そのものは民主主義に添った理想的なものじゃないか、だから選挙そのものではなく、選挙を行なう者の良心の問題なんだ、いやしくも、教授会での選挙が、なぜ公正なものであり得ないのか、僕は全く不思議だよ」

「だが、その不思議さが、現実に行なわれているから仕方がないじゃないか、いくら我関せず焉《えん》とした君だって、教授選挙というのは、教授会で投票が行なわれる前に選考委員会で、だいたいの人選が決まってしまっていて、教授会での投票は形式に過ぎないということぐらいは知っているだろう」

「しかし、他の学部では――」

と云《い》いかけると、財前はその言葉を遮《さえぎ》った。

「他の学部では、公明正大な教授選挙が行なわれてるとでも云いたいのかい、冗談じゃないよ、どこだって似たり寄ったりだ、医学部の、特に臨床の教授選の場合は、金が動くから目だつだけだよ」

こともなげに云うと、里見は、

「たとえ、他の学部にそうしたことがあったとしても、医学部の教授選は、人命を預かる医師を育成する医学者の選出なんだから、選出する方も、される方もそこに自《おの》ら《ずか》厳しいモラルが要求されるべきじゃないか」

咎《とが》めるような厳しさで云うと、財前は煙草の吸殻をぽんと灰皿へ放《ほう》り捨て、

「君の云うことは、一々ごもっともでりっぱだよ、しかし、それは君が傍観者だからだ、君だってあと三年で鵜飼教授の停年退官を迎え、次期教授に君がなるか、学外からの移入教授がなるかという立場にたたされたら、少しは考え方が変るだろうよ」

「いや、僕は無理をしたり、妙な画策をしたり、自分の良心を失ってまで教授になりたいとは思わない、自然になれれば、それは幸いなことに違いないが、なれなければ、それだけのことだよ」

と云うと、里見は、もう財前との会話を終えてしまったように、黙り込んだ。

隣の部屋から子供の宿題を見てやっている里見の妻の憚《はばか》るような低い声が聞え、向い側に見える窓には、一つ一つの家庭の平凡な倖《しあわ》せを映し出すように、明るい灯《ともしび》が輝いていた。

「突然、邪魔をしてすまなかった、全く君にはお門違いの話をしてしまったようだよ」

財前はそう云うと、苦い笑いを見せて起《た》ち上った。

曾根崎《そねざき》の小料理屋の二階に、第一外科の古参助手六人が集まっていた。次期教授問題についての話し合いの席であったが、まず、筆頭助手で医局長である佃が、次期教授に学外移入教授の線が濃厚であることを話し、

「先日来、個々にまたは、二、三人の席で話したように第一外科の次期教授が、東都大学系から移入されそうだという見込みが強くなったので、今日は医局の重だったメンバーに集まって貰《もら》い、緊急に次期教授問題について、われわれの意見をまとめようというわけなんだ」

と云うと、次席助手で第一外科の病棟関係の実権を握っている安西は、

「しかし、次期教授が財前助教授でないなどとは、何度聞いても、どうも信じられない、まさか佃君の情報間違いというようなことはないだろうな、妙に先走ったり、跳ね上ったりしたら、財前助教授よりこちらの身の方が危ないからな」

念を押すように云った。佃は、才気走ったよく動く眼を安西に当て、

「まだ、そんなことを云ってるようじゃあ、君の情勢判断は甘いよ、それほど信じられないのなら、思いきって話すが、東教授は、財前助教授に向って、もし君を次期教授に推さなかったら、君はどうするかねと開き直るように云ったという動かし難い事実があるのだぜ」

昨日、財前助教授から聞いた事実を突きつけるように云うと、俄かに座が緊張した。

「その上、金井講師の口からも、学外から引っ張って来るのなら、東都大学系と見て間違いあるまいということまで聞いているんだぜ」

教室の中で最も東教授と近く、東派と目されている金井講師の名前を持ち出して、信憑性《しんぴょうせい》をつけ加えた。

「ほう、金井講師がね、そうすると、佃君の云うように早急に、医局内統一をして、学外からの移入教授を阻止するようにしなければいかん、ぐずぐずしていると、東教

授の移入教授工作に機先を制せられてしまう」

慎重に構えていた安西がそう云うと、安西の次に古参である山田助手は、

「わが浪速大学の第一外科へ他大学から教授を迎えることなど、全く不名誉千万、この際、われわれは団結して財前教授実現を図るべきだ！」

肩を怒らせ大声で怒鳴るように云った。他の助手たちも、

「そうだ！　そうだ！　本学出身者に人材が無いのならともかく、財前助教授というれっきとした実力者があるのに、他大学からとは何ということだ！」

昂《たかぶ》った声で同調した。佃は一座の気持が高潮し、一つに纏《まと》まったと見ると、

「まあ、そう昂奮《こうふん》するなよ、われわれが団結し、財前助教授支持ということに決まれば、あとは冷静にして最も的確なる運動方針を建てることだ」

医局長らしく、話を一歩、前進させると、安西も相槌《あいづち》を打ち、

「そうだ、早速、具体的な運動方針を建てねばならん、と同時に用心しなくてはならんことは、すべて東教授に極秘裡《り》に工作することと、医局内の色分けをしっかり見極めることだ、医局員といえども、全部が全部、財前助教授支持ではないと思う、誰が来ても我関せずという無関心派もおれば、現在、冷飯を食っている奴《やつ》で、財前助教授支持と見せかけて、東教授の歓心を買うために抜けがけのご注進をする手合いもいる

だろうから、そこのところの色分けを誤るとえらい目にあう」

安西らしい慎重さで云った。

「しかし、われわれより後輩の医局員はまだしも御しやすいわけだが、講師の南さんと金井さんはどうします？　先の佃医局長の話では金井さんは、財前助教授支持派ということですが、ほんとに大丈夫ですかね」

一人の助手が気懸《きがか》りそうに、佃に聞いた。

「ああ、金井講師とは、この間、一杯やりながら話し、財前教授、金井助教授が僕たち医局員の理想ですと云ったら、まんざらでも無さそうな顔をして、君たちに任せるよということだから、大丈夫だよ、筆頭講師の南さんは、もう齢《とし》だし、今さら野心もない人だから、どうってことはないが、念のため南講師に一番覚えのいい山田君が当っておいてくれよ」

「よし、引き受けた、こうして講師、助手クラスががっちりと固まれば、内密に医局総会を開いて、われわれの総意を表明しようじゃないか」

南講師に顔のきく山田助手が勇みたつように云うと、佃は、

「冗談云っちゃあいけない、次期教授を決めるのは、投票権を持っている三十一人の基礎、臨床の現役教授だぜ、それを教授に直接、口をききにくいような僕らが束にな

って騒いでも、とどのつまりは犬の遠吠《とおぼ》えに過ぎない、だから、僕たちの手で直接やる工作は医局内統一で、票を握っている教授に対する工作は、ワン・クッションをおいて間接的にやるのだ」

「というと、実際問題としてどういうことになる？」

一同が、固唾《かたず》を呑《の》むように聞いた。

「それは、第一外科出身の実力のある開業医と、同窓会をうまく利用することだ、第一外科出身の開業医は、他学出身者が教授になれば、難しい手術《オペ》の応援や患者《クランケ》の担《かつ》ぎ込み、病室のことなどで無理がきかなくなるから、そうした面からの利害関係に訴え、同窓会のボス連には、何事も本学出身という愛校心に訴えて、そのあたりから票を持っている教授に働きかけて貰うことだよ」

「なるほど、さすがは医局長だ」

皆が感心するように頷《うなず》き、異様な熱気が部屋中に漲《みなぎ》った。

「しかし、問題はその名案を実際に頼める相手があるかどうかということだな」

安西が危ぶむように云うと、

「ところが引受け手があるのだよ、ほら、うちの教室出身の鍋島外科病院の院長、市会議員もしている鍋島貫治氏だよ、実はうちの親父《おやじ》も外科医院をやっているから、親父を通して、それとなく当ってみたら、鍋島さんは、よし票を握ってる教授連の切崩しは俺《おれ》が引き受けてやろうと、いうことだったんだよ」

事実とは少し異なる説明であるが、佃がそう云うと、

「ほう、そうすると、医局内統一の方は、俺と野本君と石川君の三人が引き受け、同窓会及び第一外科出身の実力のある開業医への働きかけは、佃君を頭にして、山田君と小林君でやることでどうだ」

安西が早速、分担をきめた。

「異議なし！」

佃は、ほっと表情を緩《ゆる》め、

「じゃあ、今日の話はこれぐらいにしてあとは、おおいに飲もうじゃないか、今晩の会計は財前助教授が持って下さるそうだ」

財前の振舞酒であることを伝えると、

「おお！　久しぶりで底なしに飲めるぜぇ」

「おい、酒と料理をどんどん持って来い！」

威勢のいい注文をし、急に座が賑《にぎ》わい、

「会計だけでなく、財前教授実現の暁にはわれわれの身分保証も願いたいもんだ！」

誰かが云うと、どっと笑声が起った。

＊

京都で開かれている日本癌《がん》学会総会は、第二日目を迎えて、全国から集まった千名近い会員が、第一会場である国立洛北《らくほく》大学の大講堂を埋めていた。壇上の正面には、大きなスクリーンが垂れ、向って左側には座長席、右側には演者席が設けられ、研究発表者は演者席にたって、一題七分以内の規定で、正面のスクリーンにスライドを写し出したり、グラフを表示したりして、発癌の理論や癌細胞などの研究から癌の根治手術や制癌剤、放射線治療などの臨床面に至るまでの広範囲の研究が、次々と発表されて行く。

七分の制限時間が近付くと、ブザーが鳴り、時間が近付いたことを演者に知らせるが、そこですぐに止める者もあれば、強引に最後まで一気に喋《しゃべ》ってしまう者もある。座長は一つの発表が終る度に、只今《ただいま》の発表について何か質問はありませんかと、聴講席に向って聞き、質問があれば、これも二分以内の規定で質問させ、無ければ、次の演者を登壇させるから流れるような速さで、一日平均五十題近くの研究発表がこなされて行く。

聴講席の前列の方には、癌学会の会長、副会長、理事などのトップ・クラスの著名な医学者たちが、ずらりと顔を並べ、そのうしろには各大学の教授、助教授クラスが陣取り、うしろの方へ行くにつれ、背広の背中を皺《しわ》にし、大きなカバンを膝《ひざ》の上に抱えて、見るからに夜行で着き、その日一日だけ学会に出席し、また夜行で帰って行くらしい地方大学の恵まれぬ講師、助手クラスの会員の姿が見られた。

東《あずま》は、東都大学の船尾教授と並んで、理事席に坐《すわ》り、今日のプログラムに眼を当てていた。あと七題ほどでプログラムに記載されている発表は終るのであったが、そのあと、船尾の計らいで、金沢大学の菊川昇が、特別発言の形で講演することになっているのであった。表向きは、どこまでも、今度の癌学会で大きな比率を占めている胃癌の根治手術に関連して、心臓疾患を持った胃癌患者の根治手術の可能性を心臓外科の立場から発言してもらうという形であったが、船尾の腹づもりは、浪速大学からこの癌学会に出席している教授たちに、菊川の存在を印象づけ、第一外科の次期教授として有力な線に持って行くことが大きな目的であった。

船尾からそうした腹づもりを聞き、既に今日の座長に、菊川を発言させるように頼んであると聞かされた東は、今さらながら船尾の政治力に驚嘆すると同時に、この学会の席上で、菊川が座長の指名を受けて特別発言をすることは、彼を次期教授に推すための何よりも強力で、見事な事前運動になると思った。

隣席に坐っている船尾が、東の耳もとへ、

「この演者の発表が終ると、いよいよ菊川君の登場ですよ」

囁《ささや》くように云った。壇上脇《わき》の演題を示す小さなスクリーンに『胃癌根治手術における問題点、特に重症合併症への対応について』という演題が映し出されると、演者はすぐスライドを使いながら、早口で説明を始めた。スライドに付いている説明文が、二、三行も読めないうちに、ぱっぱっと、次から次へと盛り沢山にめまぐるしく映り変り、七分の制限時間が迫ったことを報《しら》せるブザーが鳴り出すと、演者はさらに一気呵成《かせい》に残りの部分を喋り続け、二度、三度、降壇を促すブザーが鳴っても、演者席にしがみついて必死になって喋っている。会場のあちらこちらで失笑が湧《わ》き、船尾もくっくっと笑い、

「近頃の人は心臓だな、私たちの若い頃は、時間が近付いたブザーが鳴っただけで、かっとあがってしまい、まだ半分も発表していない途中でも、早々に引き退《さが》ってしまったものですがねぇ」

おかしそうに云った。壇上の座長席から、たまりかねたように座長が降壇を命じ、

やっと演者が壇を降りると、座長は型通り、

「只今の発表について、ご質問はありませんか」

と云ったが、質問者は無かった。

「それでは、これをもちまして、本日のプログラムにある研究発表は終りましたが、只今の群馬大学外科の田沢講師の発表内容にもありましたように、重症の心臓疾患を伴った症例を、いかに安全に外科的根治術の適応となさしめるかということは、今日の大きな問題でありますので、たまたま、二日前から京都会館で開催されている日本胸部外科学会に出席しておられる金沢大学の菊川教授が、本日この会場に出席しておられますので、心臓外科の立場から『心臓外科の進歩による胃癌手術の適応範囲の拡大について』という演題で、特別発言を願うことは、非常に意義のあることと思いますが、いかがでしょう」

一斉に賛同の拍手が湧き、座長の指名で菊川昇は聴講席の前にあるマイクの前にたった。一礼をして、油気のない髪をかきあげると、ぶっきら棒に話し出した。

「わずか十数年前までは、心内膜炎、心臓弁膜症、心嚢炎《しんのう》などによって、心不全の症状がある場合には胃癌の手術《オペ》は、全く不可能な状態にあったのでありますが、昭和二十六年に東京第一医大の神原教授が動脈管開存症手術に成功されて、わが国の近代心

心臓外科も創生期に入り、以来、麻酔の進歩とともに、発達を遂げまして、現在では心臓弁膜症があるような胃癌患者の手術《オペ》も可能になったのであります、いうまでもなく、心疾患を有する患者は、外科的侵襲《しんしゅう》によって一般的にショック状態などを起しやすい傾向があるのでありますが、心臓外科の進歩によって、術中、術後の心肺機能の管理も進み、万一、心臓が停止したような場合でも、開胸などによって瞬時のうちに、蘇《そ》生術《せいじゅつ》を行なうことが出来るのであります、また心臓が術中のショックによって、その昂奮を伝達しないような場合には白金線を心臓にさし、ペース・メーカーによって刺激を与えれば、心臓は一定の調律で動くのであります、このように心臓外科の長足の進歩は、今まで心疾患を有するが故《ゆえ》に不可能であった胃癌患者の手術も、その適応範囲が拡大され、心臓弁膜症のような心不全を合併する患者においても、胃癌手術が可能になったのであります——」

とつとつとした抑揚の乏しい話し方であったが、学問に対するひたむきな熱意と、真摯《しんし》な姿勢が滲《にじ》み出ていた。東は、そうした菊川の飾り気のない、いかにも医学者らしい姿に接し、船尾が推薦して来た二人の候補者のうち、娘の佐枝子《さえこ》のため、妻を失った菊川の方を選んだことを、うしろめたく考えていた思いが無くなり、東の心の中で、菊川を後任教授に推そうという決意がさらに明確になった。

東は、明るく展《ひら》けて行くような思いで、ちらっと斜めうしろの席を見た。そこには浪速大学から出席している教授たちが並び、その五、六列うしろに助教授、講師クラスが一かたまりになって並んでいたが、財前助教授の姿は見えなかった。

菊川の特別発言が終ると、座長は起《た》ち上って、第二日目の終了を告げる挨拶《あいさつ》をした。その挨拶が終るか、終らないうちに会員たちの足は、どっと出口へ向った。午前八時半から午後五時までの学会が終ってからは自由解散であったから、地方から出かけて来ている者にとっては、午後五時以後がおおっぴらに京都見物を出来る時間であった。正面玄関の前には、製薬会社や医療器具会社の乗用車がずらりと並び、著名教授たちは、それぞれの会社の車に乗って、その招宴の席へ出かけて行き、無名の貧しい研究者たちは、同好の士を募って、割勘のタクシーに乗って、新京極《しんきょうごく》辺りのおでん屋へ車を走らせるのだった。

船尾と東が廊下へ出ると、人混みの間をかき分けるようにして、レイン・コートとカバンを抱えた菊川が近寄って来た。船尾は、東の方を向き、

「金沢大学の菊川君です、会の始まる前にご紹介すべきですが、菊川君は胸部外科学会の席から、さっきの特別発言に間に合うように駈《か》けつけて来るのが、やっとだったので――」

そのことは、東も承知していたが、船尾は改まってそう紹介した。

「はじめまして、金沢大学の菊川昇と申します、よろしく——」

菊川は冴《さ》えない顔色で、言葉少なに初対面の挨拶をした。

「やあ、東です、あなたのことは、船尾教授からよくうかがっていますよ」

菊川の世間馴《な》れない、ぎこちなさを解きほぐすように云《い》い、

「どうです、これからどこか、京都らしい処《とこ》で、夕飯をご一緒しようじゃありませんか」

船尾と菊川を誘って、正面玄関の方へ行きかけると、背後から東を呼び止める金井の声がした。

「先生、洛北大学の木村教授が、明日の理事会は何時から何処《どこ》で開くのが好都合ですかと、聞いておられますが、いかが致しましょう」

金井講師は、学会の開催地が関西であるために、東にかかって来る雑務を、代って処理しているのであった。東は、菊川と一緒であることに、戸惑いのようなものを覚えたが、

「そうだな、明日は学会の最終日で、夜は懇親パーティがあるから、昼食時間を利用して、十二時半から総会本部で開くのが、一番好都合じゃありませんかと、お伝えし

ておいてくれ給《たま》え、それから、君は、もう帰っていいよ、もう何も用事がないから――」

と云い、思いついたように、

「菊川さん、うちの講師の金井です、私と同じ肺外科を専攻している者です」

菊川に、金井を紹介した。

「はじめまして、第一外科の金井です、先程の特別発言は、興味深く拝聴させて戴《いただ》きました、今後よろしくお願いします」

金井は、菊川を観察するようにまじまじと見詰めたが、菊川は、

「いや、こちらこそ――」

ぼそりと、無愛想に応《こた》えた。

東の行きつけである鴨川《かもがわ》べりの『京美野《きょうみの》』の座敷へ上ると、川沿いの部屋がしつらえられていた。鴨川の浅い細流《せせらぎ》が、ひたひたと音をたてて流れ、真向いには大文字山が、藍色《あいいろ》のなだらかな稜線《りょうせん》を引いて、ほの暗い夕闇《ゆうやみ》の中に溶け込みかけ、大文字に連なる東山の峰々も、かすかな明るみを空に残して、山裾《やますそ》は墨色に昏《く》れかけていた。

「やはり、京都ですね、こうして静かな川の流れを聞きながら、食事が出来るなんて――」

船尾は、久しぶりに京都の情緒を楽しむように云った。菊川は黙っていたが、夕闇に包まれた窓の外へ静かな視線を向けていた。

「先生、ようお越しやす、お待ちしてましたんどすえ」

女将《おかみ》が顔を出し、料理が運ばれて来ると、東は銚子《ちょうし》を取って、まず船尾の盃《さかずき》を満たし、次いで菊川にも勧めた。

「いえ、僕は駄目なんです、全く――」

菊川が盃をふせかけると、船尾は、

「菊川君、今日はまあ、無理をしてでも東先生のお盃は戴くものだよ、他《ほか》ならぬ浪速大学という長い伝統と歴史を持った大学の、しかも、東先生のような大先輩の後任に、君を迎えたいと云って戴いているのじゃないか」

不調法を窘《たしな》めた。

「じゃあ、ほんの形だけにして戴きます」

菊川は馴れぬ手つきで盃を取った。東は、ほんの少しだけ酒を注《つ》ぎ、

「さっきのあなたの特別発言の内容は、なかなか面白かったですよ、心臓外科一般の

治療上の進歩を知る上でも、非常に興味のあるお話でしたが、あの昭和二十六年というのは、そんなに心臓外科にとって、意義のある年だったんですか」

「ええ、あの年は、全く日本の心臓外科にとっては、大きな記念すべき年でした、といいますのは、先程、申し上げましたように東京第一医大の神原教授が動脈管開存症手術に成功された年であると同時に、母校の東都大学の木野教授が、ファロー氏四《よん》徴症《ちょうしょう》という先天性の心臓の難病に対して、日本で初めてブラロック氏手術法を適用して成功をおさめられ、日本の近代心臓外科の第一頁《ページ》が開かれた年だといえるわけです」

菊川が感慨深げに云うと、船尾は、

「菊川君はその時、うちの教室の講師でしたが、心臓外科を専攻していたので、その手術《オペ》に参画したのですよ、そしてそれから三年後、昭和二十九年に文部省の心臓外科綜合《そうごう》研究班が出来た時も、菊川君はそれに参加し、いまや、心臓外科の領域ばかりでなく、血管外科の領域にまで意欲を燃やしているんですからね、大したものですよ」

自分の推薦する菊川の学問的業績を、さらに高く裏付けるように云った。東は、そんな船尾の言葉の中に一種の恩着せがましさを感じ取りながら、

「うかがえば、うかがうほど、菊川さんの意欲には敬服致しますよ、それだけに余計

のこと、この際、私の後任に是非ともうちへ来て戴きたいものです」

と云うと、菊川は躊躇《ためら》うような口調で、

「有難いお話ですが、金沢などとは違って、大都市の伝統のある大学で、しかも東先生のような大先輩のあとなど、とても私には――、それに東先生の教室には、食道外科で有名な財前助教授というりっぱな後任者がおられますのに、なぜ、わざわざ私が？　その点がどうも納得が行かないのですが――」

訝《いぶか》しげに聞いた。

「いや、そのことについては、船尾教授にはよく解《わか》って戴いているのですが、うちの財前君は確かに優《すぐ》れた外科医ではありますが、一つの教室を預かって若い医学者を育成して行くには、いろいろと問題がありましてね、実は今日も午前中は学会に出ていたのですが、午後からは特診患者の手術《オペ》があるからと、さっさと先に帰ってしまったのですよ、ご承知のように国立大学の医学部教授として要求されるものは、教育、研究、治療の三つの面で優れた医学者でなければならないのですが、そうした点で財前君がもう一つ適当でないことと、現在、うちの大学には、第一、第二外科を合わせて、心臓外科のエキスパートが一人もいないのです、ところが心臓外科は現在、最も時代の脚光を浴び、日進月歩の学問だけに、その面の専門家がこの際、是非必要なんです、ですから、私の後任者としてあなたを迎えることが出来たら、何よりも浪速大学の外科部門の充実になるわけです、私は、長く自分の片腕を勤めてくれたからという理由だけで、財前君を自分の後任に決めてしまわず、浪速大学医学部の将来のために、広く全国的な視野にたって、あなたという人材を求めたわけですよ」

財前五郎を悪《あ》しざまに批判することは、自分自身の貧しさに繫《つな》がることであったから、東は、全国的な広い視野から人材を求めたという表現をとった。

「菊川君、そうまで云って貰《もら》ったら、何も云うことはないじゃないか、それとも他《ほか》にまだ、思案することでもあるのかね」

横から船尾が、促すように云った。

「いえ、別に何もありませんが、ただ、僕のように消極的で、どちらかといえば田舎《いなか》者《もの》が、浪速大学の第一外科のような大世帯《おおじょたい》を、うまく切り廻して行けるか、どうか、その点が……」

まだ迷うように云うと、東は、

「その点については、私も十分に留意していますよ、さっきあなたに紹介した金井講師は、私が一番眼をかけている教室員ですし、十六年前に私がたった一人、ぽつんと東都大学から浪速大学へ来た時とは違って、今では一応ちゃんとした路線が敷かれていますから、そんなに心配することはないですよ、そんなつまらぬ心配より、あなたは、浪速大学へ来て、現在以上に完備した研究設備と、潤沢な研究費を得て、さらに優れた学問的業績を上げられることですよ」

菊川の懸念《けねん》を取り去るように云った。菊川は、やっと心を決めたように眼を上げ、

「東先生に、一切をお任せ致します」

と云い、一礼した。

「いや、そう云って戴くと、私もあなたにお礼を云いたいほど嬉《うれ》しいし、あなたの受入れ態勢に大いに責任を感じますよ」

東が喜びを露《あら》わにすると、

「これで僕もほっとしたよ、何しろ菊川君のことだから、せっかく私がいいポストを勧めても、どんなことで辞退するかもしれないから、心配していたが、肩の荷が降りたよ」

船尾の顔に自分のことのような喜びと安堵《あんど》の色が奔《はし》るのを、東は見逃さなかった。船尾にしてみれば、菊川を浪速大学へ送り込むことによって、自分の支配下のジッツ（ポスト）を拡大することが出来るのであった。そして、東からいえば、菊川を次期教授にすることによって、退官後も自分のリモート・コントロールをきかす腹であった

から、極端にいえば、船尾も東も、自分の利益のために菊川の人事を運んでいるのであった。東の胸に、ふと自分も曾《かつ》て、こうした形で、特定の誰かの利益と目的のために、浪速大学の教授に送り込まれたことを思いうかべた。あれから十六年も経《た》ち、医学そのものは長足の進歩を遂げているにもかかわらず、その裏にある人間関係だけは少しも変っていないことに苦いうしろめたい思いを覚えたが、自らの小さな感傷を払い落すように、

「菊川さん、あなたの今度の予定はどうなっているのです？」

「僕は、今日で胸部外科学会の方は終りましたが、ちょっと洛北《らくほく》大学の医学部に用事がありますので、あと二日残って、明後日《あさって》の夜行で帰る予定です」

「そうですか、それでは、明後日は日曜日ですから、私の家へちょっと寄ってくれませんか、そして夕飯でも食って、大阪から列車に乗られたらいかがです？」

東は、思いたったようにそう云った。菊川は困惑するような表情をしたが、船尾は、

「菊川君、せっかくのお招きだからお伺いしたらどうかね、僕も体があいていたらご一緒したいのだが、どうしても明日帰らねばならない用事があるから、君だけでお伺いして来給えよ」

押しつけるように云った。

「では、お邪魔致します」

「じゃあ、菊川教授のために、おおいに乾盃《かんぱい》しようじゃありませんか」

東は、菊川を自宅に呼び寄せることに、大きな期待と楽しみを抱き、その楽しみに酔うように盃をあげた。

東家のダイニング・ルームは、英国風のどっしりとしたチークの飾り棚と食器棚に囲まれ、中央のテーブルの上には、洋蘭《ようらん》の盛花が飾られ、スエーデン刺繍《ししゅう》のナプキンとディナー・セットが整えられていた。

その正式《フォーマル》な晩餐《ばんさん》の用意に、菊川昇はやや戸惑いするように、扉《ドア》に近い席に坐《すわ》りかけると、東政子は眼敏《めざと》く、

「まあ、そんな端近《はしぢか》になどいけませんわ、どうぞ、正面にお坐り遊ばして——」

香水を匂《にお》わせながら、唄《うた》うような声で云い、東が、菊川の向い側に坐りかけると、

「あら、あなたは、こちらでございますのよ」

菊川の隣に坐らせ、菊川の真向いは娘の佐枝子の席として空《あ》け、政子はその隣へ坐

った。

「佐枝子は、一体、何をしているんでございましょう、お客さまがもうお席に着いていらっしゃるというのに、ほんとに失礼な娘ですわ、あ、ねえや、佐枝子をすぐ呼んでいらっしゃい」

オードヴルを運んで来た女中にそう云いつけ、

「菊川さん、ほんとに失礼申し上げますわ、引っ込み思案と申しますか、何時《いつ》も独りでいるのが好きと申しますか、人さまの前へ出たがらないので困っておりますの」

「いえ、僕は、東先生にご挨拶に参りましただけで、奥さまやお嬢さままでお出戴《いで》くなどとは思っておりませんでしたので——」

菊川は、一昨日、癌《がん》学会の席上で特別発言した時の少壮教授らしい落着きとは正反対の、世馴《よな》れないぎこちなさで応えた。

「いいえ、宅の方では、お客さまのおもてなしは家族で致します習慣になっておりますの、それが何時も、娘の佐枝子だけがぐずぐずして困りますわ、それでいて、妙にしっかりしたところがございまして、私の口から申すのもおかしゅうございますが、ちゃんと人を見る眼は持っておりまして、東の教室の人たちに対しても、一通りの見方を持っておりますの、この頃の娘というものは、皆、そうしたものでございましょうか」

「どうでしょうか、僕はあまり、そうしたことは……」

菊川がそう応えた時、扉が開いて、青磁色の上代紬《じょうだいつむぎ》の着物をきりっと着付けた佐枝子が、姿を現わした。

「まあ、遅かったじゃないの、こちらが金沢大学の菊川教授でいらっしゃるの、ご挨《あい》拶《さつ》申し上げなさい」

佐枝子は、菊川の方へ視線を向け、

「佐枝子でございます、遅れまして失礼致しました」

深々とお辞儀をすると、菊川も椅子《いす》から起《た》ち上り、

「菊川です、お邪魔しております」

言葉少なに挨拶した。

「佐枝子、菊川先生に食前酒をお注《つ》ぎしてさしあげて、それからオードヴルもお勧めして――」

政子は矢継早に、菊川へのもてなしを佐枝子に促した。佐枝子は、表情を動かさず、母に云《い》われただけのことをすると、あとは胸もとをそらせ気味にしたきちんとした姿勢で、スプーンを取った。菊川も、黙ってオードヴルに手をつけた。座が静まりかけ

ると、政子はまた賑《にぎ》やかに喋《しゃべ》り出した。

「私、このところ、東から、菊川さんのことは随分、伺っておりますのよ、洋々たる将来を持っていらっしゃる少壮教授でいらっしゃることも、数少ない心臓外科の権威者でいらっしゃることも、存じ上げておりますわ、ほら、何時か、アメリカの心臓外科学界の方たちが、何とかいう難しい心臓の再生手術をした時、日本でそれに答えられたのは、菊川さん、ただお一人ということでございますってねぇ」

佐枝子に聞かせるように云い、大袈裟《おおげさ》に驚嘆すると、東も、

「あれは、ほんとにお見事だった、あの頃から菊川さんは、われわれ外科学会で、評判になっておられたのだよ」

同調するように云うと、

「いや、別にたいしたことじゃないのです、僕がたまたま、冠動脈内膜切除術の新しい方法を摸索《もさく》している時でしたので、要は僕の研究のタイミングがよかっただけのことです」

菊川は、当惑するように応えた。

「いや、いや、あれはタイミングなどの問題じゃあない、やはり、あなたの優れた着想力と時間をかけた研究の積み重ねから得られた賜《たまもの》ですよ、この間も船尾教授と話し

ていたのですが、あなたは東都大学から金沢大学へ行かれてからも、東京にいる時と全く同じような学問的業績をあげておられたそうですが、地方へ行かれても、その研究がいささかも停滞しなかったところに敬意を感じますよ」

「それは、心臓外科そのもののもつ性格がしからしめるものです、日進月歩の医学の中でも、特に心臓外科の進歩の速度は、一年前に不可能であったことが、今年、可能なんですから、うかうかしておれないのです、それだけに研究者にとっては、一日も忽《ゆるが》せにすることが出来ない厳しい学問ともいえますが――」

と云うと、不意に佐枝子が口を開いた。

「そうした厳しさが、学問というものでございましょうね」

菊川は、はじめて佐枝子の顔にまっすぐ視線を当てた。母の政子と正反対の淋《さび》しい一種の翳《かげ》りを帯びた顔の中で、眼だけが冷やかなほどの聡明《そうめい》さを持って輝いていた。

「あら、せっかくのスープが冷めてしまいますわ、どうぞお早く召し上れ」

政子は、また沈黙しかけた座持ちをするようにスープを勧め、

「いかがでございますかしら、このスープの味は？　私が東の留学について、ドイツへ参っておりました時、向うの主婦に教わったものですが、お気に召しましたら、菊川さんの奥さまにもお教えしてさしあげますわ」

菊川が妻を亡《な》くしていることを知っていながら、家庭的なことに話題を振り向けるために政子は、平然と云った。

「奥さんは、つい四カ月程前に亡くなられたんだよ」

東が、政子の無神経さを注意するように云うと、

「まあ、さようでございましたの、それは何も存じませずに、失礼申し上げました、で、ご病気はどのような？」

「結核《テーベ》です、四年病臥《びょうが》しましたが、駄目でした、子供がなかったのが、せめてものことです――」

ぽつんと、菊川が応《こた》えた。

「まあ、四年もお臥《ふ》せになっておられたのでは大へんでございましたでしょう、でも、お子さまがおられなかったことが、妙な申し上げようでございますが、菊川さんのように沢山の研究を抱えておられる方には、不幸中の幸いとも申し上げられますわね、で、あとはどう遊ばすおつもりでございますの？」

「あとのことなど、まだとても――、考えておりません」

重い口調で云った。

「さようでございましょうとも、四年もお臥せになっていた奥さまをお亡くしになっ

て、そのあとすぐになどとは考えられぬのが当然でございましょう、でも、研究に没頭される方ほど、身の廻りのことや日常的なことは何一つお出来にならない方が多うございますし、それに最近、国際医学会などが開かれ、そうしたレセプションには夫妻同伴の場合が多うございますから、何時までも、お独りというのは、いろんな面でご不便でございましょう」

政子の露骨な言葉に、佐枝子は全身の血がひくような思いがした。今夜の菊川教授招待については、父も母も、何一つ格別なことを佐枝子に語らなかったが、今の母の言葉によって、その意図が読み取れ、佐枝子はいいようのない恥ずかしさに襲われた。

「ねえ、佐枝子、菊川さんが、お父さまのあとへ来て下さることになるのよ、すばらしいでしょう」

佐枝子の同意を促すように云った。佐枝子は、つと顔を上げ、

「それはおよろしゅうございますこと――」

ただ一言、そう云った。東は、ちらっと菊川を気にするように見、

「私は、あなたという後任を得て全くほっとしました、教室内に適任者があれば一番いいのですが、それがないので、あなたには無理を云った形になりましたが、これで私も後顧の憂《うれ》いなく、安心して退官出来ますよ」

取り繕うように云ったが、佐枝子は、里見三知代を訪れて帰って来た夜、自分の耳に聞えた父母の云い争いの声を思い起した。(あなたの停年退官までに、何とか佐枝子をりっぱなところへ片付けたくて、それでしっかりして戴きたいの)という昂《たかぶ》った母の言葉に、(お前が考えているほど私も世間知らずじゃないよ)と応えた父の言葉が甦《よみがえ》った。菊川の方を見ると、最近、妻を失った少壮学者は、そんな東のほんとうの意図は知らず、東のあとを継いで真剣に学問と取り組むことだけを考えている様子であった。佐枝子の胸にふと、里見脩二《しゅうじ》の面影がうかび、何時の間にか里見脩二と菊川昇とを引き比べている自分に気付いた。

＊

新大阪ホテルの三階大広間には、浪速大学名誉教授、滝村恭輔の喜寿の会を祝う各界の名士たちが、次々と集まっていた。大阪近県の国立大学の学長、医学部長はもちろん、知事、市長、商工会議所会頭をはじめ、有名財界人、大阪選出の衆、参院議員などが、殆《ほと》ど顔を見せている。

ダーク・スーツに黒の蝶《ちょう》ネクタイをつけた財前五郎は、滝村名誉教授の出身教室の助教授として、今日の会の雑務と進行責任を受け持ち、来賓の受付と案内方《がた》を指図していたが、医学界の長老や、財界の知名人が姿を見せると、若い教室員たちに任さず、自身で正面のテーブルまで案内した。

メイン・テーブルの滝村名誉教授は、真っ白になった白髪《しらが》頭の下によく光る眼を見開き、七十七歳とは思えぬ壮健さで、始終、濶達《かったつ》に談笑し、次々にメイン・テーブルにつく名士たちと挨拶を交わしている。浪速大学医学部からは鵜飼医学部長と、前医学部長の大河内教授と、則内《のりうち》病院長、東教授の四人がメイン・テーブルにつき、鵜飼医学部長と東教授は、発起人代表として来賓の一人一人に挨拶をして廻っていたが、社交家で顔の広い鵜飼は、豪放磊落《らいらく》に握手をしたり、肩を叩《たた》いたりして挨拶し、東は一人一人に固苦しいほど鄭重《ていちょう》な挨拶をして廻っていた。

三時になると、広い会場に煙草《たばこ》の煙と酒いきれがたち籠《こ》め、十月というのに汗ばむような生温かさであった。財前は、三百人程の出席者がほぼ揃《そろ》った様子を確かめると、メイン・テーブルにいる東の前にマイクを置いた。滝村名誉教授ほどの大御所になると、司会は助教授ではなく、その出身教室の現教授がするのが、医学界の慣例であった。

東は、何時《いつ》ものように謹厳な表情でマイクに向った。

「本日は、ご多用の中をかくも盛大にお集まり下さいまして、主催者側と致しまして厚く御礼申し上げます、只今《ただいま》から浪速大学名誉教授、滝村恭輔先生の喜寿をお祝いする会のために、来賓の方々から御祝辞を戴《いただ》くと同時に、滝村先生からの御答辞を戴くことに致します」

と司会すると、まず挨拶上手で定評がある知事が、マイクの前に起った。

「まず私が祝辞の皮切りを致すことになりましたが、カクテル・パーティの席で、長々とご挨拶するほど野暮なことはありません、特に本日のように健康長寿のおめでたい会で、しかもテーブルの上に豪華なオードヴルや美味《おい》しいカクテルがふんだんに盛られている席上では、長々しい祝辞など無くもがなの、野暮の骨頂だと思います、ただただ、大阪が生み、大阪の誇る文化勲章受章者であり、日本外科学界の大御所である滝村先生のご健康とご長寿とをお祈りして、我々もそれにあやかれるよう、おおいに食い、大いに乾杯することをもって私の祝辞に代えさせて戴きます、滝村大先生、乾杯！」

選挙演説で鍛えた声で大きく乾杯を叫ぶと、大広間にどっと乾杯の声が上り、グラスが高々と持ち上げられた。滝村名誉教授も、満面に笑みをうかべて、グラスを高くかかげた。次いで商工会議所会頭、日本医学会会長の祝辞が続き、滝村名誉教授の答礼になると、一きわ高く拍手が鳴った。

滝村名誉教授は、白髪の下に紅潮した頬《ほお》を輝かせながら、マイクの前に起ち、大きな咳払《せきばら》いをしてから口を開いた。

「先程から御祝辞が続き、礼儀正しい方は、せっかくのお酒も召し上らずに傾聴しておられるご様子ですから私は簡単にご挨拶申し上げます、本日は、ご多忙の中を多数お集まり戴き、盛大に祝って戴きまして、心から御礼申し上げます、このように盛大に祝って戴きましたからには、ますます長生きして、憎まれ口をきき、厚かましく八十八歳の米寿の会もして戴くつもりですから、もうこれで滝村の会はすんだなどと棚上げにしないで戴きたい、その代り、私も老いてますます勉強し、医学界のことと、皆さんの健康に関することなら、何を持ち込まれても犬馬の労を厭《いと》わんだけの覚悟をしております、せいぜい、この老骨をご利用下さるよう願いおきます」

簡潔で洒脱《しゃだつ》な言葉で結ぶと、再び盛んな拍手が湧《わ》き、次いで医学部代表として、鵜飼医学部長が挨拶に起った。肥《ふと》った体をせり出すようにマイクに近付け、まず参会者に対《むか》って多数の出席を得たことを鄭重に謝し、滝村名誉教授の方へ向きを変え、

「滝村先生、七十七歳のお誕生日、おめでとうございます、こうして近しく拝顔させて戴きますと、とても七十七歳のご高齢とは思えず、老人病を研究しております小生

が、先生にその健康法をお尋ねしたいほどのご壮健さでいらっしゃいます、先生は今さら取りたてて申し上げるまでもなく、日本学士院会員であり、輝かしい文化勲章を受章された日本医学界の大長老であられますが、一面、先生ほど愉快なエピソードを数多く持たれた方はありません、その一つ、二つをご披露させて戴きますと、先生は昭和十六年頃、医学部長として学生の前で、教育勅語を奉読された時、最後の年月日の明治二十三年を、昭和に間違えて読まれ、えらく学生を騒がせたことがありましたが、あの頃、そうした間違いは滝村先生でなく余人ならば、ただごとではすまなかったと思います、もう一つご披露申し上げますと、何時かの臨床学会の最終日に、日本臨床学会万歳！　と音頭《おんど》を取らねばならない時に、浪速大学医学部万歳！　とおやりになって、すましておられるなど、これまた余人が習うことの出来ないところであります」

メイン・テーブルから遠慮のない笑いが起ったが、入口に近いテーブルにかたまっている助教授クラスは、噴き出しそうになるのを堪《こら》え、まずメイン・テーブルの来賓たちが笑い、次に教授たちのテーブルからも笑い声がたつのを見すましてから、はじめてつつましく笑った。財前も、噴き出しそうになる笑いを嚙《か》み殺した。

鵜飼医学部長に次いで、大阪府医師会会長、毎朝新聞社社長、大阪府会議長などの祝辞が終ると、あとは寛《くつろ》いだパーティの雰囲気になったが、財前は若い教室員に任せきりにせず、自分もテーブルを離れて、それとなく各テーブルを見て廻り、パーティの進行状況に気を配っていると、有力開業医たちが集まっている窓際《まどぎわ》のテーブルから、

「財前助教授！」

と呼ぶ声がした。鍋島《なべしま》病院長の鍋島貫治と岩田重吉たちのグループであった。急いでそのテーブルへ歩み寄ると、十四、五人の有力開業医が、野武士のような面構《つらがま》えをして屯《たむろ》していた。いずれも五十を過ぎた有名な個人病院、もしくは医院の院長ばかりで、同窓会の役員たちであった。

「どうも、本日は、お忙しい中をお運び下さいまして有難うございます、先生方のご協力のおかげで舞台裏を勤めておりますわれわれ教室員まで面目を施しております」

ことさらに鄭重に挨拶をすると、いささか酩酊《めいてい》気味の鍋島は、口髭《くちひげ》をひねるようにし、

「ちょうどええ機会や、この際、われわれ浪速大学医学部同窓会のボスどもを、紹介しとくことやな、岩田さん、あんたは財前助教授の舅《しゅうと》さんとも昵懇《じっこん》やから、あんたが紹介役をしたげたらどうです」

鍋島と岩田だけに通じる微妙な云い方をした。

「なるほど、それは好都合や、われわれ開業医にとっては、雲の上人《うえびと》の滝村大先生より、何かの際の神頼みで、メスのきれる食道外科の財前先生の方が、近付き甲斐《がい》があるということですからな」

と云《い》い、岩田は、まず財前を一同に紹介してから、一人ずつ順番に、各院長を財前に紹介した。パーティの席上のさり気ない挨拶《あいさつ》のように見せかけながら、鍋島と岩田は、その一人、一人の同窓会のボスたちに、財前を次期教授として売り込んでいることは明らかであった。こうした時に出来るだけ下手《したで》に出ることが相手を満足させることであったから財前は、何時もと打って変った慇懃《いんぎん》さで頭を下げた。大阪で一、二を争う大森外科病院の院長は、酒気で赧《あか》らんだ顔を崩し、

「ああ、あんたのことは鍋島君からよく聞いてますよ、われわれの後輩にあんたのような人がいてくれると心強い、ともかく、お互いに持ちつ持たれつで、行きましょうや」

と云い、愉快そうに大声で笑った。その声の大きさに近くのテーブルから二、三人振り返る気配がした。第二外科の今津教授の顔も、そこにまじっていた。財前は一瞬、当惑したが、すぐ席をはずすわけに行かず、潮時を見て、

「では、どうぞ、ごゆっくりお寛ぎ下さい、私はちょっと——」

と云い、テーブルを離れかけると、がやがやと騒《ざわ》めき、乱れて来たテーブルの間を縫い、大股《おおまた》で歩いて来る鵜飼医学部長の姿が見えた。財前は、急いで遠ざかりながら、眼だけは鵜飼のあとを追った。鵜飼は、岩田のいるテーブルの方へちらっと眼を向けてから、廊下へ出た。そして岩田がトイレットにたつように、そそくさとして廊下へ出て行く姿を認めた。

財前五郎の眼に、かすかな笑いが滲《にじ》んだ。この会のあと新町の料亭で岩田が、鵜飼医学部長と懇談する運びになっているその時間の打ち合わせをしているらしい様子であった。財前はくるりと踵《きびす》を返すと、東のいるメイン・テーブルに視線を当てた。知事と市長は早々に引き上げたらしく姿が見えなかったが、他の名士たちは、滝村名誉教授を囲んで頻《しき》りに歓談していた。そこには、文化勲章の淡紫色の略綬《りゃくじゅ》を左衿《えり》飾り穴につけ、功成り、名を遂げた医学者に対する畏敬《いけい》と、畏敬すべき人物と談笑している人たちの満足感が満ち溢《あふ》れ、東もその中の一人として、鷹揚《おうよう》な微笑をうかべながら歓談していた。財前の胸に、近い将来あのメイン・テーブルについて、今、東がうかべているような鷹揚な微笑をうかべて談笑するようになるためには、あと五カ月先に迫っている教授選を、いかなる手段を弄《ろう》しても勝ち取って、自分のものにしたいという強い欲望が突き上げて来た。

鶴《つる》の家《や》の奥座敷に坐《すわ》った鵜飼医学部長は、庭燈籠《にわどうろう》の灯《あか》りに眼を向けながら、気のない様子で、岩田の話を聞いていたが、聞き終ると、露骨に不快な顔をした。

「緊急の要件というのは、そのことかね」

滝村名誉教授の喜寿の会のあと、無理算段して、やっと二次会の席から脱《ぬ》け出て来たのに岩田の話というのが、助教授の財前に関することであるのが、鵜飼にとって不快であった。こんなことなら、別に今日に限った話でなく、日を改めてのことでよいと思ったのだった。岩田は、銚子《ちょうし》を取り、鵜飼に盃《さかずき》を勧めながら、

「まあ、そう不機嫌にならんでくれよ、僕だって、こんな日に君を呼び出したくないが、人事の駈《か》けひきというのは、一日違いで、とんでもない水ものになってしまうことがあるからな、ほら、君が医学部長になる時だって、鼻先一つで危《あぶ》うなり、胆《きも》を冷やしたことがあったやないか」

その時、自分が奔走したことを思い出させるように云った。鵜飼は一瞬、遣《や》り場《ば》のない顔をしたが、

「しかしだね、東君がまだ、その菊川とかいうのを推薦するとは、はっきり定《き》まって

いない推測の段階で、頭から第一外科の次期教授に、移入教授反対などという意思表示は出来ないよ、ともかく、東君が誰を推すか、はっきりするまで待って貰《もら》いたいね」

急がぬ口調で云った。

「それじゃあ、ほんとうに鵜飼君はまだ、東教授が、金沢大学の菊川というのを引っぱって来るつもりらしいのを知らんのんか、へぇぇ、呆《あき》れたものだね、君と東の日頃の付合いから推して、東は誰をさしおいてもまっ先に、君には相談してしかるべきやないか、それをいまだに一言の相談もなく、医学部長が聾桟敷《つんぼさじき》に置かれてるとは、君も案外、東に舐《な》められてるのやないかな」

いや味な云い方をすると、鵜飼の顔が、むうっと気色ばんだ。

「岩田君、失敬なものの云い方は、止《や》めて貰いたい、僕が東君なんかに舐められるはずがないじゃないか、第一、退官前の東君なんかは、僕の眼中にないよ」

岩田は、気色ばんだ鵜飼の反応を十分に見確かめると、今度は、急にへり下るような低姿勢で、

「いや、これは失敬、昔馴染《なじ》みでつい、失礼な云い方をしてしもうた、まあ、気を悪くせんで戴きたい、それというのも、東がいまだに君に相談もせんのは、次期教授の

推薦に関して、何か君に知られると工合の悪いようなことでもあるのやないかと、そんな老婆心《ろうばしん》もあって出た言葉やからな」

「東君が、僕に知られると工合の悪いようなことを――、まさか、そんなことは無いだろう」

軽くあしらうように云うと、岩田は金縁眼鏡の下から細い眼を光らせ、

「そうかな、しかし、鍋島貫治から聞くところによれば、東さんもなかなかの役者というこっちゃがな」

ねっちりと思わせぶりに云った。

「ほう、鍋島――、あの市会議員もやってるやり手の鍋島君が――」

鵜飼は、気になるように聞いた。

「いやね、実はさっきの会で、鍋島と同じテーブルで話していたんだが、メイン・テーブルの東の方を眼で指し、ほら、あの一見、学究風の東が、東都大学の船尾教授と組んで、船尾の紐《ひも》つきの金沢大の菊川というのを次期教授に推し、浪速大学における東都大学のジッツの拡張をはかる魂胆らしいと云うので、僕がまさかと笑うと、鍋島は、いや、ほんとだ、第一外科の医局員たちが探った情報にも、東、船尾、菊川の線が出ていて、俺《おれ》の情報と一致しているから確かなところだと、耳うちしてくれたんだ

よ」

事実は、財前五郎から出た話であったが、ことの信憑性《しんぴょうせい》を付け加えるために鍋島という第三者の言葉にすることを忘れなかった。鵜飼は、さすがに驚き、

「そうすると、もう第一外科の医局では、財前支持の事前運動がはじまっていて、それが、鍋島君なども手を組んでいるというのかね」

「何もそう驚くことはないよ、君だってこうした経験はあるはずやないか、選考委員会がはじまってからでは遅いから、財前支持派はいち早く、医局内をまとめ、鍋島とも組んでいるわけや」

「じゃあ、そこまで工作が進んでいて、僕に何を頼むというのかね?」

鵜飼は、用心深い口調で云った。

「選考委員会の時から、財前を有利に持って行くために、財前支持派の教授を選考委員に入れてほしいのや、そうせんことには、現教授の支持を受けてない財前派は、万一という危険があるからな」

「しかし、医学部長たるものが、そんなことを表だって出来ないよ、平《ひら》教授ならともかくね」

「解《わか》ってるよ、だから、君自身に表だってやってほしいと云ってるのやない、君の一

声で動く鵜飼派の教授たちに、そう持って行って貰う工作を頼みたいわけや」

岩田は、ずばりと本論に斬《き》り込むように云うと、鵜飼の顔に苦い笑いが奔《はし》った。

「ところが、医学部内にはいろんな派閥《はばつ》があって、君の考えるようにそう簡単にいかん、表見《おもてみ》は、僕がぴしゃっと医学部を圧《おさ》えつけているように見えるが、内実は僕を中心にした、いわゆる主流派の他《ほか》に、医学部長選の時、僕に敗れた則内病院長を中心にした則内派と、それに基礎の指導権を一手に握る大河内派が、何かにつけてからんで来るのだ」

「なるほど、それで、その鵜飼主流派と、則内派と、大河内派の力関係は、どんな工合ですねん？」

岩田も、用心深く聞き返した。鵜飼は、やや暫《しばら》く、考え込んでから、

「そうだな、最近、則内派の懐柔には成功しだしているから、彼とは話によってはうまく手を繋《つな》げんこともないが、問題は、基礎の大河内派だ、あそこは大河内の鶴の一声で、まとまる結束力があるからね、だから、今度のことでも、一番の曲者《くせもの》は大河内派なんだ、何しろ、財前君はあの教室にいたことがあるから、欠点も握られているだろうし、大河内はどうも財前のようなタイプは好まないらしいからね、もし、東教授の工作が、大河内の方へ延びるようなことがあると、これはちょっと骨だよ、臨床、

基礎合わせて三十一講座のうち、基礎の十五講座の票を握っているのだからね」

鵜飼は、財前のためというより、自分の保身のために慎重を期するように重い口調で云った。岩田は急に揉《も》み手《で》をする商人のような腰の低さで、

「いや、これは、どうも――、そんな難しい派閥抗争があるとは知らず、頭からごり押しに頼んで、ほんとに申しわけない」

殊勝に謝《あやま》り、銚子をとって、鵜飼に酌をし、

「しかし、そこを、何とかうまくなにするのが、腕の見せどころというものやないか、君だってまさか、ここまで来て、医学部長で終ろうなどとは思うてないやろ、次期学長選を狙《ねら》い、着々と足固めをはじめてるらしいな、その時は、君から頼まれんでも、一肌も二肌も脱ぐことを、僕は決して忘れていないんだよ」

鵜飼の腹のうちを、じわりと探るように云うと、

「さすがは、早耳の君だな」

鵜飼は、肯定するように云った。

「そんなことぐらい知らんようでは、海千山千の医師会や、同窓会の役員は勤まらんよ、ともかく、その時は、また、せいぜい使い走りさせて貰うよ、どうや、持つべきものは、友達やろ、あっはっはっ」

岩田が意味あり気に笑うと、鵜飼も、

「いや、ほんと、持つべきものは金でなく、年来の友だよ、あっはっはっはっはっ」

座敷一杯に響くような高笑いをしながら、鵜飼も岩田も、眼だけは笑っていなかった。

# 七章

高く澄みきった空の下に、落成して間もない浪速《なにわ》大学附属病院の新館が、白い巨塔のような威容を堂島川に映し出している。つい一カ月前に完成し、文部大臣の臨席を得て盛大な落成記念式を終えたばかりであった。

鵜飼《うがい》は、その時の盛大であった様子を思い返し、至極、満ち足りた面持で拭《ふ》き磨《みが》かれた新装の階段を上《あが》っていたが、三階まで上り、今から始まる次期教授選出の選考委員会の顔ぶれを考えると、俄《にわ》かに苦い顔になった。病理の大河内教授と、第二外科の今津教授、整形外科の野坂教授、産婦人科の葉山教授の四人に、医学部長の自分と東《あずま》教授が加わり、全部で六人のメンバーであったが、この顔ぶれは、鵜飼にとって決して満足すべきものではなかった。

鵜飼の腹のうちでは、第一外科の後任教授の選考であるから、自分と東の他《ほか》は、臨床でメスを握る第二外科、整形外科、産婦人科、耳鼻咽喉《いんこう》科というすべて臨床四科の教授で選考委員を占めて、短期間にことを定《き》めてしまいたいと思い、自分の腹心である産婦人科教授の葉山に、その旨《むね》を云《い》い含め、事前にその四人に票が集まるように、少なくとも臨床の各科教授には話をつけさせておいたのにもかかわらず、一週間前の定例教授会での選考委員選出の投票結果は、基礎の実力者である大河内教授が、耳鼻咽喉科を蹴落《けおと》して割り込んで来たのだった。しかも、医学部長は選考委員長を兼ねられないきまりになっていたから、指名で大河内が選考委員長になったのであった。一体、大河内ほどの大物教授の糸を引く者は誰であるのか——、鵜飼の一番気懸《きがか》りで、知りたいところであったが、産婦人科の葉山が報《しら》せて来る情報では、大河内は特定の候補者を支持するために出て来たのではなく、厳正な教授選挙を行なうための〝厳正中立派〟だということであった。

厳正中立か——、鵜飼は、微妙な響きを籠《こ》めて呟《つぶや》くと、急にせかせかと会議室へ入って行った。

二十坪ほどの会議室には、大河内教授を囲んで、他の委員たちが全部、顔を揃《そろ》えていた。

「いや、どうも、皆さんお早いですな」

鵜飼は、定刻の三時にまだ四、五分あるのを確かめてそう云い、大河内の左隣の席に坐《すわ》った。右隣には東が坐り、その向い側に、第二外科の今津、産婦人科の葉山、整形外科の野坂という順に坐っていた。鵜飼は、お茶を運んで来た事務員に、関係者以外の出入禁止の札を掛けるように云い付け、

「只今《ただいま》から、第一外科の後任教授選出のための第一回選考委員会を開くことにします、大河内選考委員長、よろしく、どうぞ」

と云うと、大河内は鶴《つる》のような痩身《そうしん》で起《た》ち上り、

「選考委員会はいうまでもなく、公正な調査と判断に基づいて、第一外科の後任教授候補者を選出する機関で、この機関によって最終的に選出された候補者の中から、教授会の投票によって、後任教授に選ばれることになり、われわれは重要な責任ある立場にあるわけですから、諸君に公平無私の厳正なる選考をお願いしたい」

厳しい口調で云った。座が引き締まり、東の頰《ほお》に去って行く者の寂しい翳《かげ》りのようなものが掠《かす》めたが、

「皆さん、宜《よろ》しくご選考をお願いします――」

東は起ち上って、一礼をした。大河内は言葉を継ぎ、

「まず最初に、選考の基本方針を決めねばならんわけだが、この基本方針の検討に入る前に、現教授の東教授に、この際、特にご希望のことがおありなら、伺っておこう

じゃありませんか」

教授の椅子《いす》を去って行く東に、まず発言させる配慮を忘れなかった。東はかすかに緊張した表情で、

「私と致しましては、特にこういう後任者であってほしいというような特別の注文はありません、選考委員の皆さん方の厳正なご選考によって、伝統ある浪速大学医学部を、私が去ったあともさらに権威ある充実したものにしてくれる学究の徒が選ばれさえすれば、誰であってもいいと、そう考えている次第です」

菊川昇のことは噯《おくび》にも出さず、ことさらに淡々とした口調で云った。しんとした沈黙が流れ、鵜飼が大きく身を乗り出した。

「さすがは、名実ともに紳士で通っておられる東教授のお言葉ですな、とかく後任教授のこととなると、現教授はご自分の注文や希望をつけて横車を押される方が多い中で、東教授は、ただ浪速大学医学部の将来のためだけを考えておられる――、われわれも大いに見習うべしですな」

鵜飼は、東が菊川推薦であるらしいことを岩田から聞き知っていながら、わざと感嘆するように云うと、大河内は、

「教授の椅子を私物化しないというのは、当然のことですよ、今までそれが行なわれ

てなかったことの方がおかしい」

聞き咎《とが》めるように云い、

「早速、具体的な選考基準を出して行くことにしよう、最初に考えねばならんことは、後任教授の専攻が何かということだが、その点はどうだろう」

と云うと、整形外科の野坂が、色の黒い角張った顎《あご》を突き出し、

「その問題は、まず大きく分けると、現在の第一外科の専門とするところ、つまり東教授の呼吸器外科、または財前《ざいぜん》助教授がやっている消化器外科の線に添った分野の人にするか、それとも現在の第一外科にない新たなる分野の人を選ぶか、どちらかということが先決問題になりますね」

と云うと、第二外科の今津が、すぐ言葉のあとを取った。

「第二外科を受け持っている私の立場から申しますと、現在の浪速大学の第一外科は既に東教授と財前助教授の指導によって、呼吸器外科と消化器外科の英才は続々と輩出されており、第二外科は私の一般腹部外科系統でまとまっておりますので、この系列の疾患の診療と研究に関しては何らの懸念《けねん》もありませんが、正直なところ、一番頭を悩ましておりますのは、今日、最も関心を持たれている疾患ともいうべき心臓疾患の権威ある外科の専門家がいないということです、幸い東教授は先ほど、浪速大学医

学部の将来のためになるりっぱな学究の徒であれば誰でもと、発言しておられますから、この際、思いきって心臓外科のオーソリティーを招きたいものだと思うのですが――」

そう云った途端、一斉に、今津に視線が集まった。後任教授の候補者に関する具体的な最初の発言であったからであった。今津の隣に坐っている派手な格子縞《チェック》のダブルを着込んだ産婦人科教授の葉山は、女のように白い顔に薄笑いをうかべ、

「僕は、そうは思いませんね、国立大学の附属病院は、そうあれも、これもと間口を広げる必要はないと思うのですよ、大体、第一外科は、東教授を前において、甚《はなは》だ失礼な申し上げ方ですが、どちらかといえば、消化器外科で評判を取って来られたのですから、今後もその線で押して行かれた方が、いいのではありませんか、やれ心臓外科が学界の主流になったからと云って心臓外科の専門家を、やれ脳神経外科が学界で脚光を浴びているからと云って脳神経外科の専門家をというのでは、まるで流行を追う開業医がするようなことじゃないですかね」

心臓外科を主張する今津の発言に対して、消化器外科、つまり財前助教授を推す意図が読み取れる言葉であった。鵜飼医学部長の腹心と目されている葉山の言葉だけに、やや硬《こわ》ばった気まずい空気になりかけたが、整形外科の野坂が野人らしい遠慮のない

発言をした。

「今の葉山教授の発言は、ちょっと極端な云い方じゃありませんかな、国立大学の附属病院である限り、綜合《そうごう》病院であることが建前ですから、それが現在の一種の流行的な学問であったとしても、心臓外科にしろ、脳神経外科にしろ、なに外科にしろ、出来るだけ広い分野の専門家が揃っている方がいいじゃありませんか、だから第一外科も、何もこれまでの呼吸器外科と消化器外科だけに固執せず、それこそうんと、広い外科分野からの後任を考えることじゃないでしょうかね」

野坂は、今津とも、葉山とも異なった独自の考えを持ち、その考えに基づいた候補者を持っているらしい発言であった。この席でまだ意見らしいものを発言していないのは、選考委員長の大河内と、医学部長の鵜飼だけであったが、大河内は、誰が見ても厳正中立の感じであったし、基礎の教授である大河内から見れば、臨床の後任教授選考に格別、主観的になる必要もない立場にあったから、問題は鵜飼医学部長の思惑《おもわく》であった。今津は、何時《いつ》ものように温厚な表情で、

「いかがでしょう、このあたりで医学部長のご意見もお伺いしたいのですが――」

慇懃《いんぎん》に云うと、鵜飼は徐《おもむ》ろに、各委員の顔を眺め、

「皆さん、なかなか活発なご意見ですな、まるでご自身の後任を選出する時のような

ご熱意ですが、私の意見を云えとおっしゃられると、私は、現在の充実している東外科をそのまま受け継ぐことが第一外科のためにも、当医学部のためにも、そして何よりも東教授のためにも一番、いいことじゃないかと、こう考えているのですが、東さんはいかがです？」

必要以上に、東をたてた。

「そんな風に云って戴《いただ》くのは有難い限りですが、私は、自分の去ったあとまで東外科云々《うんぬん》などと云われることにあまり執着していないのです、停年退官する老兵は消え去るのみと、そう割り切っています、それより、これからの第一外科は、呼吸器外科や消化器外科に限らず、さらに広い分野をも包含した名実ともに浪速大学の表看板になり得る第一外科にしてほしいと思っていますから、皆さん選考委員の方々のお考えで、うんと自由に、広い視野からお選び戴けば、それで結構だと思っています」

当り障りのない穏やかな応《こた》え方をしながらも、その言葉の中には、現在の第一外科の専門に固執しない線が打ち出されていた。

「東教授ほどの方が、いやにご謙虚でいらっしゃいますな」

鵜飼が、妙に陰に籠《こも》った云い方をすると、大河内は、老眼鏡の底からじろりと鵜飼を見、

「現職の東教授が、必ずしも現教室の専門や研究テーマに固執しないとなると、われわれは、純粋に学識、業績、人物ともに勝《すぐ》れた人材を、全く自由に、広い視野から選ぶことが出来るのだから、選考委員にとってこれほど結構な話はないじゃないですかな」

と云うと、整形外科の野坂が口を挟んだ。

「一口に広い視野といっても、実際には、一応の範囲というものが定《き》まって来るのではないでしょうか、つまり、今までの慣例から見て、本学内から選ぶか、或《あ》るいは、学外からならば、奈良、和歌山、徳島大学などの浪速大学の系列校からか、それとも東都大学系もしくは、洛北《らくほく》大学系のいずれかということになると思うのですが――」

大河内は俄かに気難しい顔をし、

「そんな縄張り根性でものを定めるのはおかしいじゃないか、広い視野といえば、広い視野なんだ、何も、そう何々大学系などという系列を限らなくてもいいんだよ」

突《つ》っ撥《ぱ》ねるように云った。今津はすかさず、

「私も全く、選考委員長と同意見です、何々系などと限らず、全国公募という形にして公式に本学から、各大学へ推薦方《かた》の依頼状を発送し、推薦されて来た多士済々《せいせい》の中から選出するのが、一番すっきりして、それこそ全国的な広い視野から勝れた適任者

を選べますからね」

と云うと、鵜飼がその言葉を遮《さえぎ》るような大きな声で発言した。

「先ほどから皆さんのご意見を伺っていると、産婦人科の葉山教授は別として、他の方々は、本学の後任教授を選ぶ場合であるにもかかわらず、頭から本学から選出することを考えられず、どういう風の吹き廻しか、他学の方へばかり眼を向けられている様子ですが、浪速大学医学部の教授を選ぶのですから、まず本学内に眼を向け、それから他学へ眼を向けられるのが順序というものではありませんかな、いや、私は、何も本学内の人物をと、頭から云っているのではありません、本学の医学部長として、ことの順序を申し上げているだけであります」

慇懃で高飛車な言葉であった。座が白け、鵜飼に気を兼ねるような重苦しい気配になったが、大河内だけは平然とした顔で、

「鵜飼君、全国公募という意味は、いうまでもなく、本学をはじめ、全国の大学という意味だから、決して本学出身者が忘れられているわけではないよ、だからこの全国公募というのが、一番公正で、広い視野から人材が集められる、ほら、鵜飼君が何時も口ぐせのように云っている、わが国立浪速大学は広く全国から優秀な人材を集め、云々というあれ、あれだよ」

鵜飼は苦りきって、押し黙った。

「じゃあ、これで大体、選考の形式は、全国公募ということに定まりましたから、後任者の専攻を何にするかについては、推薦されて来た候補者の学問的業績に睨《にら》み合わせながら定めることにすることでどうです？」

大河内が結論を出すように云うと、他の委員たちも頷《うなず》いた。

「では、次に候補者の年齢ということも、一つの選考基準になりますが、停年退官前のご老体は、この際、ご遠慮願うことにしましょう」

大河内が云うと、産婦人科の葉山が、

「そうですね、やはり、十年以上教授の座にいないことには、教授とは名ばかりで、何も残るような業績はあげられませんから、四十そこその意気盛んな少壮教授ということでどうですか」

暗に、財前五郎を指すように云った。整形外科の野坂は、

「といって、若くて生きがいいというだけではしようがない、学問的業績と外科的手腕が勝れ、しかも誰からも尊敬され、納得されるという人柄でなくてはね」

からむような云い方をすると、鵜飼が横合いから、

「まあ、そういうことだな、しかし、今、野坂教授が云ったような、そんな難しい三

拍子揃《そろ》った基準などを口にせん方がいいよ、怖気付《おじけ》いて来手が無くなるかも知れんから な、まあ、基準などというものは、出来るだけもの柔らかで当りのいいものにしておくことだよ、そうすると、何しろ、全国公募だから、案外の掘出しものがあるかもしれんからな、あっはっはっはっ」

鵜飼は、まるで買物をするような口調で云った。大河内は、

「いやしくも国立大学教授の人事を定める厳粛な席で、不謹慎な言葉と笑いは、以後、慎んで貰《もら》いたい」

きめつけるように云い、

「次に全国公募の締切日を、何時にするかということですが、これについてご意見は

――」

締め括《くく》るように云うと、鵜飼がすぐ発言した。

「年末に近付けば、近付くほど、いろんな雑務が輻湊《ふくそう》して来て、この選考委員会だけにかかりきっておれなくなるから、大いに急ぎましょうや、十二月十日締切でどうでしょう、そして十二月一杯で候補者を定めてしまおうじゃないですか」

取り急ぐように云った。

「しかし、今日が十一月十日ですから、あと一カ月しかないわけですが、それでよろし

いんですか、全国公募をするには、少し時間が足りないような気がするのですが――」

　東は、鵜飼が他学からの推薦を時間切れにして、本学出身の財前を有利に導こうとしている気配を読み取り、そう発言すると、

「いや、大丈夫ですよ、今までの教授選の経験からみても、公募期間は一カ月もあれば十分ですよ、それに実際問題として、本学から、相手の大学へ推薦依頼状を発送し、それを受け取ってから推薦者を定めるような場合は、まず皆無でしょう、既に、事前に話し合いが出来ていて、正式の推薦依頼状が来るのを待っているという場合が常識じゃありませんか、だから一カ月もあれば十分ですよ」

　鵜飼は、東の胸のうちを見すかすように云い、大河内に向って、

「第二回の選考委員会は、全国公募による候補者が出揃うのを待って、十二月十日以後でなるべく早い機会に開くということで、どうですか」

　と云うと、大河内は、

「ああ、全国公募の候補者が出揃いさえすれば、何時でもいい、そうだね、十二月十五、六日頃というのでどうですかな」

　と云うと、誰も異議を唱えなかった。あとは、浪速大学の医学部長名で、本学第一外科の教授が停年退官し、空席となるから、貴学で適当な方があれば、規定の日まで

に推薦者の履歴書、業績目録を添えて御推薦願いたいという旨《むね》の、推薦依頼状を全国の各大学へ発送するだけであった。

大河内はぐるりと選考委員の顔を見廻し、

「では、これで今日の第一回選考委員会を終了することにし、早速、事務長に連絡して、本学医学部長名で、各大学へ公式の推薦依頼状を発送して貰うことにします」

と言葉を結んだ。

東は、会議室から二階の教授室へ帰って来ると、椅子《いす》の背に体を埋めた。もう一年も前から、毎日のように頭に置いて来た停年退官であったが、今日の後任教授選考の第一回選考委員会に出席して始めて、停年退官という言葉がなまなましい現実をもって自分に迫って来るのを感じた。

退官の日までまだ四ヵ月半ばかりあったが、選考委員会で後任教授選出の基準が明確になるにつれ、現教授である自分の姿が薄らぎ、すぐ目前に退官日が迫って来るような緊迫感を覚えた。

東は、つい一ヵ月前に老朽した旧館から移って来たばかりの、明るい清潔な教授室を見廻し、新調の机や書棚に眼を向けながら、停年退官——、何という惨酷《ざんこく》な言葉だろう、仕事の能力の如何《いかん》にかかわらず、或る一定の年齢になると、働くことを停止させられてしまうことは、惨酷な人間の悲劇だと思った。この悲劇の惨酷さの度合いをすこしでも少なくするために、自学の財前五郎を排除し、敢《あ》えて他学から菊川昇を推そうとしているのであった。今日の第一回の選考委員会の状勢から見ると、その見通しは混沌《こんとん》として、どちらに有利とも判断がつかなかった。

鉛を呑《の》むような重い吐息をつき、暮れ落ちかけている窓の下に暗い視線を投げかけると、突然、机の上の電話のベルが鳴った。

誰からの電話なのか、東は躊躇《ためら》いを覚えたが、思いきって受話器を取り上げると、

「もしもし、東先生ですか、私です」

今津の低い声がした。

「ああ、今津君、先程は、どうも——」

「いえ、どう致しまして、先程のことで、ちょっとご相談したいのですが——」

何か取り急ぐようであったが、東はちらっと時計を見、

「実は、今夜は七時から、どうしてもぬけられない前々からの約束があって、ゆっくりしたところでお会い出来ないのだけど、どうでしょう、R会館のロビーで会うこと

で、あそこなら中二階に静かなラウンジもあるし、そうして戴けると、七時まで一時間ほど話せて有難いんですが——」

すまなさそうに云うと、

「いや、別にどこだって結構ですよ、じゃあ、早速、私は今から一足先に参っております、ご一緒すると眼だちますから——」

今津は、すぐ電話を切った。東は受話器をおくと、上衣の内ポケットから音楽会の切符を出した。『菅典子《すがのりこ》ピアノ・リサイタル』大阪R会館五階、午後七時からと記《しる》されていた。娘の佐枝子《さえこ》が女学校時代に師事していた女流ピアニストの菅典子のリサイタルの切符であった。自分の後任教授を選考する第一回目の選考委員会が開かれたその日に、娘と音楽会へ出かけるなどというような悠長なことは、今津にも云えず、自分でもそんな呑気《のんき》な場合ではないと思ったが、珍しく佐枝子の方から（私の先生のリサイタルですから、是非、お父さまとご一緒に行きとうございますの）と云われ、その時はまだ、選考委員会の日が今日だときまっていなかったから、約束をしてしまったのだった。もちろん、佐枝子のことであるから、今日、行けない理由を話せば、すぐ納得してくれるにきまっているが、東は、佐枝子が、母の政子とではなく、自分と音楽会へ行こうと誘ってくれたことが嬉《うれ》しく、娘と二人きりで久々に音楽を聴く楽しみを失いたくなかったのだった。

浪速大学からR会館までは、徒歩で十五分程の距離であった。東は、川沿いの道を歩いて、R会館の扉《ドア》を押した。ロビーへ入ると、今津が人眼にたたぬ隅のソファに坐《すわ》って待っていた。

「どうも、こんなところで失礼だけど、まあ、ラウンジへ上りましょう」

今津を誘って、中二階になっているラウンジへ上って行った。淡い間接照明に照らされたラウンジに、北欧風の家具とフロア・スタンドが置かれ、寛《くつろ》いで話している人影を柔らかく映し出していた。東は中程のテーブルを見付け、そこに今津と向い合うと、すぐボーイを呼んで飲みものを注文した。ハイボールが運ばれて来ると、

「今津君、今日は、ほんとうにいろいろと有難う」

東は、今日の選考委員会の席で、自分に代って、何かとうまく発言してくれた今津を犒《ねぎら》うように乾杯した。

「乾杯など困りますよ、もう一つ、こちらの思い通りに運ばず、申しわけないのですが、今日の委員会の様子は、どうご覧になりますか」

「どうって、そうだね――」

東は言葉を濁し、

「それより今津君は、どう見るかね」

逆に聞き返し、自分はシガー・ケースを出して、葉巻をくわえた。

「そうですね、正直なところ、今日の委員会の様子は、良きにつけ、悪《あ》しきにつけ、いささか予想外でした」

「そりゃあ、どういう点が、今津君の予想外なのかね」

東が慎重な口ぶりで聞くと、

「鵜飼医学部長と産婦人科の葉山教授が、第一外科のこれまでの専門を受け継ぐようにという口実のもとに、財前支持の旗色を見せたのは、予想通りだったんですが、意外だったのは、大河内教授と、整形外科の野坂教授ですよ、特に大河内教授には、以前にそれとなく打診して、こちらの意図もほのめかし、諒承《りょうしょう》して下すっているものとばかり思っていたのにもかかわらず、今日の大河内教授のあの態度は、どこまでも厳正中立で意外でした、事前にもう一度、大河内教授のもとへ足を運び、強くプッシュしておけばよかったと、後悔しているのですよ」

今津は、自分の不手際《ふてぎわ》を謝《わ》びるように云《い》った。

「いや、大河内教授はああいう人なんだよ、あの人は、始めから他人《ひと》が仕組んだ人事に、たやすく乗って来るような人ではなく、あくまで学識、業績、人物ともに兼ね備わった実力主義で選考する人なんだ、それに選考委員長という公平を旨とする立場にあるだけに、よけいに厳正中立、公正無私ということに神経を使っておられる様子だが、あの人とて、いずれは誰かに定《き》めて投票するんだから、今日の態度だけで、菊川支持の脈無しとは限らないよ、しかし、あの人に、今焦《あせ》って、下手に働きかけると、つむじを曲げられてしまうから、機を見て、僕がいいという時まで、絶対、妙な申入れはしないで戴《いただ》きたい」

東は、一語、一語を選《よ》り分けるように用心深く云った。

「じゃあ、大河内教授は、暫《しばら》く静観ということに致しましょう、ところで整形外科の野坂教授の方ですが、彼は財前君より三年だけ先輩で、自らも少壮教授を自負しているだけに、日頃から財前君のことはよく云わず、ライヴァル意識を持っているのですが、なかなか要領のいい遣《や》り手《て》で、鵜飼医学部長の覚えがめでたいものですから、鵜飼派に随《つ》いて、財前支持とばかり予測していたのが、あの口ぶりでは、菊川とも、財前とも異なる別の推薦者が、胸中にあるというような感じですね、財前支持派と見ていた野坂教授が、そうでなかったことは、こちらにとって大いに幸いですが、それにしても、一体、誰を推そうとしているんでしょうかね」

思い当る節を探し出すように首をかしげると、東も暫く考え込み、

「そうだね、野坂君のあの口ぶりでは、浪速大学の系列下の大学みたいな様子だね、一口に全国公募といっても、自《おのずか》ら系列校が云々《うんぬん》などと、盛んに云っていたからね」

「と云いますと、奈良、和歌山、徳島大というあたりですかね」

今津はそう云い、浪速大学医学部から、それらの大学の医学部へ転出した教授クラスの顔ぶれを、一人、一人、順番に思いうかべながらも、容易に心当りが掴《つか》めない様子であった。

「まあ、今、急いで突き止めねばならないこともないだろう、ここ一ヵ月の間に、全国公募によって各大学から推薦された候補者の推薦状が集まって来るから、第二回目の選考委員会では、野坂君の推す相手が誰であるか、解《わか》ってしまうことだろうし、それに財前支持と違って、そう神経をたてるほどの相手ではないだろう」

東は、あまり気にならない云い方をした。

「そうしますと、まず第一回の選考委員会では、菊川支持二、財前支持二、某支持一、中立派一という比率になりますが、菊川支持と財前支持の力の均衡を、今後、どういう風に破って行くか、その点をご相談致したいのですよ、何しろ鵜飼、葉山の組合わせによる政治力は、なかなか手強《てごわ》く、油断がなりませんからね」

今津は、やや重い調子で云った。

「確かに鵜飼医学部長に繋《つな》がる葉山君などの政治力は、脅威だが、われわれの持って行きようによっては、それが逆に彼らをして墓穴を掘らせるようにも出来るじゃないか、ここは大学なんだからね、そんな政治力と与《くみ》する者が多少いたとしても、一方では必ず、そういう露骨な政治力にそっぽを向く教授も、いるはずじゃないか」

「なるほど、逆に墓穴を掘ることも――、そりゃあ、ありそうですね、なるほど……」

今津は、呑み込むように頷《うなず》き、

「しかし、今一つ気がかりなのは、選考が具体的になって来ると、東先生のお立場は、非常に微妙なものになって来ることとなんですよ、現教授が自分のもとにいる助教授を支持しない態度を取る場合、その助教授に同情票が集まって、かえって強くなるというジンクスが、前々からありますから、この点が心配です」

懸念《けねん》するように云った。

「そういうことはありそうだね、いかにも判官びいきの日本人らしい感覚じゃないか、しかし、僕はその点も、一応、覚悟の上で、その時は、その時の処置を考えているよ」

「とおっしゃいますと……」

「まあ、その辺のところは見ていてくれ給《たま》え、それより、今津君は、一カ月先の第二回選考委員会では、菊川君をうんとクローズアップさせるように持って行って貰いたい、その場合でも私が、自分の手もとにいる財前君をさしおいて、積極的に菊川君を推すわけにはいかないから、君に推して貰うしか術《て》がない、そして大河内教授の鑑識《めがね》にかなうような推し方をお願いする」

東が屈《かが》み込むように頭を下げると、

「そんなにおっしゃられると、恐縮です、私が、教授になりました時に、東先生にお力添え戴いたそのご恩返しのつもりでやっているのですから、どうぞ、お気楽にお考え下さい、ところで、お約束のお時間の方は？」

今津の方から気をきかすように云った。時計を見ると、とっくに約束の七時をすぎ、八時近くになりかけていた。

「あっ、もうこんな時間に——、じゃあ、今日は失礼し、いずれ改めてゆっくり懇談させて戴くよ」

東は、そう云うと、蒼惶《そうこう》と席を起《た》った。

ピアノ・リサイタルが開かれている五階のホールへ入ると、廊下には人影がなく、扉《ドア》が閉ざされていた。プログラムを繰ると、ショパンのソナタがすみ、バッハのイタリア協奏曲の演奏中であるらしかった。東は廊下の長椅子に坐って、演奏が終るのを待ち、案内係に案内されて、前から十列目の指定席へ行くと、待ちかねていたように佐枝子の白い顔が振り向いた。

「お父さま、ご無理だったんじゃあございません？」

気遣《きづか》うように聞いた。

「いや、ちょっと急用があったんだが、もういいんだよ」

東は帽子を脱いで佐枝子の隣へ坐った。ホールの中は、着飾った若い女性たちが目立ち、どの顔にも今、聴いたばかりの演奏の余韻《よいん》を味わうような昂《たかぶ》りが漂っていた。

開演のベルが鳴り、銀色のイヴニング・ドレスをまとった萱典子が、ステージに姿を見せると、一斉に拍手が鳴り、萱典子は聴衆に深い一礼をして、グランド・ピアノの前に坐った。拍手が鳴り止《や》むと、呼吸を整えるように豊満な胸をそらせ気味にして、大きく息を吸い込んでから、ベートーヴェンの『第三二番ハ短調、作品一一一』を弾きはじめた。

序奏は荘重な音にはじまり、徐々に激しさを加え、締めつけられるような高音の緊張感が漲《みなぎ》ったかと思うと、静かな夢幻の世界へ引き入れられ、次第に魂が洗われ、高められ、浄化されて行くような、限りない深みと美しい旋律が展開されて行った。東は、自分の心がその旋律の中へ吸い込まれ、つい先程まで権謀術数の場にあった鉛のように重い心も、泥沼のように濁っていた心の汚れも、洗い拭《ぬぐ》われ、静かに和《なご》んで来るのを感じた。何カ月ぶりだろう、こうした静かな心の憩《やす》まりを覚えるのは――。ここ数カ月、後任教授の人選をめぐって、東都大学の船尾と極秘裡《り》に交渉したり、医局員にそれを気付かれぬように気配りしたり、財前五郎にも、とかくの偽装をしたり、思えばそのことのために疲れ果て、神経を磨《す》り減らし、落ち着いて研究するどころか、心の憩まる暇《いとま》さえなかった。そう思うと、佐枝子が、今日、菅典子のリサイタルに父を誘ったのも、そうした父の姿を見て、佐枝子らしい聡明《そうめい》さで、疲れている父の心を憩めようと配慮してくれたのであるかもしれなかった。東は、閉じていた眼を見開き、佐枝子の横顔に視線を当てた。

佐枝子は、青磁色の衿《えり》もとに傾けるようにし、長い睫《まつげ》を伏せるようにぬけるように白い首《うなじ》を、青磁色の衿もとに傾けるようにし、長い睫を伏せるようにして聴き入っている佐枝子の姿は、眩《まぶ》しいほどの清楚《せいそ》な美しさに満ちている。そこには東と妻の政子が気にしている婚期が遅れている暗さも焦《あせ》りもなく、自分の心に納得する相手を見つけ出すまで、自分を大切にして生きる女の充実した生気が漲っていた。

拍手が湧《わ》き、菅典子がピアノの前から起ち上って、深々と一礼すると、聴衆はさらに、激しい拍手を贈った。佐枝子も、胸もとまで手を上げて、何度も拍手を贈り、菅典子の姿が舞台の袖《そで》に入ってしまうと、ほっと醒《さ》めたような表情で、席を起った。これで第一部の演奏が終り、第二部は現代音楽の演奏であった。

東は、佐枝子とともに廊下へ出ると、妙に体の疲れを覚えた。聴いている間は、魂の憩まりと和まりを覚えていたベートーヴェンのソナタが、聴き終ると、なぜか東の心にいいようのない暗さを感じさせた。扉のすぐ傍《そば》のソファに腰を下ろしかけると、

「お父さま、ちょっとお待ちになって――」

佐枝子はそう云《い》い、不意に伸び上るような姿勢で階段の方へ眼を向けた。

「第一内科の里見助教授がお見えになっていらっしゃるわ」

「ああ、里見君が――」

東は、別に気に止めない返事をした。

「この間お宅へ伺ってお夕食をご馳走《ちそう》になりましたの、ちょっとご挨拶《あいさつ》に行って参りますわ」

と云うなり、階段を降りて来る里見の方へ近寄って行った。里見の方も、佐枝子の姿に気付いたらしく、足を止め、佐枝子のうしろのソファにいる東に気付くと、足早に近付いて来、

「東先生もいらしてたのですか、少しも気が付きませんでした、よかったですね、今のベートーヴェンは――」

油気のない髪をかき上げながら、その旋律がまだ里見の耳に残っているように、澄んだ眼に豊かな光を湛《たた》えた。

「うん、私も久しぶりに心を傾けて聴いたよ、女性に似合わぬ力強いタッチで、しかも深味があるいい演奏だね、里見君は、何時《いつ》もこうした音楽会にはよく出かけるのかね」

「いえ、たまたま私の患者《クランケ》が、菅典子女史の門下生だものですから、招待されたわけです」

「ほう、うちの佐枝子も、菅女史の門下生だったんだよ、いずれにしても奇遇だね、大学にいても、めったに顔を合わさないのに、こんなところで、ばったり出会うなんて――、どうかね、よかったら第二部は現代音楽だし、この階上《うえ》にあるスカイ・ルームで、軽く食事をしようじゃないか」

と云うと、里見はちらっとプログラムを繰り、

「ええ、ご一緒させて戴きます」

東に随いて、階上へ上って行った。

九階のスカイ・ルームの中は、食事の時間を過ぎているせいか、ひっそりとしてい

た。東は、窓際《まどぎわ》のテーブルを取り、ボーイにメニューを注文すると、窓の外へ眼を向けた。真下にビルの灯《あか》りやネオン・サインを映し出した堂島川が、きらきらと光の帯を彩《いろど》りながら流れ、昼間の喧噪《けんそう》が嘘《うそ》のような静けさが、ビルの谷間を埋めていた。

ボーイがスープを運んで来ると、東は、

「今日は、私の後任教授の選考委員会があってね、それで何だか、ひどく疲れてしまったんだよ」

苦笑するように云うと、里見は、

「はあ、そうでしたか」

興味なさそうに応《こた》えた。

「病理の大河内教授が委員長で侃々諤々《かんかんがくがく》、各派各自の説が入り乱れ、それに鵜飼医学部長の御高説も出て、大へんだったよ」

「そうですか、それは――」

里見はまた、全くの無関心さで応えた。東の胸に、妙な苛《いら》だちが湧いて来た。

「里見君は、教授選などには全然、興味がないのかね、君のところの第一内科と深い関連のある第一外科の教授選だし、しかも、君と同期の財前君が、専《もっぱ》ら噂《うわさ》にのぼっているのに――」

と云うと、里見は、意外そうに東の顔を見、

「教授選の時期になると、きまって学内が騒がしくなり、その科だけではなく、他の科までその話で持切りで、静かに診療や研究をしている者まで少なからぬ迷惑を蒙《こうむ》るのですが、教授選というのは、こうした形でしか行なわれないものでしょうか」

やりきれぬように云うと、東は表情を変えず、

「じゃあ、里見君は、どうすべきだというのかね」

「具体的にどうとは考えていませんが、教授という立場が、大学の機構の中で、学問というものを如何《いか》に考え、学問というものの中に、人間の生命をいかに見出《みいだ》すかというところまで極限して考えねばならない立場にあることを思いますと、今のような教授選の在《あ》り方は、疑問だらけです」

「しかし、教授だって医学者だって、人間の欲望という点では、里見君のいうようにそう厳しく律することは出来ないよ」

「そうでしょうか、矛盾だらけの現在の社会の中で、心ある人たちは、せめて大学に、人間の厳粛さ、良心を求めているのではないでしょうか、たったそれだけの求めに、現在の大学が応じられないということはないと思うのです」

「しかし、君、それは大学にだけ求めるものではなく、もっと広く社会全体に求める

べきものじゃないかね」

里見の言葉を押し返すように云うと、佐枝子が口を挟んだ。

「お父さま、お父さまのお傍に、里見助教授のような方がいらっしゃらないのが不幸ですわ」

佐枝子は父を慰《いたわ》り、里見の言葉に同調するように云った。

「不幸？　私は不幸ではないよ」

聞き咎《とが》めるように云うと、

「でも、この数カ月間、お父さまほどのご研究好きの方が、お家《うち》へお帰りになっても、書斎のお机に向う暇《いとま》もないほど、お疲れになり、神経を磨り減らしていらっしゃるものは何でございましょう、里見さんは、そこをおっしゃっておられるのですわ」

そう云いながら、里見を見る佐枝子の眼には、菊川昇を見る時よりも、温かな潤《うるお》いが帯びていた。

＊

産婦人科の葉山が入って来ると、鵜飼医学部長は、待ち構えていたように机の前を離れた。

「お電話を戴きながら、外来があったものですから、遅れました」

葉山は、応接用のテーブルに鵜飼と向い合うと、

「いかがです？　大分、集まっておりますか」

全国公募によって、各大学から推薦されて来た第一外科後任教授候補の推薦状のことを聞いた。

「ああ、事務局の方へ現在までに既に八名の推薦状が集まっているよ」

「ほう、八名も、そんなに集まりましたか」

葉山が驚くように云うと、

「そりゃあ、何といったって、伝統ある浪速大学医学部の教授だ、当学へ八名の推薦状が届いているということは、実際には、その倍近くの推薦予定者があったということだね、それを各大学で振り落される懸念のない人をという選考のもとで送られて来たのが、今のところ八名なんだ、しかし締切日にまだ二日あるからね」

「東教授が推しているという金沢大学の菊川氏の推薦状は、当然、もう来ているのでしょうね」

「うん、昨日来たばかりだよ、早々に送ると、目だつから、締切日近くになって突っ

込んで来るなど、なかなか芸が細かいじゃないか」

鵜飼の顔に、皮肉な笑いがうかんだ。

「それじゃあ、整形外科の野坂君が推しているらしい人物の推薦状も着きましたか」

葉山がそう聞くと、鵜飼は俄《にわ》かに不機嫌な顔をし、

「ところが、それらしいのがまだ見当らないのだ、しかし、それは僕が各大学からの推薦状の中から、それらしい人物を探し当てるまでもなく、君が学内のいろんな情報をもとにして、見込みをつけることになっていたのじゃないかねぇ」

詰《なじ》るように云った。葉山は女のように白い顔を恐縮させ、

「その点に関しましては全く申しわけがなくって――、実は、この間の第一回目の選考委員会のあと、野坂君を摑《つか》まえて、彼の意中のほどを問い糺《ただ》そうとしたのですが、何かと、言をかまえて、絶対、私に会おうとせず、先週など別にたいした用事でもなさそうなのに、五日間も東京出張をして姿を消してしまうのですよ、まさか首に縄をつけて引っ張り付けるわけにも行かず、その上、あの通りの一くせある人物ときていますので、全く弱っているのです」

「困っているといったって、そこのところをうまく引っ張り付けるのが鵜飼派の参謀役の君の腕じゃないか、この間の選考委員会のことにしても、君は野坂教授は当然、

うちの派だと太鼓判を捺《お》していたはずのが、ああした番狂わせでは、それこそ困るよ、おかげで、僕はあの日から血圧が少し上り気味だよ」

「重ね重ね、どうも——、何度も弁解がましく申し上げるようですが、野坂教授が、いくら財前君を毛嫌《けぎら》いしているにしても、それは個人的な感情に過ぎませんから、学内派閥《はばつ》における鵜飼派という立場で、その辺のところは当然、心得てくれているとばかり思っていたのです、それにしても、野坂教授が、なぜ財前でもない、菊川でもない、第三の候補者を推すのか、その魂胆は、一体、何でしょうかね」

「うん、そこだよ、問題は——、単に自分の意中の者を次期教授に据えたがっているだけならいいのだが、第三候補者を推しておき、財前、菊川で最後を争うような事態になった時、万一、菊川の方へ付くというようなことにでもなれば、取返しのつかない結果になるから、そこのところを、十分に警戒してかからなければならん」

鵜飼は、やや考え込むように云った。葉山も黙り込み、

「もし、野坂教授の推す候補者が大へんなダーク・ホースであったり、今、鵜飼先生がおっしゃったようにそれが土壇場で菊川の方へ流れ込む票である場合は、財前君の次期教授は、ちょっと難しくなって来ますね、それだけに野坂教授の動きが微妙に影響して来ますから、その辺のところを鵜飼先生から直接、野坂教授にお話戴《いただ》けません

でしょうか、そうして戴ければ――」

　と云いかけると、鵜飼は、

「葉山君、それは困るよ、医学部長たる僕が表だって、財前君を推すことなど、絶対、出来んよ、だから、どこまでも君が表だってやってくれなくては困る」

　ぐいと釘《くぎ》を打つように云い、

「それに日本医師会の選挙などと違って、たった三十一票の学内選挙だから、途中でどんな紆《う》余《よ》曲折があっても、そこはそこ、一票一票、強引に食い取って行く気さえあれば、出来ん話ではないじゃないか、そうするために、葉山君に犬馬の労を頼んでいるわけだよ」

　横柄《おうへい》に押しつけるように云った。

「じゃあ、野坂教授には、何とか私の方から話し合ってみますが、大河内教授の方はどう致しましょう、迂《う》闊《かつ》に手を出せない相手だけにやりにくいのですが、この間、わざと大河内教授の帰られる方向に用事をつくって、一緒の車に乗り、さり気なく教授選の話を持ちかけてみたのですが、厳正中立一本槍《やり》で、てんで話になりません」

　歯がたたぬような云い方をすると、鵜飼は、急に体を乗り出し、

「ところが、大河内の基礎といわれる基礎が、最近では必ずしも、大河内一本にまと

まっていないらしい気配があるのだ、だから、いざとなったら、うまく切り崩してしまうのだよ、そうすると、考えようによっては、基礎は浮動票のたまり場ということにもなるじゃないか」

「しかし、実際問題としてそんなことが出来るでしょうか、基礎の結束は、昨日や今日のものとは違うのですから、まかり間違えば、逆にわれわれは、今度の教授選の問題だけではなく、今後一切、基礎の協力を得られなくなってしまいかねませんが――」

葉山は、二の足を踏むように云った。

「うん、君の慎重論も解《わか》らぬではないが、ことと次第によっては、意表を衝《つ》く方法も必要だよ、というのは、この問題に限らず、今後いろんな問題で、あの解らず屋で気難し屋の大河内教授の思惑《おもわく》を一々、気にしなくてはならんようでは、医学部長としてやりにくくて仕方がないから、この際、切崩しをやっておいたらいいと考えるのだ、昨日や今日の結束でないということは、裏返してみると、長年の屋台骨が古びて、罅《ひび》の入りやすい時期だとも云えるからね」

鵜飼は鼻毛を抜きながら、意味ありげに云った。

「しかし、基礎に限って、まさか――」

「そこだよ、おそらく菊川を支持する東派だって、基礎の切崩しはとても駄目だと思って静観しているだろうから、その間隙《かんげき》を縫って切崩しをするのだよ、だから、葉山君は、何時《いつ》でも切崩しが出来るような準備をしておいてほしいのだ」

「ええ、そりゃあ、そのようには致しておきますが、相手が大河内教授の率いる基礎ですから、よほど慎重にかからないと――」

葉山は口ごもるように云い、

「医学部長がどうしてまた、そんなにまでして、財前君に肩をお入れなのです？」

基礎の切崩しまでして、財前支持票を固めようとする鵜飼の心を、測り兼ねるように云った。

「葉山君ほど眼はしのきく人が解らんかね、財前五郎という一助教授のためなどでは、こんなことは出来ないよ、要は僕自身のためだよ、僕が眼をかけた教授が、一人増えるということは、鵜飼派の票が一票増えるということだよ、教授選、医学部長選、学長選、何ごとによらず、すべて民主主義のルールに添って票決ということになっておれば、絶えず、票を握っていることが肝腎《かんじん》だから、鵜飼派のための一票を獲得しておくために、財前教授実現に力を傾けているのだよ」

ことをなげにそう云うと、

「じゃあ、僕は、そろそろ、午後の回診の時間だから、これで――」

と云い、秘書に診察衣を持って来させた。

新館一階の南側に面した第一外科の外来診察室は、窓から射《さ》し込む初冬の陽《ひ》ざしを受けて明るく暖かかった。財前五郎は、次々と患者を診察しながら、診察室に入って来る患者たちの顔が、以前のようなおどおどした表情から、幾分、明るく、もの怯《お》じしなくなっているのを、感じ取っていた。それは、診察室の壁の色はもちろん、診察台、診察机、回転椅子《いす》に至るまで、すべて淡いベージュ系に統一され、もののしい診察器具は出来るだけ患者の眼に触れぬようにして、患者の心理的な被圧迫感を除くことを考慮した新しい診察室のせいであった。新しく据えつけられた空気清浄器が、緩《ゆる》いモーターの音をたてて快適に回転し、拭《ふ》き磨《みが》かれたアスタイルの床を音もなく、滑《すべ》るように歩く看護婦の姿にまで、旧館の時とは見違えるような清楚《せいそ》な明るさがあった。

「先生、これで今日の外来は終りです」

医局員が財前に、最後の患者のカルテをさし出し、小型の写真観察器《シャウカステン》に患者のエックス線写真をかけた。財前はそれに眼を通してから、患者を診察ベッドの上に仰臥《ぎょうが》させ、腹部を触診した。青黒い痩《そう》けた顔をした患者は、

「先生、近所の医者は、胃潰瘍《いかいよう》というたんですが、何とか手術をせんですみますやろか――」

不安そうな面持で尋ねた。財前は触診を終えると、もう一度、エックス線写真を見た。十二指腸球部に高度の変形が認められ、検査票には潜血反応陽性、胃液検査高酸と記されているから、明らかに十二指腸潰瘍であった。

「胃潰瘍ではないが、十二指腸潰瘍で、手術の必要がある」

と応《こた》えると、患者は顔色を変え、

「先生、手術をせずに治らんものですやろか」

縋《すが》りつくように云《い》ったが、財前にとっては、こうしたことは日常茶飯事であったから、

「既に慢性化しているから、手術することだな、たいした手術じゃない」

事務的な口調で云い、入院手続を取るように云うと、椅子から起《た》ち上り、手早く消毒薬で手を洗い、診察室を出た。

三時過ぎの廊下には、もう患者の姿はなく、床を拭く掃除婦が、忙しげにモップを

動かしていた。財前は、大股《おおまた》に歩きながら、向うから医局長の佃が急ぎ足で歩いてくるのを認めた。佃はいかにも所用あり気に財前に近付き、

「今晩も懇談を開かせて戴きますが、先生は？」

「僕はちょっと用事があるから、失敬するが、ゆっくりやり給《たま》え」

と云うと、佃《つくだ》は丁寧に一礼して財前から離れた。誰が見ても、助教授と医局長を勤めている古参助手のちょっとした立ち話に見える姿であったが、医局内工作のために、佃たちが、最近、毎晩のように財前の舅《しゅうと》の又一が女にやらせている料理屋で懇親会を開いているそのことであった。医局内工作のためと称して、肝腎のそのことを話し合わず、飲み食いだけで終っている場合もあるらしい様子であったが、今の財前はそんなことなど気にしておれなかった。財前は助教授室へ入ると、体を投げ出すように椅子に倚《よ》りかかり、煙草《たばこ》をくわえた。

第一回目の教授選考委員会で、東教授が財前五郎を推さずに、全国公募の態度を取ったことがはっきりと解ってからこちら、財前は、岩田、鍋島《なべしま》と会ってその旨《むね》を伝えたり、佃たちを集めて、さらに医局内の統一を固めたり、眼の廻るような忙しさであった。その間、一週間に規定件数以上の八件の手術を引き受け、体は、鉛を塗り固められたような重さであった。つい今も、佃は、今夜の懇親会には財前も出席して欲し

そうな様子であったが、欠席すると云ったのは、ひどく疲れていたからであった。暫《しばら》く体を憩《やす》めると、財前は時計を見て、ゆっくりと起ち上り、白衣を脱いで帰り支度にかかった。しかし、真っすぐ帰宅せず、K会館でケイ子と会う約束になっているのだった。

堂島川沿いのK会館の三階にある喫茶室へ入ると、ケイ子が右手をあげて合図をした。黒のドレス・コートに、黒ベロアのトーク帽をかぶり、黒ずくめのシックな服装は、すぐ眼についた。ケイ子の席へ行き、

「飯でも食いに行こうか――」

と云うと、ケイ子は、ちらっと時計を見、

「まだ五時過ぎよ、紅茶にでもしておきはったらどう？」

「お茶か――、仕方がないな、それじゃあ、夕飯までちょっと、その辺を散歩か、ドライブでもしようか」

ケイ子の返事も聞かず、財前は席を起った。

K会館の外へ出ると、夕陽がビルの谷間に昏《く》れかけ、その薄ら陽の中を一日の仕事を終えて、家へ帰る人影が、舗道を埋めかけていた。財前は、タクシーを止め、

「どこか、河口の見えるところへ走らせてくれ」

「へえ、河口？」

運転手は、怪訝《けげん》な顔をした。

「うん、そうだよ、安治川《あじがわ》でも、木津川でも何処《どこ》でもいい、ともかく、この近くで河口の見えるところだ」

と云うと、運転手は西に向って車を走らせた。大運橋通りの辺りまで来ると、俄かに家並が疎《まば》らになり、高いブロック塀《べい》をめぐらした殺風景な工場が多くなって来た。さらに車を走らせ、大船橋を渡ると、そこがもう木津川の河口であった。埋立地らしく赤土がむき出した河岸にコンクリートの堤防が見え、河口を見るためには、堤防に上るしか方法がなかった。

造船所の前で車を停《と》めると、財前は堤防に向って黙々と歩いた。ケイ子もそれに従った。両側に製鋼所や造船所などの夥《おびただ》しい煙突やクレーンが聳《そび》えたち、耳を聾《ろう》するような音響の中でクレーンの黯《くろ》い巨大な影が、空を突き刺し、掩《おお》うばかりに交錯し、製鋼所の溶鉱炉から吐き出される赤い煙が、焰《ほのお》のようにその一角の空を紅《あか》く灼《や》いている。木津川河口の臨海工業地帯の工場群であったが、そこから生れる音響と、黯い巨大なシルエットは、人為を圧し、小さな人間の営みなど打ち砕いてしまうような威圧感があった。足早にそこを通り過ぎ、河口の小さな砂地にたつと、澱《よど》んだ水が絶え間なく揺れ動き、思ったより早い流れで河口の岸を洗い、潮風を含んだ初冬の肌寒い夜風が、財前の頰《ほお》を打った。財前は急に、現在、自分を取り巻いている一切の人間関係が、空《うつ》ろなものに思えた。

「どうしたの、こんなところへ来て――」

背後からケイ子の声が聞えた。財前はすぐ何時《いつ》もの表情に返り、煙草をくわえた。

「どうだ、いいだろう、大阪にこんなところがあるとは知らなかっただろう、音響と巨大な機械のシルエットに取り囲まれながら、この河口の一角にだけは、確実な静けさがある――」

と云い、暗い河口に眼を向けた。

「あんた、ずいぶん疲れているのね」

ケイ子の声に湿りがあった。

「いや、たいしたことないよ」

「でも、おかしいわ、急に河口を眺めながら、そんな空ろな顔をしていると――、教授選のことで何か心配になることでもあるの？」

「いや、ほんとにちょっと疲れているだけなんだ、俺《おれ》が空ろな思いになるなんておかしいじゃないか、今日だって、病院を出て来る時に、医局長の佃たちには、何時ものように舅《おやじ》の女がやっている料理屋でおおいにやり給えと云って、ちゃんと次期教授選への術《て》は打って出て来ているのだから、教授選のことについて、弱気になることなど少しもないんだ」

「そう、それならいいけど、この間、佃さんたちが、あんたのつけで、うちのお店へ来て飲んでいた時、野坂教授の推薦する奴《やつ》は誰だろうかと、えらく気にして、それによってはいささか苦戦だなどと、云うてはったけど、大丈夫やのん？」

ケイ子にそう云われてみて、財前は自分の心を疲れさせている一つの原因は、野坂教授の推す相手を気にしているからだと思ったが、

「大丈夫さ、ここまで来れば、どんな手段に訴えてでも教授の椅子を奪《と》る、何といっても、教授は二百分の一の率だからな」

「え？　何が二百分の一——」

ケイ子は、唐突な言葉の意味を解《げ》し兼ねた。財前はぎらりと眼を光らせ、

「僕一流の計算法による国立大学教授の椅子を獲得する確率だよ、一応、僕の場合を例にすると、僕が無給助手二年目の時に東教授が東都大学から着任し、今年で十六年目だ、以前からいる四十名前後の教室員と、毎年平均十人ずつ入って来る新入教室員を合わせて、十六年間でざっと二百人が、誰も未来の教授を夢みて教室に残って来た

わけだ、したがって、国立大学の教授の椅子に着く率は、約二百分の一の率だといえるわけだよ、しかも、その率は常時在《あ》って、何時でも狙《ねら》える率ではない、一人の教授が、一旦《いったん》教授になれば、その教授が六十三歳で停年退官するまで廻って来ない率で、僕の今度の機会は、十六年目に廻《めぐ》り合わせた二百分の一の率なんだ」

挑むように云った。

「さすがは、あんたらしい凄《すご》い計算やわ、そんな凄い計算の出来る人が、こんな河口へ来て、人並に弱気になったり、センチメンタルになったりする必要などないわ、あんたの魅力というのは、大学教授や文化人などが持ち合せていないあざとい実行力と逞《たくま》しさだわ」

冷たさを増した夜風の中で、ケイ子の声がぬめるように熱っぽかった。

「解ったよ、ケイ子——」

そう云うと、財前の心の中に、つい先程まで澱むように溜《たま》っていた心身の疲労感が解放され、なまなましい欲望に満ちた思いが溢《あふ》れてきた。

「心配しなくていいよ、野坂教授が推している菊川でもなく、俺でもなく、第三の候補者という奴の目星は、ほぼ、ついてるんだ、いやな相手になりそうだが、打つ術《て》はあるさ」

「一体、誰なの？」

「どうせ、明後日《あさって》の第二回選考委員会で解ることだ、今、慌《あわ》ててその名前を口にしなくてもいいだろう」

と云うと、財前はくわえていた煙草を、ぽんと流れの中へ捨てた。

（第二巻に続く）

『白い巨塔』㈠㈡㈢は、昭和四十年七月
新潮社より刊行された。

山崎豊子著
# 沈まぬ太陽
(一)アフリカ篇・上
(二)アフリカ篇・下

人命をあずかる航空会社に巣食う非情。その不条理に、勇気と良心をもって闘いを挑んだ男の運命。人間の真実を問う壮大なドラマ。

山崎豊子著
# 沈まぬ太陽
(三)御巣鷹山篇

ついに「その日」は訪れた――。520名の生命を奪った航空史上最大の墜落事故。遺族係となった恩地は想像を絶する悲劇に直面する。

山崎豊子著
# 沈まぬ太陽
(四)会長室篇・上
(五)会長室篇・下

恩地は再び立ち上がった。果して企業を蝕む闇の構図を暴くことはできるのか。勇気とは、良心とは何か。すべての日本人に問う完結篇。

山崎豊子著
# 二つの祖国
(一〜四)

真珠湾、ヒロシマ、東京裁判――戦争の嵐に翻弄され、身を二つに裂かれながら、祖国を探し求めた日系移民一家の劇的運命を描く。

山崎豊子著
# 不毛地帯
(一〜五)

シベリアの収容所で十一年間の強制労働に耐え、帰還後、商社マンとして熾烈な商戦に巻き込まれてゆく元大本営参謀・壹岐正の運命。

山崎豊子著
# 華麗なる一族
(上・中・下)

大衆から預金を獲得し、裏では冷酷に産業界を支配する権力機構〈銀行〉――野望に燃える万俵大介とその一族の熾烈な人間ドラマ。

山崎豊子著

## ムッシュ・クラタ

フランスかぶれと見られていた新聞人が戦場で示したダンディな強靭さを描いた表題作など、鋭い人間観察に裏打ちされた中・短編集。

山崎豊子著

## 仮装集団

すぐれた企画力で大阪勤音を牛耳る流郷正之は、内部の政治的な傾斜に気づき、調査を開始した……綿密な調査と豊かな筆で描く長編。

山崎豊子著

## 花紋

大正歌壇に彗星のごとく登場し、突如消息を断った幻の歌人、御室みやじ――苛酷な因襲に抗い宿命の恋に全てを賭けた半生を描く。

山崎豊子著

## 女系家族（上・下）

代々養子婿をとる大阪・船場の木綿問屋四代目嘉蔵の遺言をめぐってくりひろげられる遺産相続の醜い争い。欲に絡む女の正体を抉る。

山崎豊子著

## しぶちん

〝しぶちん〟とさげすまれながらも初志を貫き、財を成した山田万治郎――船場を舞台に大阪商人のど根性を描く表題作ほか4編を収録。

山崎豊子著

## 女の勲章（上・下）

洋裁学院を拡張し、絢爛たる服飾界に君臨するデザイナー大庭式子を中心に、名声や富を求める虚栄心に翻弄される女の生き方を追究。

山崎豊子著 **花のれん** 直木賞受賞

大阪の街中へわての花のれんを幾つも幾つも仕掛けたいのや――細腕一本でみごとな寄席を作りあげた浪花女のど根性の生涯を描く。

山崎豊子著 **ぼんち**

放蕩を重ねても帳尻の合った遊び方をするのが大阪の〝ぼんち〟。老舗の一人息子を主人公に船場商家の独特の風俗を織りまぜて描く。

山崎豊子著 **暖（のれん）簾**

丁稚からたたき上げた老舗の主人吾平を中心に、親子二代〝のれん〟に全力を傾ける不屈の大阪商人の気骨と徹底した商業モラルを描く。

住井すゑ著 **橋のない川**（一〜七）

故なき差別に苦しみながら、愛を失わず真摯に生きようとする人々の闘いを、明治末から大正の温雅な大和盆地を舞台に描く大河小説。

有吉佐和子著 **恍惚の人**

老いて永生きすることは幸福か？ 日本の老人福祉政策はこれでよいのか？ 誰もが迎える〈老い〉を直視し、様々な問題を投げかける。

有吉佐和子著 **悪女について**

醜聞にまみれて死んだ美貌の女実業家富小路公子。男社会を逆手にとって、しかも男たちを魅了しながら豪奢に悪を愉しんだ女の一生。

松本清張著
砂の器（上・下）
東京・蒲田駅操車場で発見された扼殺死体！新進芸術家として栄光の座をねらう青年の過去を執拗に追う老練刑事の艱難辛苦を描く。

松本清張著
黒革の手帖（上・下）
横領金を資本に銀座のママに転身したベテラン女子行員。夜の紳士を相手に、次の獲物をねらう彼女の前にたちふさがるものは――。

松本清張著
けものみち（上・下）
病気の夫を焼き殺して行方を絶った民子。疑惑と欲望に憑かれて彼女を追う久恒刑事。悪と情痴のドラマの中に権力機構の裏面を抉る。

松本清張著
状況曲線（上・下）
二つの殺人の巧妙なワナにはめられ、追いつめられていく男。そして、発見された男の死体。三つの殺人の陰に建設業界の暗闘が……。

松本清張著
点と線
一見ありふれた心中事件に隠された奸計！列車時刻表を駆使してリアリスティックな状況を設定し、推理小説界に新風を送った秀作。

松本清張著
わるいやつら（上・下）
厚い病院の壁の中で計画される院長戸谷信一の完全犯罪！　次々と女を騙しては金をまき上げて殺す恐るべき欲望を描く長編推理小説。

城山三郎著
## 落日燃ゆ
毎日出版文化賞・吉川英治文学賞受賞

戦争防止に努めながら、A級戦犯として処刑された只一人の文官、元総理広田弘毅の生涯を、激動の昭和史と重ねつつ克明にたどる。

城山三郎著
## わしの眼は十年先が見える
―大原孫三郎の生涯

社会から得た財はすべて社会に返す――ひるむことを知らず夢を見続けた信念の企業家の、人間形成の跡を辿り反抗の生涯を描いた雄編。

城山三郎著
## 男子の本懐

〈金解禁〉を遂行した浜口雄幸と井上準之助。性格も境遇も正反対の二人の男が、いかにして一つの政策に生命を賭したかを描く長編。

城山三郎著
## 冬の派閥

幕末尾張藩の勤王・佐幕の対立が生み出した血の粛清劇〈青松葉事件〉をとおし、転換期における指導者のありかたを問う歴史長編。

城山三郎著
## 秀吉と武吉
目を上げれば海

瀬戸内海の海賊総大将・村上武吉は、豊臣秀吉の天下統一から己れの集団を守るためいかに戦ったか。転換期の指導者像を問う長編。

城山三郎著
## 官僚たちの夏

国家の経済政策を決定する高級官僚たち――通産省を舞台に、政策や人事をめぐる政府・財界そして官僚内部のドラマを捉えた意欲作。

# 白《しろ》い巨《きょ》塔《とう》(一)

新潮文庫　や－5－33

平成十四年十一月二十日　発行
平成三十年十二月二十日　三十六刷

著者　山《やま》崎《さき》豊《とよ》子《こ》

発行者　佐藤隆信

発行所　株式会社　新潮社

郵便番号　一六二－八七一一
東京都新宿区矢来町七一
電話　編集部(〇三)三二六六－五四四〇
　　　読者係(〇三)三二六六－五一一一
http://www.shinchosha.co.jp

価格はカバーに表示してあります。

乱丁・落丁本は、ご面倒ですが小社読者係宛ご送付ください。送料小社負担にてお取替えいたします。

印刷・大日本印刷株式会社　製本・加藤製本株式会社



ISBN978-4-10-110433-1　C0193